脱限界集落株式会社

黒野伸一
Shinichi Kurono

小学館

装画　石居麻耶
装幀　山田満明

脱・限界集落株式会社

第一章

1

「おお、ゲンタくん、ゲンタくん。どうだ、一杯付き合わんか？」

ゲンタと呼ばれた長谷川健太《はせがわけんた》は、思わず壁時計を見やった。九時五分。窓から差し込んだ朝日が、フローリングの床に四角い陽《ひ》だまりを作っている。

「あ、あの……」

健太は店長の姿を探した。広い店内にいるのは老人ばかりで、店長の姿はない。

「ゲンタくん。ホラ、遠慮するな。若いんだから、グッといけ、グッと」

酒臭い息が、健太の鼻を衝《つ》いた。

「あの、ぼくの名前はゲンタではなくて……」

「あっ？　小さい声でごにょごにょ言っても、何だかわからん。年寄りは耳が遠いからな。ホラ」

老人が差し出したグラスを握るや、トクトクとビールを注《つ》がれた。自分はゲンタではなく、健太だと言おうとしたが、考えてみれば、昨日紹介を受けたはずのこのじいさんの名前を、健太は失念していた。うろ覚えとはいえ、一度聞いただけで「ゲンタ」と呼んでくれるこの老人のほうが記憶力はいい。

「ホラ。遠慮せんと、グッと一息で空けちまえ。そしたら、腹から声、出せるようになっから」

酒を飲めないわけではないが、ビールがうまいと思ったことなど一度もない。

「でもまだ、朝ですよ」

「朝だから、ナンでえ。朝酒飲んじゃいけねえなんて、どこの国の法律に書いてあんだ。日本国憲法の第何条だ？　言ってみろ」

老人は血走った眼《め》でギロリとにらんだが、すぐに眉尻《まゆじり》を下げ、奇妙な歌を歌い始めた。

「♪小原庄助さん、なんで身上《しんしょう》つぶした？　朝寝朝酒朝湯が大好きで、それで身上つぶした、あ〜もっともだぁ、もっともだぁ♪　っとくらぁ。だはははははっ！」

酒の臭《にお》いをまき散らしながら、老人が爆笑した。

「そ。この人は、朝風呂と朝酒が大好きなの。飲まねえとうるせえから、兄ちゃん、グイッと空けちまえ」

別のじいさんが、健太に迫った。紅潮した頬《ほお》から察するに、こちらのほうも相当出来上がっている。

もう一度周囲を見回したが、店長の姿はない。あの、ちょっと怖そうな、痩《や》せた主任の姿も。

仕方なく、泡が飛んでしまったビールに目をやった。どことなく、小水のような色をしている。目を瞑《つぶ》って、息を止めながら一気にビールを飲み干した。喉《のど》がヒリヒリして、思わずむせた。

「おお、いい飲みっぷりだ、ゲンタくん。さ、もう一杯」

「いえ、もう結構です」

胃の中が、カ〜ッと熱を帯びてくる。

「それから、ぼくはゲンタではなくて、健太です」

くやしいが、確かに酒を飲むと、声が大きくなり、言葉もはっきりと言えた。

「ええと、ケンスケくんだっけ？　ああ、ごめん。ケンジくんね」

背後から女性に声をかけられ、振り向いた。主任が立っていた。

「いえ、あの、ぼくは……」

健太ですと言おうとした刹那《せつな》「悪いけど、ちょっと、集荷に行ってきて欲しいの」と畳み掛けられた。主任の前では、酒の威力も吹っ飛んでしまう。

「きみ、運転免許は持ってたよね」

「はあ」

しかし運転などまともにしたことはない。そもそも車になんか、まるで興味がなかったのだが、一つ下の従弟《いとこ》から、教習所の夏季集中コースに一緒に行かないかと誘われたのが、きっかけだった。

まだ離婚前だった父親からも「運転免許くらい持ってなきゃ、まともな就職もできないぞ。いい機会じゃないか。金は出してやるから、行って来い」とはっぱをかけられ、渋々重い腰を上げた。

従弟は技能も学科試験も一発で合格したが、健太は技能を三回、学科を二回すべって、ようやく合格にこぎつけた。夏季集中コースから始めたのに、晴れて免許を取った頃には、街には白いものがちらほらと舞っていた。

「も、持ってはいますが、運転は、そんなには……」

「大丈夫よ。昨日一緒に回ったじゃない。都会と違って、ここでは道に迷うことなんてないし、ナビだってあるし」

「はあ、あの、ぼく、独りだけですか？」

「そうよ。みんな今、忙しいから。支払いは今日の午後、主任が行いますって言えば大丈夫だから。ケンゾーくんは、野菜を運んでくるだけでいいから」

有無を言わせない威圧感に、健太は観念するしかないとあきらめた。そもそも、厨房《ちゅうぼう》アシスタントで雇われたのだから、野菜の集荷も業務のうちだろう。

しかし、年寄りの面倒まで見ろというのは、契約には入っていないはずだった。それなのに勤め始めた当日から、カフェにたむろしている老人の将棋に付き合わされたり、カラオケでデュエットを強要されたり、おまけにさっきは好きでもない酒まで飲まされた。

——やっぱり、こんなところはとっとと辞めて、別のバイトを探すか？

一人の少女が、チラリとこちらに視線を向けたような気がした。配膳《はいぜん》を担当しているバイトの子だ。名前は確か、遠藤《えんどう》つぐみ。健太より一歳若い、十九歳だ。店長や主任の名前はとっとと忘れたのに、この子のプロフィールだけはしっかり記憶に焼き付いている。

健太が顔を上げると、つぐみは慌てて明後日の方向に目をやった。

「だめよ、みーちゃん」

いつの間にか、店長が傍らに来ていた。マラソンランナーのような主任とは対照的な、ふくよかな身体《からだ》。この二人は親戚《しんせき》同士なのだという。

「健太くん、お酒飲まされたでしょう。顔が真っ赤よ。だめよ、トラさん。スタッフさんは仕事してるんだから。仕事中はアルコール厳禁」

トラさんと呼ばれた老人は、「こんなの、飲んだうちに入らねえよ」と笑いながら、乾杯するように缶ビールを持ち上げ、ゆさゆさと揺らした。

思い出した。じいさんの名前は虎之助《とらのすけ》だ。

「飲酒運転はできないし、それに、まだ慣れてないから、一人で集荷に行くのはちょっときついわよね。あたしが運転するから、一緒に来なさい」

「はい」

地獄で仏を見たとは、正にこのことか。主任はやや不満そうに「フン」と鼻を鳴らしたが、特に反対はしなかった。

「それじゃあ、行きましょう」

店長がエプロンを脱ぎ、フリースの上着に袖《そで》を通した。都会では、桜の花が蕾《つぼ》む季節になったとはいえ、この辺りはまだまだ朝晩の冷え込みがきつい。健太もダウンジャケットを羽織り、店長の肉付きのいい背中を追った。

ミニバンに乗り込むと、店長が慣れた手つきでキーを回し、エンジンをふかした。ミニバンは、くねくねと曲がる細い路地を抜け、大通りに出た。

「さびれてるでしょう」

ウィンカーを出し、左右を見渡しながら、店長が言った。往来の確認などしなくても、通りには車はおろか、通行人さえいない。開いている店舗がちらほらとあるが、どこも死んだようにひっそりと静まり返っている。

ミニバンは、大通りを進んだ。

「ここは幕悦町上元《まくえつかみもと》商店街。これでも一昔前は、そこそこ栄えてたのよ」

シャッターが下りた店舗が百メートルほど続いている。これが全部開いていたら、田舎としては栄えているほうなのかもしれない。

「後ろが幕悦駅よ」

振り返ると、つい最近健太が大きな荷物を抱え、降り立った駅が見えた。二両編成の電車が、一時間に数本しか停《と》まらない駅だ。冷たい風が吹きすさぶ、無人のプラットホームに立った時、自分は本当にこんな場所で暮らしていけるのかと、背筋が寒くなる思いをした。

気がつくと、左右には店舗の代わりに耕作放棄地のようなものが広がっていた。ミニバンは、左折して農道に入った。

しばらく行くと、黒い瓦屋根の古民家が見えた。昨日も厨房の先輩スタッフと来たところだ。家の裏手には小さな畑が広がっている。

車を停め、戸を叩《たた》いた。玄関から出て来たのは、小柄な老婆《ろうば》だった。店長の顔を見るなり、しわくちゃな顔をさらにしわくちゃにし、破顔した。

「あら、琴江《ことえ》ちゃん。久しぶりだねえ、元気にしてたかい」

「ええ。滝子《たきこ》さんもお元気そうで。たまにはカフェのほうにも顔を出して」

店長・新沼《にいぬま》琴江が経営するのは「コトカフェ」という、コミュニティカフェだ。コミュニティカフェというのがいったいどんなものなのか、当初健太にはわからなかったが、聞くところによると、「地域社会の中で、たまり場、人々の居場所になっているところの総称」らしい。

そういう意味でコトカフェは、コミュニティカフェなのかもしれないが、たむろしているのが年寄りばかりなので、宅老所と呼んだほうがぴったりだ。デイサービスでもいい。

「なかなか盛況なんだってねえ」

「ええ、おかげ様で。皆さんがいらしてくれるから、だんだん手狭になってきちゃって。お隣の岩狭さん家《ち》が空き家になっているから、使わせてもらおうか考えているところなんです」

「そりゃ、すごいね。ぜひ行きたいんだけどねぇ、琴ちゃんところは歩いて行くにはちょっと遠いんだよ。おじいさんが、腰痛めちゃってさ。車の運転がきついの」

「まあ……」

琴江が眉をひそめた。

「じゃあ畑仕事が大変でしょう」

「それはあたしがやれるから。でもあたしは、運転がダメだから。去年白内障の手術やって、医者からはもう運転はしないほうがいいって、止められてるし。だから助かるのよね。こうして巡回に来てもらえると。農協はこんなことしてくれないし。曲がったキュウリなんか、引き取ってくれないでしょう」

滝子と呼ばれた老婆が、健太に視線を向けた。

「若い人が来て、地域の力になってくれて助かってるわよ。年寄りだけだと、やっぱり大変だものねえ」

何だかこそばゆかった。地域の力になっているなどという自覚はないし、健太が寝泊まりしているシェアハウスの住人も、皆都会から来た若者たちだが、全員外出はほとんどせず、引きこもってバーチャルの世界をさ迷っている。

「じゃあ、これをお願いね」

滝子が、泥つき野菜の入った段ボールを持ち上げ、健太に手渡した。受け取った時に、ずしりと手ごたえを感じた。こんな小柄なおばあちゃんが、これほど重たいものを持ち上げられるのか。

琴江が、ダンボールに入っていたブロッコリーやゴボウなどの数を数え、ポケットから電卓を取り出して計算した。

「それは、悪いよ。琴ちゃん」

提示された数字を見て、滝子が眉をひそめた。

「選果ではねられるような野菜も入ってるんだよ。ただで引き受けてもらえるだけでもありがたいのに、そんな値段つけてもらったら、お天道様にしかられちゃうよ」

「いいえ。これが相場だから。ただで頂くわけにはいきません」

琴江はきっぱりと言うと、財布を取り出し、代金を支払った。

「もう少ししたら、迎えの車が出せる体制が整いますから。ドライバーも増えたし」

琴江が眉尻を下げ、健太を見た。反射的にコクリとうなずいたが、正直なところ、運転手は勘弁して欲しかった。それに、そんな体制が整えば、ますますデイサービスっぽくなってしまうではないか。

「頼もしいねぇ」

滝子が健太の腕をぎゅっと握った。

「お迎えの車を出してもらえるなら、喜んで行かせてもらいますよ。楽しそうだもの」

「ええ、みんな元気溌剌《はつらつ》で、楽しんでますよ。ぜひご主人と一緒にいらしてください」

滝子に別れを告げ、健太と琴江はミニバンに戻った。

その後、五軒ほど似たような農家を回り、野菜を仕入れると、ミニバンはとある小さな畑の前で停まった。

「ここの畑はね、今はケアする人がいないの。持ち主のおじいちゃんは、脳卒中で倒れちやって今は安在市《あんざいし》の病院にいる。おばあちゃんも看病疲れでダウンしちゃって、一緒の病院に入院してるの。でも、野菜は放《ほ》っておいても、育つから」

畑には、幅広の葉をつけている植物が植えられていた。

「これはね、ミニゴボウ。こうやって、収穫できるかどうか確かめるのよ」

琴江が根本を掘ると、土色の根が顔をのぞかせた。まるで団扇《うちわ》のような大きな葉っぱをつけた草の根っ子が、細長いゴボウになるとは意外だった。

「根の直径が二センチを超えていたら、OKなの。もう大丈夫そうね」

琴江が綱引きをするように、ゴボウの茎を両手で握った。

「よいしょ」

掛け声とともに、茎を引っ張ると、ゴボウがにょきりと出て来た。やってみろと言われたので、健太は琴江に倣って茎をつかんだ。

微動だにしなかった。

握り直し、腰に力を込め、もう一度引いてみた。

——ぬ、抜けない。

ゴボウ抜きという言葉があるが、実際にはそんなにうまくいかないものらしい。しかし、店長は楽々と引き抜いた。スポーツをやらなくなって久しいが、体力は中年女性にも劣るほど、低下していたのか。

「こつがあるのよ。力任せではダメ」

額に汗する健太に、店長が優しく諭した。

こつと言われてもよくわからない。自分は昔から不器用だった。グリップを変えて三度チャレンジしてみたが、根っ子が地面から顔を出すことはなかった。

「抜けないなら、まず周りの土を掘り起こしてみなさい」

言われた通りに、茎の周りを掘ると、やがて、小さなヒゲを生やしたゴボウの上部が地表に現れた。

露出したゴボウの先端を両手で握りしめ、思い切り引いた。

抜けた!

引き抜いたゴボウは、思ったより細く小さかった。こんな栄養不良っぽいゴボウに翻弄されていたのか。

健太と琴江は、十数本のゴボウを収穫すると、再びミニバンに乗り込んだ。集荷作業はこれで終了し、次に向かうのは、青果店である。

「近くに畑がいっぱいあるのに、野菜売るんですか」

健太が質問した。

「それは、そうよ。地域の人全員が農家じゃないし。農家は野菜を売らなければ、生計が成り立たないでしょう」

確かにそうだ。

「野菜を都会で売るとか、しないんですか」

「もちろん、そういうこともするけど、地域で穫《と》れたものは、地域で食べたほうが自然だと思わない?」

いわゆる、地産地消というやつか。

「あら、来たわね」

琴江がバックミラーを見ながらつぶやいた。健太が後ろを振り返ると、白いセダンがものの凄《すご》いスピードで追い上げてくる。こんな田舎道で、なぜこれ程急いでいるのだろう。

あおられても琴江がマイペースを崩さないと、セダンは、パッシングした後、ミニバンを追い越していった。

「近頃多いのよね、ああいう車」

琴江が、もうすでに小さくなってしまった車体に、目を細めた。

「何だったんでしょうね」

「あの人にとっては、普通のスピードなんでしょう。ここは、安在市に行く抜け道だから。安在は今、人口が増えているのよ。大きな自動車部品工場もできたし」

安在市と言われても、健太にはピンと来なかった。

「幕悦も、安在みたいに栄えてくれればいいんだけど」

琴江が小さなため息をついた。無理だろうな、と健太は心の中でつぶやいた。

「ねえ、答えたくない質問かもしれないけど、健太くんはなんで幕悦なんかに来たの？就農に来たわけじゃないんでしょう」

バイトとして採用された時には、されなかった質問だった。人手が不足しているのは明らかなのに、せっかく勤めたいと願い出てくれた人間に「何で幕悦なんかに来た？」とはさすがに訊《き》けなかったのだろう。だが雇用契約を結んだ今となっては、好奇心が勝ったらしい。

「環境を変えたいと思って」

「環境を変える？　それだけ？」

「はあ。まあ一応、それだけのような……」

さらなる質問攻めが来るかと身構えていたところ、琴江が「着いたわよ」と前方を指さした。

青果店は、先ほど通った幕悦町上元商店街の中にあった。ごく普通の八百屋さんだ。

店の目の前にバンを停め、集荷した野菜を運び出した。それほど広くない店の中には、三、四人の客がいて、店員と話をしたり、泥だらけのジャガイモをつついたりしていた。

「今日は量が多かったんで、ちょっと引き受けてもらおうと思って」

琴江が自分そっくりの、ふくよかな女主人に話しかけた。

「喜んで。こっちも助かるわよ」

価格の交渉などまったく無しに、売買が成立した。琴江が代金を受け取っている間、健太はカフェで使う分の野菜を、ミニバンに積み直した。

「野菜の価格って統一されてるんですか？」

車に戻って来た琴江に質問した。

「相場はあるけど、統一はされてないわね」

琴江がエンジンをかけながら答えた。

「すぐに取引が成立しましたね」

「お互い信頼関係でやってるから。久美《くみ》ちゃんは――あの青果店の代表だけど、彼女とは昔からの知り合いだし、こういうことやってお金稼いでるわけじゃないのは、久美ちゃんもあたしも同じだし。だから話が早いのよ」

「お金、稼いでいるわけじゃないんですか、だったら何のためにやってるんですか、という言葉をぐっと飲み込んだ。

琴江がミニバンを発車させた。そろそろ時刻は十一時を回ろうとしている。

「さっきの質問の繰り返しになるけど、健太くんは、具体的にやりたいことがあってここに来たわけではないのね」

健太はコクリとうなずいた。

「近頃役場のやってること、よくわからないのよね」

琴江は、独りごちるように続けた。

「少し前までは、就農希望の若い人たちを募集してたのに、今は何でもいいから、ともかく来てくれって方針転換したみたいだし。住居の面倒は見るけど、就職は民間に丸投げなのよ。地元の人間だって、それじゃ困るし、何よりも都会から来たあなたたちが混乱するわよねぇ」

「はあ……」

はっきり言って、健太にとってそんなことはどうでも良かった。何かを求めて、ここに来たわけではない。

都会から逃げ出そうと考えていた矢先、幕悦に住んでいた知り合いから、田舎の安いシエアハウスに住む気はないかと誘いを受けた。引っ越しをする知り合いの後釜《あとがま》ということだった。東京の高い家賃を払い続けていたら、早晩破産しかねない状況だったので、健太はこの誘いに乗った。シェアハウスの賃料は、東京の四分の一だった。

「健太くんは、東京に住んでたんでしょう。こんな田舎町じゃ、退屈しない？」

わかりきったことを訊くなよ、と健太は腹の中で毒づいた。

「いいえ、静かなところ、まあ、そんな嫌いじゃないんで」

「そう言ってもらえるのは嬉《うれ》しいけど。でもなんで、こんな駅前じゃなくて、止《とどめ》のほうに行かなかったの？」

トドメ？

そんな名前は聞いたことがなかった。

「止村よ。ホラ、ベジタ坊ってあるじゃない」

「ベジタ坊ですか」

それならわかる。アニメやゲームやカード遊びにもなっているキャラだ。個人的にはあまり興味がなかったが、流行《はや》っていることは知っていた。

「ここから数キロ離れた止村が、ベジタ坊発祥の地なの。キャラだけじゃなくて、TODOMEブランドの野菜や、観光農園なんかも手広くやっているのよ」

琴江の説明によると、四年前に経営危機に瀕《ひん》したが、何とか持ち直し、今でも成長を続けているのだという。

その栄えた止村の恩恵を、この地区は受けていないのか訊いてみると、琴江は小さく鼻を鳴らした。

「TODOMEブランドができた当初は、ちょっとはにぎやかになったけど、すぐ元に戻っちゃった。観光バスはここを素通りしていくし。まあ、おしゃれなお店もない寂れたところだから、仕方ないけどね。そうそう、TODOMEブランドのショッピングモールがもうすぐ出来上がるのよ。国道沿いに。安在にも近い場所だから、結構繁盛するんじゃないかしら」

ショッピングモールの話なら聞いたことがあった。シェア仲間の一人が、近々勤めるようなことを言っていた。健太も誘われたが、断った。大きくて都会的なものは、何だか恐ろしかった。ボロ雑巾《ぞうきん》のようにこき使われていた、全国チェーンの居酒屋でのバイトの記憶が甦《よみがえ》る。

「ベジタ坊とかモールとか、あんまり興味ないし。それ目当てでここに来たわけじゃないんで」

「そう。じゃあ、これからもよろしくね」

琴江が左手で健太の膝《ひざ》をポンと叩いた。モールに興味がないとはいえ、年寄りのたまり場に興味があるわけでもない。勘違いされたらウザいなと、健太は小さなため息をついた。

「さあ、着いたわよ」

コトカフェに戻って来た二人は、野菜の入ったダンボールを厨房に運んだ。厨房からカレーの香りが漂ってきた。

「ああ、ブロッコリーが欲しかったのよ。今が旬だから」

ダンボールの中をのぞき込んだ主任が、目を細めた。

「ブロッコリーは栄養満点なの。抗酸化や解毒作用にも優れているし……」

主任は、ひとしきり得意げにブロッコリーの効能を説明した後、洗ってから湯がくよう指示した。健太はうなずいて、流し台に向かった。

野菜を洗う健太のすぐ隣では、遠藤つぐみがトンカツを揚げていた。チラリと様子をうかがったが、つぐみは健太がまるでそこにいないかのごとく、振る舞った。

「ああ、腹減った。メシゃまだかい」

振り返ると、虎之助じいさんと、その仲間たちだった。

「もうすぐだから。トラさん」

主任が答えた。

「もう待てねえよ。もっと早くできんのかい」

「急いでやってるから。あと三分だけ待って」

「三分～？　三十秒でやってくれよ」

「そんなの無理よ」

「無理じゃねえよ。♪なせばなる～なさねばならぬ、な～にご～とぉもぉ～♪　って歌があんべえ。ああ、ハンバーグが食いてえ」

「知らないわよ、そんな歌。そんなにお腹《なか》が空《す》いてるなら手伝ってよ。人手不足なんだから。それから、今日はハンバーグありませんから。今日のランチメニューは、カレーかパスタですから」

「え～っ？　ハンバーグ、ないのかよお。ハンバーグ食いてえよぉ」

「わがまま言ってもダメ！　あたしはトラさんの母親じゃありません」

ぷっと噴き出す音が聞こえたので、顔を上げると、つぐみと目が合った。つぐみが慌てて下を向く。そんなつぐみに声をかける勇気もなく、健太は作業に戻った。

それにしても、じいさんたちはまるで子どものようではないか。人間年を取ると童心に返るというが、正にそれだ。

出来上がった昼のメニューは、カツと野菜のカレーと、豚肉とブロッコリーの味噌《みそ》バターパスタ。

料理を運ぶや、待ってましたとばかりに老人たちが、箸《はし》を握りしめた。パスタもカレーも箸で食べるのだ。どちらのメニューも野菜たっぷりだが、肉の量も半端ではない。こんなにカロリーの高そうなものを、年寄りたちはうまそうに頬張っている。

コトカフェは、大きな民家を改造したカフェだ。広間の中央に置かれたテーブルには、十人ほどの老人がいて、そこからあぶれた者たちは、銘々応接のソファーや縁側に座って食事をした。

「お年寄りが粗食というのは、大ウソね」

老人たちの食べっぷりに驚いていた健太に、店長が言った。

「みんな、脂っこいものが大好きなのよ。二日に一遍は肉を食べないと、精力が出ないっていう人もいるわね」

とはいえ、元気な老人ばかりではなかった。車椅子《くるまいす》に座っている者や、スタッフに介助してもらわなければ、食べることさえままならない者もいる。

さっきまでトンカツを揚げていたつぐみが、女性スタッフに混じって食事の介助を行っていた。

「あの……」

健太はためらいがちに、店長を見た。

「ここって、本当は、宅老所じゃないんですか」

「いいえ。ここはコミュニティカフェよ」

きっぱりと言われた。

「ここら辺にはお年寄りが多いの」

「若い人とかは、いないんですか」

「小さい子ならいるけど、あなたぐらいの年齢の地元の子は、みんな大きな街に行っちゃったわね。小さな子どもの親は、みんな共働きで忙しいから普段は来ない。でも週末には、親子連れでごはんを食べにくるわよ」

「ここに来ているじいさんばあさん、いえ、お年寄りたちは、普段何やってるんですか」

「商店や農家。もうみんな年金生活者だけど」

食事を終えた老人たちは、まだ店内に居残っていた。囲碁を始めたり、おしゃべりに興じたり。元気のいい老人は庭に出て、ゲートボールをやっていた。編み物をしているおばあちゃんたち、カラオケに興じているグループもいる。虎之助じいさんが、額に青筋を立て、昭和のグループサウンズらしき歌をうたっていた。

後片付けを終え、翌日の仕込みの準備に取り掛かっても、老人たちは帰る気配を見せなかった。むしろ、客足は増えている。昼食後にカフェにやってくる老人たちもいるのだ。

満杯状態になったカフェで、スタッフたちは忙しく働いていた。

「コーヒーはここに作ってあるから。飲みたい人は、セルフサービスよ」

主任がデンと、大型のパーコレーターをテーブルの上に置いた。

スマホの画面を見ると、もうすぐ四時。主任がこちらを振り向いたような気がしたので、慌てて視線を逸《そ》らせた。

危ない危ない。

捕まりたくはない。

「あ、あの、すいません……」

言葉がおぼつかないおばあちゃんの世間話に、うんうんと相槌《あいづち》を打っている店長の背中をつついた。

振り向いた店長は、一瞬キョトンとした顔をしたが、壁時計に目をやると、小さくうなずいた。

「そうだったわね。健太くんは四時までだったわね。もう上がっていいわよ」

言われなくても上がるつもりだった。サービス残業なんてまっぴらだ。

そそくさと帰り支度を整え、店長にだけ挨拶《あいさつ》して店を出た。帰り際に、つぐみの姿を捜したが、フロアーには見当たらなかった。

健太が住んでいるシェアハウスは、自転車で十分ほどのところにある。４ＬＤＫの古民家に、同世代の男三人と暮らしていた。奇しくも三人とも健太と同じ東京の出身だった。

ハウスに着き、自転車を物置に入れて、家の敷居を跨《また》いだ。三人のルームメイト、相本《あいもと》秀人《ひでと》と小泉裕也《こいずみゆうや》、堺剛《さかいごう》は居間に居て、スマホやタブレット型パソコンをいじっていた。

居間に入ると、三人は僅《わず》かに顔を上げ、部屋の空気を眺めるような視線を健太に向けるや、すぐにまたモバイルの画面に戻った。

こういった「ほぼ無関心」の環境は、健太を落ち着かせた。

初めてのシェアハウスでもっとも危惧《きぐ》したのは、住人の中に面倒なやつがいたらどうしようということだった。体育会系のノリだったり、やたらお節介を焼かれたり、意識高い系の社会活動家もどきだったりしたら、一つ屋根の下で暮らすのには大変だと思った。ところがハウスにいたのは、健太と似たような、ゆるく薄い人間関係を好むようなタイプばかりだった。

冷蔵庫から、マンゴージュースのペットボトルを取り出し、コップに空けず、そのままゴクゴクと飲んだ。他の住人に勧めることはない。自分の物は自分の物。他人の物は他人の物だ。

秀人の隣にどかりと腰を下ろし、スマホの画面をのぞき込んだ。SNSで、チャットをやっている。近頃急激に利用者数が増えた、有名なSNSだ。正面に座っている裕也とチャットをしていた。この二人は、普通に会話のできる距離にいるにも拘《かか》わらず、スマホを通じてコミュニケーションをとっているのだ。

以前は健太もチャットに夢中になっていたが、今では遠ざかっていた。チャットには既読機能がついているので、他人のつぶやきを読んだことは、コミュニティ全員に即時にバレる。だから、すぐに返信しなければ、つきあいの悪いやつと見なされてしまう。

このプレッシャーはメールの比ではない。既読機能をオフにして、夜時間がある時に、家でまとめ読みすることもできるが、それではチャット本来の意味がなくなってしまう。

かといって、放っておけば、ほぼ十秒おきにブルブルと携帯が振動する。このジレンマから逃れるためには、コミュニティを抜けるしかなかった。引っ越しを機に、健太はSNSを脱退した。

iPadでゲームをやっていた剛が、一段落したのか画面から顔を上げ、健太を見ると小さく「うす」と挨拶した。他の二人に比べれば、剛は引きこもり度が低い。ショッピングモールで一緒に働かないか、と誘ってきたのも剛だ。

「バイト？」

剛が訊いた。

「うん」

今朝家を出る際、三人はまだベッドで高いびきを掻《か》いていた。

「そっちのバイトは？」

「再来週」

「モールのどこ」

「八百屋」

剛がニヤリと笑った。

「っていうのは嘘《うそ》で、マライア」

「マライア？　それってもしかして、渋谷マライア？」

マライアは、渋谷でもっとも有名なファッションビルだ。傘下に十二のブランドを擁し、渋谷ファッションの牽引者《けんいん》としての地位を確固たるものにしている。

そのマライアが、なぜこんなド田舎に進出してくるのだ。

「マライアのビルが建つの？」

「ちげーよ。ビル、ってかモールの名前はＴＯＤＯＭＥモール。モールのテナントで入るのがマライア」

「だけど、どうしてマライアなんかで……」

剛は小太りで、着ている服もリサイクルショップで安く仕入れたような、時代遅れの代物ばかりだ。こんな、およそおしゃれとは程遠いタイプが、マライアなんかで務まるのだろうか。

「大々的に募集してたし、時給もいいし。一昨年まで、渋谷の専門学校通ってたって言ったら、一発で受かった。ほかの応募者は全員田舎もんだし、渋谷はおろか、奥多摩にさえ行ったことのないような奴らばかりだから」

剛によると、面接を受けようと思った野菜の直販所の入り口でふと斜め上を見ると、マライアの看板があったのだという。アルバイト募集の張り紙もあった。

剛は急きょ考えを変え、直販所の面接をシカト。用意していた履歴書をマライアのほうに提出して、その場で採用が決定した。

「八百屋とマライアなら、やっぱマライア取るっしょ。給料だって違うし」

時給は直販所の二割増しらしい。コトカフェの時給より、三百円高い。

「だから、一緒にやろうって言ったのに」

剛は勝者の笑みを浮かべていた。

「今からでも遅くねーぞ。まだ募集してるか、訊いてやろうか」

「や、遠慮しとく」

健太がきっぱりと答えた。剛の額にしわが寄る。

「面白いの？　健太の仕事？」

「いいや。タルい」

ケタケタと笑われた。

「じゃ、何でやってんの？」

「金、ないし」

「だから、モールのほうが稼げるって言ってるじゃない」

健太は黙り込んだ。そうかもしれないが、やはり巨大資本にはアレルギーがある。かといって、田舎の宅老所に愛着があるわけでもないが——。

「やっぱ、いい。タルいけど、今んとこでいい」

「マゾかよ」

「かも、しんない」

何気なく横を向くと、秀人がやっているチャットの画面が目についた。

（金ねえ。誰か恵んで）

とつぶやいたのは、秀人だ。（働けや、クズ（笑））や（氏ね）や（貸すけど、身体で返せ）というレスが続いた後に（いいよ）と答える者がいた。

「やっりぃ」

秀人が携帯から顔を上げ、ニッと笑った。

「本当かよ、それ」

思わず、健太が訊いた。

「ああ、ホントだよ」

秀人によると、恵んでくれと書き込むと、少額ながら援助してくる者がいるのだという。

「これで、一週間は安泰だな」

一週間後に金欠になったら、また誰かの施しを受けると秀人は言った。

「とんでもないやつだろ、こいつ」

一緒にチャットをやっていた裕也が、顎《あご》をしゃくった。（働けや、クズ（笑））とレスしたのは、他でもない裕也だった。その裕也とて、無職である。

「働くのは最終手段だから」

秀人が悪びれもせず言った。

2

「すごいな……」

大内正登《おおうちまさと》は、傍らにいる妻、あかねを振り返った。

「本当ね。これはもう、農場というより、工場だね」

二人は、十アールはある巨大なハウスの中にいた。天井は通常のハウスの二倍は高い。

「天井高は六メートルです。この高さだと、面積あたりの収穫量は、およそ三倍になりますね」

説明役の技術者が、にょきにょきと天井まで伸びているトマトの木を見上げながら言った。

「なんだか、このトマト、随分実がたくさん生《な》ってるわね」

あかねが言うと、一緒にいた幕悦町役場の二人が、どれどれとメガネを持ち上げ、目を細めた。先ほど紹介を受けた井筒《いづつ》と金森《かなもり》は、役場の商工観光課に勤めている。第三セクターのプロジェクト・ＴＯＤＯＭＥモール21の責任者と補佐である。

「一つの木に何十個も実が生るよう、品種改良されたトマトです」

技術者が誇らしげに言った。

しかし、よく見ると、トマトが生っているのは土の上ではない。何やら埃《ほこり》が絡まったような塊の中に、苗が植わっている。

「特殊な人工繊維ですよ。ここにあるパイプで一日六十回、養分を加えた水を与えます。すべて自動で行っています」

「へえ、そいつぁすごいね」

役人二人が目を見張った。

「それから、この、人工繊維の脇にあるビニールパイプからは、二酸化炭素が放出されます。外気の二倍以上の量です。光合成がもっとも活発に行われるよう、コントロールされているのです」

そんなことまで調整されているのかと、正登は驚いた。

巨大ハウスの見学が終わると、併設されている事務所の中に案内された。机の上には、デスクトップ型のパソコンが三台置いてある。

「ここでハウスの内部を集中管理しています。ご覧ください」

技術者が、真ん中のパソコン画面に現れた二本の折れ線グラフを示した。

「赤のラインが理想の温度。緑のラインは実際に測定された温度です。まず、トマトにとって理想的な一日の温度変化を設定します。すると、ハウス内で測定された温度が、理想の温度に近づくよう、二十四時間自動で調節されます。こちらは、湿度のライン。同様に自動調節がなされています」

「雨風も凌《しの》げるし、温度や湿度や二酸化炭素の量も、理想的な環境に置かれているわけね。

人間の住環境より、こっちのほうがよっぽど洗練されてるじゃない。人より甘やかされたトマトは、さぞかし甘くて美味《おい》しいでしょうね」

あかねの言葉に、一同が笑った。

「それはもちろん。TODOMEブランドのトマトですからね。日本一うまいに決まってる。なあ、金森くん」

上司に同意を求められた金森は、赤べこのように首をカクカク上下させた。

「このシステムを導入すれば、理想的な農場経営ができます。台風や獣や虫の被害に悩まされることはもうありません」

技術者の締めの言葉を聞いた後、一行は事務所を後にした。

「噂《うわさ》には聞いていたが、凄いな。あれがスマートアグリっていうやつか」

正登がハウスを振り向き、つぶやいた。

「優《ゆう》ちゃんが好きそうだよね、こういうの」

あかねが言うと、正登が「そうだな」と同意した。

「それにしても、あれがTODOMEブランドなの？」

あかねが、役人二人に気づかれないように、小声で尋ねた。

「提携してるからな。契約条件の中に、TODOMEブランドの使用も含まれてる」

次に通されたのは、巨大ハウスに隣接している、野菜の加工工場だった。ハウスで収穫された野菜をここで加工し、販売するのだ。

しかしながら、最新鋭のハイテクハウスに比べ、工場のほうは凡庸だった。この程度の加工工場なら、あちこちで見かける。

「ここでは、主に何を作るつもりですか」

正登が井筒に質問すると、井筒は部下を振り返った。

「トマトジュースですね」

金森が一瞬考えた後、答えた。先ほど見たのがトマトなので、トマトジュースと答えたまでのような気がした。

「今は工場見学が流行だからね。この加工工場と、スマートアグリで、学校の社会科見学を誘致しようと思ってるんですよ」

加工工場は、目の前にそびえる大きなモールに直結していた。TODOMEショッピングモールである。

TODOMEモールは、今、正登たちがいる加工工場やスマートアグリを擁した「アグリモール」、そしてメイン施設の「ショッピングモール」、さらにTODOMEのキャラクターであるベジタ坊を展開した「アミューズメントモール」の三つから成る、日本初の「六次産業モール」として近日中にオープンを予定していた。六次産業とは、一次産業の農業と二次産業の加工業、三次産業のサービス業をくっつけた、総合的な産業という意味の造語である。

工場を出て、屋内通路をショッピングモールに向かって歩いている時、井筒が「あっ、あれだあれだ」と言いながら、吹き抜けの方を指さした。

「知ってるでしょう、あのMAのロゴ。あそこにマライアが入る予定なんですよ」

得意げに言う井筒の思う壺《つぼ》のような反応を見せたのは、あかねだった。

「マライアって、まさか……あの渋谷マライアのこと⁉」

井筒が、どうだと言わんばかりに大きくうなずいた。

「急きょ入居が決まりましてね。わたしどもも、驚いているんですよ。いや、驚いちゃいけないかな。TODOMEやベジタ坊のブランド力だって、マライアに引けを取りませんから。何でもベジタ坊のアニメは、アメリカでも人気っていうじゃないですか。マライアがコラボを求めて来ても、不思議じゃない」

わはははははは、と井筒がメタボリックな腹を抱えて笑うと、金森も倣って腹を突き出し、無理やり笑った。

正登は小声で「マライアって何だ？」とあかねに訊いた。

「渋谷で有名なファッションビルよ。よく、待ち合わせ場所なんかに使われてる」

「そんなブランドがなぜ、幕悦なんかに来るんだ？」

「さあ。でも凄いことじゃない、これって。開業したらモールは、人で埋まっちゃうよ」

「TODOMEモールも、TODOME・マライアモールと、名称変更しようかと考えてるところなんですよ。どう思いますか、大内さん」

「いいんじゃないですか」

あかねが即座に答えた。

「マライアのブランド力は、鉄板ですから。安在や長野市からの集客を望めますし、名古屋からも観光客を期待できるでしょうね」

うんうんと井筒が満足気にうなずいた。

「本家本元からのお墨付きが頂ければ、我々分家としても心強いです。年間来場者数も一千万人に上方修正しますよ。なあ、金森くん。わははははっ！」

「おっしゃる通りで、わっはははははははははははっ！」

金森は、上司のレプリカを演じることに血道を上げているようだった。これが田舎の役人の処世術なのかと、正登は苦笑いした。

それにしても、井筒は先ほどから随分と慇懃《いんぎん》な態度ばかり取っている。何だかちょっと、馬鹿にされているような気がしてきた。

「本家本元だなんて、そんな。これだけの巨大施設に比べれば、我々なんてちっぽけな存在ですよ」

謙遜《けんそん》して言ったつもりだが、フンと鼻を鳴らした井筒の態度からは案の定「それはそうだろう」とでも言いたげな心根がうかがえた。

「ま、止村とは専用のシャトルバスで繋《つな》ぎますし、そちらの客を奪うつもりなどサラサラありませんから、ご安心を。共存共栄と行きましょうや。おっと、失礼。挨拶に行かなきゃ」

フロアーにマライアの責任者を発見したらしい。

「一緒に来ますか？　紹介しますよ」

「いえ、またの機会に」

業務提携しているとはいえ、資本関係はないのだから、あまり深入りするつもりはなかった。

「わたしどもは、ちょっと一回りしてから帰りますので、お気遣いなさらないでください。本日はどうも、ありがとうございました」

正登とあかねが、ペコリと頭を下げた。

「そうですか。それでは、これで。多岐川《たきがわ》社長にもよろしくお伝えください」

井筒と金森は、正登たちと別れ、エスカレーターに向かった。

「何だかさぁ」

あかねが去りゆく二人の役人に目を細めた。ガッチリした背中の井筒。猫背で背が高く、痩せている金森。

「あの人たち、自分のやってること、ちゃんと理解してるのかなって思っちゃう。あの井筒って、タヌキみたいなおじさんが責任者で、その劣化コピーみたいな痩せた人が補佐なんでしょう」

正登が噴き出した。タヌキとその劣化コピーか。本人たちが聞いたら、いったいどんな顔をするだろう。

「TODOMEモール21という開発会社を、第三セクターで創設したんだ」

民間の資金を集めて来たのは、止村株式会社の社長、多岐川優がアメリカに留学していた頃、現地の大学で知り合った佐藤《さとう》という男である。佐藤は、STコーポレーションという投資ファンドの代表だ。

「そのTODOMEモール21に役場から出向したのが、井筒さんと金森さん。まあ、二人とも専門家じゃないから、あまり詳しいことは知らんのだろう」

「さっきのスマートアグリの見学じゃ、あたしたちと一緒に驚いてたし、加工工場で何が作られるのかさえ知らない様子だったし。あたしはてっきり、あの二人が色々説明してくれるものだとばかり思ってた」

今日、こうしてTODOMEモールに来たのは、役場が見学会をアレンジしてくれたからだ。予定が入ってしまった優の代理として、正登とあかねが見学会に参加したのだった。

「お役人だから、そういうことはしないいんじゃないのか」

「じゃあ、その佐藤さんって人はどうなのよ。佐藤さんは、TODOMEモール21に出向していないの？」

「さあ、わからんな」

その時、正登のポケットに入っていた携帯電話がブルブルと振動した。

梅田《うめだ》千秋《ちあき》からメールが届いていた。

千秋は今、アミューズメントモールで、ベジタ坊の監修を行っている。ベジタ坊は、止村在住の漫画家である千秋が生み出した、今や国民的人気のキャラクターだ。

「行ってみるか」

正登とあかねは、アミューズメントモールへの連絡通路を探すため、エレベーター脇に置いてあった館内マップに目を走らせた。

「大きいわね」

今更ながら、あかねがため息をついた。

マップを見る限り、地上三階の建物の一階部分には、野菜や土産物の直販所、雑貨店、スーパー、百円ショップなどが入居することになっている。二階と三階の一部は、マライアが独占。残りの三階部分には、庶民的なフードコートと、それとは対照的な高級レストランが軒を連ねていた。

「でも何だか、ごった煮みたいな感じするよね」

あかねが、眉をひそめた。

「これに、スマートアグリに加工工場、さらにベジタ坊まで加わるわけでしょう。もう、何でもありって感じ」

「派手に箱モノを造っちまったからな。テナントの誘致だけでも大変だったんだろう。それに、六次産業モールを標榜《ひょうぼう》してるんだから、いろんなものがくっついてくるのは仕方のないことだよ」

東京にある大型商業施設でも、お仕事体験パークや、ヨーロッパの街並みを模倣したアトラクションなどが併設されていると聞く。

「まあ、そうかもしれないけど……あっ、ここだ。ここから、アミューズメントモールに行けるよ」

館内マップの場所から歩くこと数分。正登とあかねは、アミューズメントモール、別名ベジタ坊パークに到着した。

「正登さんたちも、こっちに来てたんですね」

丸メガネをかけた、小太りの男が近づいて来た。千秋だ。

「本社に連絡して知りました。言ってくれればよかったのにぃ」

「急に決まったことだからな。どうだ調子は？」

正登が尋ねた。

「ええ、まあ。ぼちぼちです」

辺りをぐるりと見渡すと、小さなおとぎの国のような造りになっている。正登たちがいるのは、パークの中央に位置する広場。正義の野菜ヒーロー軍団、ベジタ坊の各キャラと、悪役である「野菜のくず」の銅像がそこかしこに建っていた。滑り台、ブランコ、ジャングルジムといった定番の遊戯施設もある。

「何だか、このベジタ坊、ムキムキね」

あかねが、ベジタ坊のメインキャラ、じゃがたら坊の銅像に目を細めた。

「それに、この野菜のくずたち、悪役とはいえ、ちょっと不気味。これじゃ、子どもたち、怖がっちゃうんじゃない？」

分厚い大胸筋を持ったベジタ坊や、耳元まで裂けた真っ赤な口から、ヘビのような二股《ふたまた》の舌を出している野菜のくずを目の当たりにし、正登も同じような印象を持った。昔のベジタ坊はもっと、ほのぼのとしたキャラクターだったはずだ。

あかねの問いかけに対して、千秋は小さく肩をすくめただけだった。

広場を囲むように、尖塔《せんとう》を擁した劣化コピーのシンデレラ城のような建物がある。中には、キャラクターグッズの販売店や、レストラン、ゲームセンター、ミニシアターなどがあった。

千秋の案内で、建物の内部を見学していると、正面から歩いて来る集団に出くわした。一人を除いた全員が、ベジタ坊キャラのコスプレをしている。

「梅田先生、今リハを終了しましたから。もう、ばっちしですよ」

黒のタートルネックに同じく黒のズボンを穿《は》いた、黒ずくめの男が、千秋に向かってニッと笑った。

「まあ、あれでいいとは思うけど、もう少し、穏やかな幕引きはできないものかなあ。悪役キャラをすべてボコボコ、ベコベコにして、めでたしめでたしっていうのはねぇ」

「どうしてですか？　悪役だから、倒されるのは宿命でしょう」

黒ずくめの男が、口を尖《とが》らせた。

「うん、まあ……そうなんだけど、もうちょっと、救いを持たせたほうがいいっていうか。参加型のシアターだから、子どもたちにも役を演じてもらうわけじゃない。あまり過激なのは、親御さんからも敬遠されるんじゃないのかなぁ」

「でも、これって、テレビアニメをベースにした台本ですよ」

黒ずくめの男は、チラリと正登とあかねの様子をうかがった。

「おれはアニメの脚本、担当してないからなぁ」

「じゃあ、こうしましょう、梅田先生。ボコボコ、ベコベコじゃなくて、ボコボコ程度にしときますよ。それなら大丈夫でしょう。ちょっと行かなきゃいけないんで、もう、いいっすか？」

男は千秋の返事を待たずに、コスプレ集団を引き連れ、去って行った。

「劇場のディレクターと、役者さんたちですよ。ベジタ坊の劇をやるんです」

千秋がコスプレ集団の後ろ姿を見送りながら、言った。

「何だか、あの黒子の人、態度が横柄だったね」

あかねが、眉をひそめた。

「ディレクターだから、自分の世界観があるんですよ」

「にしてもさぁ。ベジタ坊は、千秋くんが作ったキャラでしょう」

千秋は難しい顔をして、口をつぐんでしまった。

「まあ、いろいろあるんだろうよ。それより、少し休んでお茶でも飲まないか」

正登が提案した。

館内を歩いていると、人気のないゲームセンターでUFOキャッチャーをやっている、痩せた男の姿が目についた。男は意味不明な罵詈雑言《ばりぞうごん》を浴びせながら、乱暴にマシンを操作していた。

「くそう。ファッキング　ブラット！　ユー　ピッグ！　ンだよ、この不良品は。てめー壊れてんだろう！」

谷村三樹夫《たにむらみきお》だった。止村株式会社のネット販売責任者だ。

「おい、他社のものを壊すなよ。丁寧に扱え」

正登がたしなめた。

「この、もちきび坊のフィギュアが、おれ、好きなんすよ。けど、どうしても取れねえ。もう二千円もつぎ込んでるのに。行け！　あーっ！　また落ちた！　ファッキュー　ビッチ！」

三樹夫が中指を突き立てた。

「ぎゃあぎゃあうるさいぞ。お前、仕事サボって来たのか？」

「いえ、違いますよ、正登さん」

ゲームを終えた三樹夫が、正登を振り向いた。

「仕事っすよ。TODOMEモールのWEB責任者に挨拶してきました。時間余ったんで、このイベリコ豚がちゃんと仕事してるか、監視しに来たんすよ」

イベリコ豚と呼ばれた千秋は、怒るわけでもなく、やれやれといった具合に肩をすくめ、正登を見た。

「三樹夫くんもお茶に付き合う？」

あかねが誘うと、三樹夫は「喜んで」と正登たちに合流した。

各々自販機で飲み物を買い、喫茶スペースに腰を下ろした。厨房設備はすでに整っているが、まだオープンしていないので、従業員はいない。

「何だか疲れちゃった」

あかねが、片目をつむって、缶コーヒーのタブを引っ張った。プシュッと乾いた音が、人気のないパークにこだまする。

しばらく四人は、無言でドリンクを傾けた。

「さっきの質問ですけどね……」

千秋がファンタグレープの缶をトンとテーブルの上に置き、語り始めた。

「おれの言うこと、なかなか聴いてくれないんですよね。こんなことなら、来なきゃよかったと後悔してます。でも顧問に任命されたわけだから、監修しないわけにはいきませんし。正直辛《つら》いっす」

「社長に相談してみたら」

あかねが言った。

「いえ。社長も忙しいでしょうし、こんなことで煩わせたくありません。あの人自身、部下の泣き言を聞くのは大嫌いなタイプだし」

「それもそうね」とあかねが同意した。

業務提携契約を結ぶ際、TODOMEモール21側が、千秋にベジタ坊パークの外部アドバイザーをお願いしたいという条件をつけてきたのだった。任務はオープニングまで。あと少しで任期は満了する。

「止村に気を遣って、おれを名目だけでもアドバイザーとして雇おうとしただけじゃないんですか」

千秋が自嘲《じちょう》気味に言った。

「おめえ、人が好《よ》すぎるんだよ。小さな声でぼそぼそ言ってねえで、ばしっと言ったれ。監修の責任者なんだから」

三樹夫が眉を吊《つ》り上げた。

「そうだけど、それだけの問題じゃないんだ……」

千秋によると、かなり前からベジタ坊は作者の手を離れ、独自の進化を遂げているのだという。ベジタ坊の二次的著作物を、ほぼ野放し状態にしてきたからだ。

ベジタ坊をアニメやカードゲーム化した際、オリジナルのコミックとは異なったテイストになったが、千秋はあえて注文をつけなかった。二次的著作物に取り組むクリエーターの個性を尊重したかったからだ。クリエーターが自由を制限されることを嫌うのを、同じクリエーターである千秋は、身に染みて分かっていた。

「だけど、それがあだになったっていうか、みんな本当に好き勝手やるようになったんだよ。原作に対するリスペクトなんか、まったくなくなっちゃって。原作者はうるさいこと言わないから、やりたいこと、ガンガンやっちゃえって感じで。気がついたら、あんなことになってた」

千秋が顎をしゃくって、広場の銅像を示した。

「確かに、あれはどうかと思うな」

正登がうなずいた。

「筋肉質のじゃがいもやピーマンって、ありえないでしょう。完全にアメリカ仕様ですよ。ベジタ坊はアメリカに上陸して、さらに訳の分からない進化を遂げたんです。もう、ぼくの腹を痛めて生み出したベジタ坊とはまったく別物です。ベジタ坊って、元々ほのぼの系のキャラだったでしょう。止村の日常を綴《つづ》る、マンガエッセイとして始めたわけじゃないですか。それがいつの間にやらバトル物になってる。地球征服を狙《ねら》う悪の野菜軍団と戦う、正義の野菜ヒーローってことにされちゃった」

「そりゃ、読者にしてみりゃ大人しいストーリーより、エキサイトするほうが、面白いからだよ。少年マンガだって、バトル系が主流だろう」

三樹夫がしかつめらしく言った。

「最初からきっちり釘《くぎ》を刺しておかなかった、おめーがいけねえんだよって言っても、まあ、後の祭りだけどな。もっと前向きに考えろよ。おめーは、これだけいろんなやつが利用したがる、ベジタ坊キャラの生みの親なんだ。もっと自信持て」

「そうだよ、千秋。こんな巨大なモールを造るための資金調達が、なぜできたかといえば、ベジタ坊があったからだ。新鮮な野菜と観光農園の止村のネームバリューだけじゃ、投資家は集まらない。世界的な展開を見せるベジタ坊キャラの付加価値があったからこそ、彼らの食指を動かすことができたんじゃないか」

正登が励ました。

「それが、自分のしたこととは、あんまり思えないんですけどね……」

あくまでもネガティブな千秋だった。

「おい、もういい加減にしろよ。そんなに後悔してんだったら、ベジタ坊には、もう見切りつけて、別のキャラを生み出せ。そういや近頃おめえ、マンガ描いてないだろう。描かねえ豚は、ただの豚だぞ」

三樹夫が言うと、千秋の瞳がウルウルと揺らぎ始めた。

「描いてるよ。新しいキャラだって、とっくに考えたよ。でも……ダメなんだよね。どの出版社も引き受けてくんない。おれって本当は、才能ないのかもしれない……」

千秋が突然「うあ〜ん!」と泣き叫びながら、テーブルに突っ伏した。

「千秋くん。考えすぎるの良くないよ。きみは才能あるんだから。自分を卑下しちゃダメ」

あかねが、震えている肉付きのいい背中をさすった。千秋は顔を上げ、洟《はな》をズーッと啜《すす》ると、再び泣き崩れた。

「ねえ、TODOMEモールって本当に大丈夫なのかしら」

妻の瞳に不安の色が広がるのを見て、正登は大きく深呼吸した。

「大丈夫だよ。バックには優くんの親友で、頭の切れる佐藤さんがついてるんだ。マライアだって来るし。お前自身、さっき言ってたじゃないか。マライアのブランド力は鉄板だって。多岐川社長は、このプロジェクトを高評価しているよ」

「まあ優ちゃんはこういうの、好きそうだから。アメリカナイズされた人は、新しくて巨大で派手なものに目がないでしょう。でも、副社長はどうなのよ」

「美穂《みほ》は、うん、まあ、そうだな……」

正登は、しばらく会っていない一人娘の顔を思い浮かべた。

「……まあ、あまり好意的には捉《とら》えていなかったようだな」

「二人がああなったのは、このTODOMEモールが原因なの？」

「それはわからん。夫婦の間のことだからな」

3

東京にはすでに桜のシーズンが到来したようだが、幕悦ではまだちらほらと蕾が散見できる程度である。

コトカフェでは、TODOME・マライアモールのグランドオープニングの話題で持ち切りだった。テレビで特番を組み、長野出身の有名タレントに総合司会をさせるほどの力の入れようである。地元だけではなく、在京のテレビ局やラジオ、新聞、インターネット動画サイトなども取材に訪れた。

人ごみが苦手な長谷川健太は、オープニングには行かなかった。しかし、バーチャル以外のことに一切興味がないと思っていた相本秀人と小泉裕也の二人が、嬉々《きき》として出かけて行ったのには驚いた。案外人好きだったのかもしれない。

TODOME・マライアモールが稼働を始めてしばらくしてから、堺剛が引っ越した。マライアの借り上げ社宅に移り住んだのだ。シェアハウスからモールまでは、自転車で三十分ほどかかる。晴れた日はともかく、悪天候になったらやっかいな距離だ。かといって、公共の交通機関は整備されていない。

いずれ契約社員として働く覚悟があれば、特別に社宅の使用許可を認めるといわれた剛は、熟慮の末、「お願いします」と頭を下げた。

「何だよ剛、サラリーマンになっちゃったの？　それじゃ、東京にいるのと同じじゃん」

秀人がちゃかした。

「うっせー。お前らニートとは違うの、おれは」

剛の瞳には、以前には見られなかった輝きがあった。

「働かざる者、食うべからず、だろ。お前らも、そろそろグダグダしてんの、卒業しろよ。お母さんが泣いてるぞ」

ゲームで、一人だけ次のステージに進んだような晴れ晴れしい表情で、剛はハウスを出て行った。

コトカフェでは、モールの開業を機に、客足が減るのではないかと危機感を募らせていたが、むしろ、客は増えている。特に母親に連れられた就学前の子どもたちが、多く訪れるようになった。

TODOME・マライアモールが地域の人間を大量に雇用したお蔭《かげ》で、共働き家庭が急増し、正規の保育園が満員になってしまったため、コトカフェで預かってもらえないかと、依頼が来たのだ。

コトカフェは、宅老所でも託児所でもないコミュニティカフェである。しかし、コミュニティカフェとはそもそも、地域社会の居場所になっているところの総称だ。居場所のなくなった地域の子どもたちを預かるのも、自分たちの使命だと新沼琴江は考えた。

不安はあったが、いざ預かってみると、カフェにたむろする常連の老人たちが、積極的に面倒を見てくれた。一緒にかくれんぼをしたり、絵本を読んで聞かせたり、ゲームをやったり。孫のような年齢の子と遊ぶことが、老人たちの癒しになった。

評判を聞きつけた若い母親たちが、次々に子どもを連れて訪れたため、コトカフェはパンク状態になった。琴江は、早急に空き家だった隣家を、二号店としてオープンさせる準備に取り掛かった。

時期を同じくして、コトカフェの女性従業員二名が辞表を提出した。表向きは家庭の事情ということだったが、二人ともTODOME・マライアモール内の店舗に就職が決まったと、もっぱらの噂だった。琴江は引き留めたが、二人の決意は固かった。

離職の挨拶に来た二人から、健太は耳打ちされた。

「きみも、まだ若いんだから、こんなところで埋もれてちゃダメよ」

「やっぱ、モールに転職するんですか」

恐る恐る尋ねてみると、二人は唇に人差し指を立てながら、小さくうなずいた。

「マライアよ。あそこの時給、ここよりずっといいし、何よりも大企業だから安定してるし、それに、オシャレでしょう」

時給の話は、剛から聞いて知っていた。

「琴江さんはいい人だけど、いい人すぎて、ほとんどお金を落としてくれないお客さんまですべて受け入れてしまうじゃない。これじゃ、いつかここ、潰《つぶ》れちゃうわよ」

「そうそう。それに、ナンバー2は逆にすごく厳しいし、疲れるのよね」

もう一人が、遠くにいる主任に流し目を送った。

確かに主任は厳しい。しかしそれは、鞭《むち》で背中をひっぱたいて、「働け、働け」と強制するような厳しさとは、少し違うということに健太は気づき始めていた。

主任はむしろ、無駄な仕事はするなと言っている。

先を読んで効率よく立ち回らなければ、雷が落ちた。無理もない。ここでは、職務分掌など無いも同然で、厨房アシスタントとはいえ、すべてのイレギュラーな物事に対処することが求められる。

これが欧米人であれば、雇用契約違反だと騒いでいたところだろうが、社会に溶け込むことに不器用とはいえ、一応身体の中に日本人のDNAが流れている健太は、当初は戸惑いながらも、次第にこのシステムに馴《な》らされていった。

健太がテキパキと無駄なく行動すると、主任は誉《ほ》めてくれた。叱《しか》るばかりの人ではない。どこぞの大企業の管理職のような、人使いのうまさがあった。

「あの……他にここを辞めそうな人っているんですか？」

健太が、厨房の奥で野菜を洗っている遠藤つぐみに視線を走らせると、二人の従業員は納得顔になって、お互いを肘《ひじ》で小突き合った。

「つぐみちゃんは、辞める気ないわよ。ここが気に入ってるみたいだから」

「ということは、きみも辞める気ないわよねぇ。失礼しました」

頬がカ～ッと火照るのを感じ、健太は二人に別れの挨拶をした後、そそくさとその場を離れた。

つぐみの存在を抜きにして、健太がコトカフェに留《とど》まる理由はない。しかし、仕事のやり甲斐《がい》というものを感じはじめてもいた。それは、厨房にこもりっきりでルーチンワークをこなしていた、都内の居酒屋チェーン店では味わったことのない感覚だった。

カフェに毎日といっていいくらい来る、車椅子の女性がいる。二ノ宮光子《にのみやみつこ》という七十代半ばのご婦人だ。光子は、他人に過度に干渉されることを嫌う。かといって、一人ですべてができるわけでもない。

「空気を読む」ことに長《た》けている、典型的な現代の若者である健太は、光子が他者との間に求める距離感を、即座に察知した。痒《かゆ》いところに手が届くよう、さりげなく手助けするのはいいが、「痒いんでしょう?」と背中をガリガリ掻《か》いてやるのはNGなのだ。

ある日、光子が車椅子から自力で立ち上がろうとしているのを見て、健太はそっと彼女の背後に近づいた。

古い民家なので、バリアフリーではない。廊下に手すりはないし、無駄なステップもある。光子は壁伝いに廊下をゆっくりと、歩いて行った。車椅子で移動しているのが不思議なくらい、しっかりとした足取りだった。

順調に歩を進めていた光子だったが、ステップを乗り越えようとした時、バランスを崩した。健太が手を差し伸べるのと、光子が自力で体勢を整えたのは、ほぼ同時だった。

光子が健太を振り返り、鼻を鳴らした。

「今の世の中、どこもバリアフリーが大流行だけどさ、ここは違うのね」

「す、すみません」

健太はペコリと頭を下げた。

「謝ることなんかないわよ。あんたはここの経営者じゃないんでしょう。それに、バリアフリーがいいなんて、あたしは一言も言ってないから」

健太が顔を上げた。

「年寄りを甘やかしたらいけないのよ。バリアはむしろ、あったほうがいいの。そういうモンを毎日乗り越えていたら、筋肉もついて、脚もちゃんと動いていたかもしれないのに、反省してるんだよ」

そういえば、何かの番組で、老人は適度の筋トレをやったほうがいいと医者が説いているのを聞いたことがあった。

「でも、やっぱり、一人じゃちょっぴり不安だった。ケンイチくんが、さりげなく見守ってくれているの、気づいてたから。ありがとうね、ケンイチくん」

「ぼ、ぼくのことですか。いえ、見守るだなんて、そんな大それたことは……」

こう言いつつも、胸の奥に温かいものが広がるのを感じた。人から感謝されるなんて、何年ぶりだろう。

「あんまり運動し過ぎても、息子や嫁に怒られるから。もう大人しく、車椅子に戻るよ。ケンイチくんだって、ばあさん一人にかまけてる時間はないだろう」

「いえ、時間なら大丈夫です。それから、ぼくの名前、ケンイチではなく、健太です」

「あら、そうなの？　ごめんなさいね。あんた、訂正しなかったから、てっきりケンイチだとばかり思ってたわ」

光子は、健太の手を借りず、車椅子まで戻った。

「今の対応、よかったわよ」

振り向くと、主任だった。さっきまで、厨房の奥で忙しく働いていたのに、いつの間にか健太のすぐ後ろにいた。

「きみも、ここでの生活に慣れて来たようね。あたしより早く動けたんだから」

どうやら主任は、歩行練習を始めた光子に、いち早く気づいたらしい。そして同じく気づいた健太が、どのような行動を取るのか観察していたのだ。

「その調子で頑張ってね。男手はきみだけなんだから。期待してるわよ、ケンジくん」

いえ、健太です、と言おうとした時には、もうすでに主任は踵《きびす》を返し、厨房に戻ろうとしていた。

その日の午後、光子を迎えに来たのは、中年の男性だった。男性は、健太と目が合うと、小さく頭を下げた。男性は光子の息子で、役場の農政課に勤めているという。

「いつも母から聞いてますよ。東京から越してきたんだって？　コトカフェに勤めるために？」

「いえ、ここはバイトですから」

「じゃあ、本当は農家、やりたかったのかな」

二ノ宮の銀縁メガネがキラリと光った。

健太は、ここに来た経緯を簡単に説明した。二ノ宮は、うんうんとうなずきながら聞いていたが、シェアハウスの話になると、いきなりポンと手を叩いた。

「ああ、一筋通りにあるあの家ね。あそこは昔、清水さんって人が住んでたんだ。そもそも、ぼくらが民間に委託して、入居者募集を行っていた所だよ。この辺りには、空き家が多いから、空き家バンクを役場でやってるんだ。当初は、就農希望の移住者向けということで始めたけど、そのうち何も農家だけにこだわらなくなった。だから最近では、いろんな人たちが来る。数年前までは、なかった現象だよ。まあ、わが町には止村があるからね。きみも本当は、止村に勤めたかったんじゃないの？　っていうよりTODOME・マライアモールのほうかな」

「いえ。違います」

またTODOMEか。村のほうはともかく、モールに就職するつもりなんかない。

「そうか。まあ、あれこれ訊くつもりはないけど、できたらこの町に長くいてくれるとぼくらも嬉しいな。母がきみのこと、気に入ってるみたいだし。ここには就農者だけじゃなくて、自由人や芸術家も幅広く受け入れる風土があるからね」

4

雪解けとともに今年もイチゴ狩りのシーズンが到来し、止村の観光農園には沢山の観光客がやって来た。TODOME・マライアモールと競合するのではないかとの意見もあったが、蓋を開けてみれば、二つの施設は今のところ程よく共生していた。

そもそも止村は、風光明媚《ふうこうめいび》な中山間地域にあり、売りは観光農園や、農業体験だ。一方TODOME・マライアモールは、国道沿いの平地にある巨大商業施設。最先端の農園があり、都会の最新ファッションやグルメも楽しめる。名前は同じでも、コンセプトの異なるものは競合しない。

ベジタ坊のぬいぐるみを持った小さな男の子が、正登の脇をダーッと駆け抜けて行った。

「ダメよ。そんなに走っちゃ。転んじゃうわよ」

少年の後ろから母親らしき女性が声をかけた。学校が春休み中なので、家族連れが多い。

止村株式会社の営業統括責任者の大内正登は、いつものように各施設の見回りに余念がなかった。昔は正登の一人娘であり、止村株式会社の副社長だった美穂が担当していたが、今彼女はここにはいない。表向きには出向扱いとなっている。

施設内のカフェに立ち寄ると、従業員たちが、忙しく働いていた。千秋に憧れて止村にやってきた、漫画家を目指す若者たちだ。カフェで働きながら、千秋のアドバイスを受け、投稿用の原稿を描いている。

彼らは正登の姿を認めると、ピッと背筋を伸ばし、目礼した。美穂の指導のおかげで、礼儀作法はきちんとしている。

「いやぁ、大内さん。なかなか盛況だね」

背後から声をかけられたので振り向くと、役場の二ノ宮だった。

「おかげ様で。仕事ですか？　二ノ宮さん」

正登は空いているテーブルに座るよう、二ノ宮を促した。

「近くまで来たんで、寄らせてもらったんですよ。役場は止村の株主でもあるからね」

四年前、止村株式会社が倒産の危機に瀕した際、公的資金を注入できるよう動いてくれたのが二ノ宮だった。役場と止村は敵対関係にあったが、美穂の尽力により、二ノ宮は最終的にこちらの側についてくれた。

「ここもやっと落ち着いてきたことだし、そろそろ次のステップを考えてないの？」

二ノ宮がぐるりと周囲を見渡すと、正登に質問した。

「次のステップというと」

「事業拡大だよ」

止村が危機から脱した最初の一年間は、信用を取り戻すだけで精一杯だった。TODOMEモール建設プロジェクトが立ち上がった一昨年と去年は、業務提携契約に専心した。

そして今年は——。

「巨大なモールが出来上がったわけですから、慎重に成り行きを見守っている最中ですよ」

「それは大内さん個人の意見？　それとも社長自らそう考えているのかな」

「社長もわたしと同じ考えだと思います」

「そうなのかねぇ。あのアグレッシブな多岐川社長が、大人しくしているってのはちょっと意外だね」

「よろしかったら、多岐川を呼んできましょうか？　直接話されたらどうです」

正登が提案すると、二ノ宮は苦笑しながら首を左右に振った。

「いやいや、それには及びませんよ。ここだけの話だけど、ぼくは未《いま》だに御社の社長が苦手でねぇ」

「TODOME・マライアモールの投資家を集めて来たのが、STコーポレーションの佐藤さんだから、多岐川は気を遣っているのかもしれません。向こうがオープンしたばかりの時期に、こっちで拡張計画を立ち上げれば、喧嘩《けんか》を売るようなものでしょう」

「そうかね。いくら旧知の仲とはいえ、商売なんだから。多岐川さんの腰が引けているのは、どうにも解せないね。二人とも、アメリカでビジネスを学んだ人間なんだろう。アメリカ人は、そんな気の遣い方はしないんじゃないの」

「さあ、それはどうかわかりませんが、業務提携はしてますからね。あまり、ライバル心を剝《む》き出しにするのも良くないでしょう。これ以上大きくする必要はないんじゃないのかな。ここは不便な土地ですしね」

物事には適正規模というものがある。以前、美穂が言っていたことだ。正登もこの考えには賛成だった。大きければ大きいほどいい、という考え方は短絡的だ。

しかし、多岐川優が同じように考えているかどうかは、疑問が残る。優は、手広く事業を展開することには前向きなはずだ。今はまだ期が熟していないと、様子見をしている段階ではないだろうか。

「モールのほうはどうですか」

正登が話題を変えた途端、二ノ宮が僅かに眉をひそめた。

「大盛況みたいだね。オープニングにはマスコミもいっぱい来たし。喜ばしいことだよ」

ちっとも喜んだ顔をしていないじゃないか、と正登は噴き出しそうになった。TODO

ME・マライアモールは、幕悦町役場商工観光課が進めている案件である。同課の人間で、現在はTODOMEモール21に出向しているあのタヌキおやじ井筒は二ノ宮と同期で、ライバル関係にあるということを、人づてに聞いていた。

農政課は現在、商工観光課に大きく水をあけられている。農政課が再生に尽力した止村株式会社の収益は、回復はしたものの、伸び率は横ばい。対するTODOME・マライアモールは規模にして止村の約三倍、今後益々の発展が期待できる、最新鋭の商業施設である。二ノ宮が止村の業務拡大を焦る気持ちも、わからなくはない。

「じゃかすか人を雇ってるようだよ。おかげで町長もホクホク顔だ。ところで来年度の、ここの採用計画はどうなってるの？」

「止村のですか？　特に定期採用は考えていません。ポストはもう満杯の状態ですからね。問い合わせはありますが、お断りせざるを得ない状況です」

「そうか。そいつぁ残念だなあ」

「地域の活性化に貢献できなくて、申し訳ないです」

「とはいえ、近頃外から来た若い人は、増えてるんだよね。住民票を移してない人間も多いから、正確な人数は把握しきれてないけど」

それは正登も気づいていた。幕悦の駅前を歩いていると、コトカフェにいるようなおじいさんおばあさんに混じって都会風のおしゃれをした若者を頻繁に見かけるようになった。

「TODOME・マライアモールに勤めるために、来たんですかね」

「それもあるが、それだけじゃないみたいだ。上元商店街に何やら変わった店を出している連中もいるよ。それから、コトカフェって知ってるかい。商店街の路地を入ったところにある、民家を改造したカフェなんだけど」

もちろん知っている。知らないわけがない。

「あんな、地元の人間しか行かないようなカフェにも一人、都会から来た若者がいるよ。どうやら、ここにもモールにも興味はないみたいだ。町としては、若年人口が増えるのは歓迎するけど、ぶっちゃけ、何を考えてるのかよくわからない。いや、とてもいい青年なんだよ。うちの母も、いろいろ世話になってるみたいだし」

「商店街に、都会から来た若者が増えてるってことですか」

このままじゃ、益々商工観光課に出し抜かれるんじゃないかと正登は思ったが、二ノ宮は意外な事実を口にした。

「彼らは、農政課が就農希望者のために確保した住宅に住んでるんだよ。建前では、農家をやりたい若者のために開放した住居だけど、実際は農家だけにこだわってはいないからね。

うちの商工観光課は、モールで忙しいから、上元商店街のほうは、ぼくら農政課が見ろということが、会議で決まってさ」

どうやら、商工観光課VS農政課の対立が、TODOME・マライアモールVS上元商店街という構図になっているらしい。

「まったく、何でこんなことになったんだろうね……」

二ノ宮が、ハー、と大きなため息をついた。

5

「こんら〜、朝っぱらから酒ばっか、かっくらっとらんで、ちったぁ動け、働け〜」

老婆の野太い声が、コトカフェにこだました。ちょっと前からカフェに来るようになった、「うの」という元気のいいおばあちゃんだ。八十をとっくに過ぎているらしいのに、足腰はしっかりしてるし、声もよく通る。酒の飲み方も半端じゃない。

うのばあちゃんに怒られているのは、コトカフェの小原庄助さんこと、虎之助である。朝から酒ばかり飲んでいるちょっと困ったじいさんだが、それを咎《とが》めるうのばあさんの口からも、何やら発酵した香りがプ〜ンと漂って来る。

缶ビールを手にした虎之助じいさんは、ブツブツ文句を言っていたが、うのばあさんが目の玉をひん剝くと、黙り込んだ。

「サッカーやりたいって子がいるから、一緒に遊んでやりな」

「おれ、腰がいてえし、サッカーなんて知らねえし……」

日頃の元気はどこへやら、虎之助じいさんは、叱られた子どものように小さくなっている。

「腰が痛くねえ年寄りなんて、この世にいねえよ。あだしは、腰は痛いわ、膝は痛いわ、心臓は痛いわ、ケツは痛いわ、もうさんざんだけど、毎朝二時間は畑に出てるよ。相手は五歳の子どもだよ。ビビッてどうすんの？　さあ、そのビールここに置いて、早く行った行った」

「わかったよ」と、虎之助じいさんは、飲みかけの缶ビールをテーブルの上に置き、小さな子どもたちがはしゃいでいる所へ向かった。

うのばあさんは、置き去りにされた缶ビールを手に取り、ぐいっと一気に飲み干すと、盛大なゲップをした。唖然《あぜん》とその姿を見つめていた健太と目が合うや、「がはははははは」と顔をしわくちゃにして笑った。

「あんだたち、従業員がしゃかりきになって働いてるのに、客がのほほんボケーッとしてんのは、よくないよねぇ」

健太にはどう答えていいやら、わからなかった。確かに人手不足だから、お客さんが手伝ってくれるのはありがたいが、こんなことは都会の飲食店では考えられないことだ。あったとしても、せいぜいセルフサービス止まりで、配膳やら厨房、他の客の世話まで無償で手伝ってくれる客など聞いたことがない。

「じじいはさ、すんぐサボりたがるから。しょっちゅうケツを引っぱたかんと、ち〜っとも動いてくれないから。がはははははは」

それは健太も気づいていた。おばあちゃんたちは、皆働き者で、健太たちを積極的に手伝ってくれるが、じいさんたちはそうではない。酒を飲んだり、カラオケを歌ったり、皆自分たちの楽しみしか眼中にない。もっともそれが客というものだが。

「まあまあ、うのちゃん。男ってそういう生き物だから」

上品な佇《たたず》まいの老婆が会話に加わった。うのと仲がいい、弥生《やよい》というおばあちゃんだ。

「あたしの、死んだ亭主も怠け者だったよ。家のことは何一つまともにできなくてさ。その上、いばるのだけは一人前で」

うのと弥生は、そろってカフェに現れる。家も近いらしい。

「健太くん」

突然、琴江店長に呼ばれたので、「失礼します」と二人の老婆の元を離れた。

「今日から、この子とペアを組んで、集荷に行って欲しいの」

琴江はつぐみと一緒に立っていた。突然のことに、健太の心臓が高鳴った。

「えっ？　でっ、でも、彼女は仕込みのほうで忙しんじゃ……」

だからナンなんだよ、と自分で自分に突っ込みを入れた。健太は、つぐみとペアを組める嬉しさを隠すことに必死だった。

「仕込みのほうは、手伝ってくれる親切なおばあちゃんたちがいるから。つぐみちゃんには、集荷のほうを担当してもらうことにしたの。本人の希望もあったし」

琴江が目配せすると、頬が一瞬ポッと赤くなったつぐみは、それを隠すように、ペコリとお辞儀した。

えっ？　……これはどういうことだ。今まで絶対に目を合わせようとしなかったつぐみが、挨拶をした。しかも、本人が希望しているだと？

健太は、つぐみに視線を向けた。つぐみに見返す度胸はないようで、床の一点を見つめたまま、もじもじしていた。

「さあ、二人でそんなに見つめ合っていないで、急いで」

「見つめ合ってません！」と健太とつぐみが同時に叫んだ。ハッとなって、顔を見合わせた二人が、これまた同時に視線を泳がせた。

「見つめ合ってるじゃないの」

琴江がくすくすと笑った。

健太とつぐみは、逃げるようにカフェを後にした。お互い視線を一切交わさず、ミニバンのドアを開けると、そそくさと運転席と助手席に乗り込んだ。

健太がエンジンをかける。今では運転にもだいぶ慣れた。サイドブレーキを下ろし、発進する。車内に響き渡るのは、軽快なエンジン音だけだ。

「あの……」

二人同時に声を発した。

「ど、どうぞ」

健太が譲ると、つぐみが小さくうなずいた。

「お、お仕事、もう慣れました？」

つぐみが前を向いたまま尋ねているのは、運転している健太にもわかった。

「まあ……慣れた、かな」

勤め始めて、既に一ヶ月が経とうとしていた。

「……そうですか」

つぐみの次の言葉を待ったが、出てくる気配はない。

再び会話が途切れた。健太は話題を探したが、頭の中は、何やら正体不明の渦がぐるぐると回っているだけで、それが言葉に紡がれることはなかった。

そもそも彼女いない歴イコール年齢の二十年である。中学、高校は男子校で、女子とまともに挨拶すら交わしたことがない。

勇気を奮い、口を開こうとした時、「今日は、いいお天気ですね」とつぐみに先を越された。健太も、まったく同じことを言おうと思っていた。

「こういう天気の日には、ちょっと表の空気を吸ってみたいなって思って」

「そ……そうですね。天気のいい日は、表、出たいですよね」

健太は会話を合わせようと、必死だった。

「厨房、好きだけど、あたしよりお料理得意なおばあちゃんたちが、手伝ってくれるようになったし、たまには、別のことをしてみたいかなって」

「遠藤さんは、どうしてコトカフェに勤めるようになったんですか？」

「店長が、おかあさんの知り合いで、お手伝いするようになりました――」

つぐみが、とつとつと履歴を語り始めた。地元出身。去年高校を卒業して、いったん就職したものの、二ヶ月で辞め、しばらく自宅に引きこもっていたが、母親が心配してコトカフェで働くことを勧めたのだという。

「最初の職場は、高校に求人が来ていた安在市の自動車ディーラーで、全国に店舗がある大きなところだったんですけど、なんていうか……自分に合わなくて。甘いって、叱られちゃうかもしれないですけど」

毎朝朝礼があり、グループのリーダーが、大声で本日の販売目標をがなり立てるような職場だったらしい。厳しいノルマを課せられ、達成できると、全員で抱き合い、むせび泣いた。

「あたしは、普通に仕事をしたかっただけなんです。だけど、その会社で働くためには、人格を根本から変えなきゃいけないような雰囲気があって。初出勤の日、新人は一ヶ所に集められて、課長から『お前たちが今まで学校で学んだことは、ここでは一切、ナンの役にも立たない』って言われて、ちょっと悲しくなりました。おとうさんは、いったい何のために、苦労して高い授業料を払ってくれたんだろうって」

つぐみの言っていることが、痛いほどわかった。自分とて、東京で似たような経験をした。

「今は、どうなんですか」

「今は、大丈夫です。コトカフェは、前のところとは全然違います。同じくらい忙しいけど、何ていうか、あたしが、あたしのままでいられる場所です。お客さんに喜んでもらえるし、やりがい、感じます。前の職場では、無関心なお客さんを、如何《いか》にこちらに振り向かせて、高額なものを売りつけるかに懸命だったわけですけど、コトカフェでは如何にお客さんに喜んでもらえるか、お客さんの望んでいるサービスを提供できるかを考えるじゃないですか。それで、こっちがバタバタしてると、お客さんも手伝ってくれて、もうどっちがお客さんだかわからなくなってしまうような、そんなところって、とってもいいなって思うんです」

その日は二人で農家を巡り、集荷を行った。つぐみが、健太でも苦労する二十キロはある新ジャガのケースを、難なく車のラゲッジルームに運びこんだのには驚かされた。華奢《きゃしゃ》な身体なのに、案外力持ちだったのだ。

「あたし、毎日お年寄りとか介助してますから、結構筋肉ついちゃったみたいです」


この日を境に、健太とつぐみは急接近した。

つぐみは、痩せていて、そこそこ背が高い。百六十五センチというから、ヒールを履いたら、百七十センチの健太を追い越してしまう。とはいえ、つぐみはいつも底の平べったい機能的な靴を愛用していた。

特段美形というわけではないが、笑うと目がみかんの房のようになるところが魅力的だった。透き通るような白い肌も、女子にしては低めの声も、若者言葉を一切使わず、敬語で話すところも好きだった。だから健太も敬語で返した。敬語で異性と話すことは、健太を妙に落ち着かせた。

ペアを組んで四日目の集荷は、いつもより早い時間に終わった。カレー粉が残り少ないことを思い出したつぐみが、上元商店街に寄ってから帰ろうと提案した。

「上元商店街？　あそこには何もないんじゃないですか」

健太がいつも買い物をするのは、シェアハウスから自転車で五分の距離にある、国道沿いのコンビニだった。

「それはモールに比べれば、品数は少ないけど、近頃あそこ、結構面白いんですよ」

駅前通りに入り、車を適当な場所に停めた。都会の商店街と違い、青空駐車ならし放題だ。

ミニバンを降りて、改めて商店街を見渡した。シャッターを下ろした店舗が目立つが、営業している店もある。都会でよく見かける、コンビニやファミレスのようなものは皆無で、一見すると何を売っているのか、よくわからない店も多い。

つぐみが健太を連れて入ったのは、そんな店の一つだった。

店の中には、外国産の菓子類や調味料、缶詰など、様々な加工食品が並んでいた。品数はそこそこあるが、全体の量は少ない。行商人が大風呂敷を広げた程度のボリュームである。奥には、小さな喫茶スペースのような一角があった。

「ここは、喫茶店も兼ねてるんですか」

つぐみに質問したのだが、いつの間にか健太の傍らに来ていた店長らしき人物が首を振った。

「喫茶というよりパティスリーですけどね。パティスリーは月水金の十時から営業です」

あごひげを伸ばし、長い髪を後ろで束ねた男性だった。健太より五、六歳は年上だろうか。恐らく地元出身者ではない。

「この絵、きれいですね」

つぐみが、壁に掛けてあった額縁に目を細めた。独特のタッチで描かれた、水彩の風景画。店内には同様の絵画が、数点展示されていた。

「もし興味があれば、言っておきますよ。作者は多分、今日の午後やって来るんで」

「売り物なんですか？」

健太が訊くと、男性はうなずいた。男性によると、この店舗をシェアしているのは、輸入食品を扱っている自分と、パティスリーをやっているパティシエ、それに画家の三人なのだという。三人で家賃を分担し、三通りの異なる商売をしているそうだ。シェアハウスならぬ、シェアショップとでもいうのだろうか。

外国産のカレー粉を一袋買い、店を出た。

雲一つない青空から降り注いだ陽光が、店舗の看板に反射して眩《まぶ》しかった。時間を確認すると、もうすぐお昼だ。

「ああいうお店って、都会で流行ってるんですか？」

つぐみが訊いた。

「いや、流行ってるとは思わないですけど……」

少なくとも前に住んでいた都心のマンション周辺に、あんな店はなかった。

「あそこの店長さん、東京から来たって聞きました。だから、今東京で流行なのかなって」

そうではない。ああいう店は逆に都会ではやりづらいから、ここで軒を構えているのだろう。

「何だか、ちょっとおしゃれでいいですよね。日替わりで色々なものが楽しめるなんて、斬新だと思います。あっちにあるお店も、そうなんですよ。あそこも都会から来た人たちがやってるって聞きました」

つぐみが斜め向かいの店舗を指さした。

「あそこは、レストランだったはずなのに、この間は足もみマッサージをやってました。レストランは、昼だけの営業だって」

コトカフェだって似たようなものだ。カフェでありながら、実質的にデイサービスや託児所としても機能している。

足もみマッサージ店の隣の店から、こちらに向かって「おいでおいで」と手を振る女性がいた。

「福肉さんです。あそこのコロッケ、美味しいんですよ」

「危ない！」

通りを渡ろうとしたつぐみの腕を、慌ててつかんだ。クラクションを鳴らしながら、歩道すれすれに車が通り過ぎて行った。

呼吸するのを忘れたかのように硬直していたつぐみが、やがて大きく息を吐いた。

「ビックリしたぁ。ありがとうございます」

気がつけば、つぐみも健太の腕を握っていた。健太がゆっくりと腕を離すまで、つぐみは健太の腕にしがみついていた。

健太とつぐみは、そこから五十メートルほど歩いたところにある信号を渡った。

店の前に来るや「気をつけなさいよ、つぐみちゃん」と福肉のおかみさんが、眉をひそめた。

「近頃ホント、ああゆう車増えたのよね。モールに行く近道なのよ、ここは」

「信号を渡らなかった、あたしも悪いんですけど」

つぐみが、口を尖らせた。

「だからって、歩行者無視して、あんな猛スピードで走り抜けていい道理はないわよ。少なくとも、三十キロはオーバーしてたでしょう。ゴーストタウンじゃないんだから。そりゃちょっと前まではシャッター通りだったけど、高齢者を中心に徐々に客足は戻って来ているのよ」

鼻息荒くまくし立てるおかみさんは、やがて気づいたように口元を緩め、「今日は彼氏とデート？」と流し目を送った。

「い、いえ……こちらは、同じカフェに勤めている長谷川さんです。集荷作業が終わって、今、カレー粉を買いに来たところです」

健太は、ふくよかな肉屋のおかみさんに、ペコリと頭を下げた。

「そう？　一緒に働いてる人だったの」

おかみさんは健太の顔を一瞥《いちべつ》すると、ショーケースから、コロッケを二つ取り出した。

「はい。揚げたてだから、美味しいよ。お代はいらないから」

遠慮するつぐみや健太に「いつもうちのじいちゃんが、お世話になってるから」と言い含め、油紙で包んだコロッケを押し付けた。

「琴ちゃんによろしくね」と言うおかみさんに礼を言い、二人は帰路についた。歩きながらコロッケにかぶりつくと、サクッという軽快な音と一緒に、芳ばしい香りが鼻腔《びこう》いっぱいに広がった。

「福肉さんは、あたしが生まれる前からあのお店、やってるんですよ」

助手席に納まり、シートベルトを締めると、つぐみが言った。

「でも一時期、お店を閉めて、農家やってたんです。お客さんが減っちゃったから。それが近頃復活して。子どもの頃に食べた、コロッケとかメンチをまた味わえることができて、あたし、嬉しいです」

健太は、コロッケの最後の一切れを口に入れると、パンパンと手を叩いて、掌《てのひら》についた衣を払った。

都会からの移住組が、個性的な店舗をオープンし、それに釣られて、昔ながらの商店が復活を遂げる。不思議な構図だと思った。

「この調子で上元商店街が、昔の活気を取り戻してくれるといいんですけど」

つぐみの言葉に健太は大きくうなずいた。

第二章

1

その計画を聞いた時、多岐川美穂は、思わず「嘘でしょう！」と叫んだ。

又従姉《またいとこ》の新沼琴江は「本当みたいよ。それで近いうちに、うちで商店会のみんなとその件で話し合いをしようと思ってるの。みーちゃんもぜひ参加して」と美穂に要請した。

「話し合いは何時から？」

「みんなの都合を考えれば、七時ごろ。まだ、子どもたちが居残ってるかもしれないけど、仕方ないわね。うのさんたちに手伝ってもらえないかしら」

「わかった。あたしのほうから、お願いしておく」

以前のコトカフェは、六時に閉店だった。ところが、それではモールに勤める母親が、営業時間内に子どもたちを引き取りに来られない。母親たちに懇願され、終業時間は七時になり、さらに八時まで延長された。

聞くところによると、モールでの仕事は多忙を極めるという。小さな子どもがいることを知っていても「残業ができないなら、辞めていただきます」と、冷たく言われるらしい。結果的に、モールの手助けをする形になっているが、コトカフェは認可保育所ではないので、公的補助は一切ない。それでもやっているのは、地元住民のニーズがあるし、琴江も美穂も子どもが好きだからだ。

それにコトカフェに集まるお年寄りたちも、率先して子どもの面倒を見てくれる。子どもと一緒に遊ぶことが、彼ら、孤独な老人たちの癒しとなっているのだ。

「だけど、いったい誰が駅前の再開発をするの？　町？」

美穂が訊いた。

「市街地整備事業だから、当然幕悦町が絡んでくるけど、実際の開発主体はＴＯＤＯＭＥモール21だって」

「何ですって！　もう、モールは出来上がったじゃない。あんな立派なモールを造ったのに、これ以上何を望むっていうわけ」

「さあ。みーちゃんのほうは、何も聞いてないの？」

もっともな質問だった。現在は、コトカフェに主任として出向扱いになっているが、美穂は止村株式会社の副社長なのだ。

ジーンズのポケットから、携帯電話を取り出し、電話帳を呼び出した。ディスプレイに、止村株式会社社長で夫の多岐川優の名前が表示されると、ひとつため息をつき、電源を切った。その様子を、琴江がじっと見守っていた。

翌日に、会合が持たれた。

夜の七時を過ぎたあたりから、商店会の人々がカフェにやって来た。見慣れた顔もいれば、まったく知らない顔もいる。

参加したのは二十一名。商店関係者はもっと多いはずだが、これだけしか集まらなかった。

テーブルをくっつけ、二十一人分の席を確保した。普段ならまだ居残っている子どもたちは、うのばあさんと弥生ばあさんに引率され、隣のコトカフェ二号店で母親の帰りを待っている。

「今日はね、ニューフェイスの人たちにも来てもらったの。大切なことだから、是非参加してもらいたいって無理を言ってね」

青果店を経営している及川《おいかわ》久美が、琴江と美穂に言った。

破れたジーンズに顎ひげといった、如何にも都会の自由人風の若者たちが、次々に起立し、自己紹介をした。彼らは県外からやって来て、役場が紹介した空き家に住み、上元商店街で商いをしている。

「とりあえず、あたしから説明してもいいかしら、久美ちゃん」

琴江が久美に目配せした。久美は「ええ、お願いします」と答えた。

久美の夫は商店会の会長をしている。ところが、旦那《だんな》は女房の尻に敷かれっぱなしで、今日の集まりにも顔を出していない。

「このことはまだ公になっていないようだけど、あたしの知り合いが役場の商工観光課に勤めているから、ほぼ間違いない情報よ」

琴江が、再開発計画のことを語り始めた。

「実際の開発を行うのは、TODOMEモール21らしいわ。モールの成功もあるから、役場が全面委託しようと考えたんじゃないかしら。TODOMEモール21には、幕悦町の資本も入ってるしね。いずれ、役場から正式に通達が来ると思うの。それまでに、あたしたちの意見は取りまとめておいたほうがいいと思って。僭越《せんえつ》ながら、会長さんの許可を得て、本日は皆さんにお集まり頂きました」

琴江が目配せすると、役に立たない夫の代理でやって来た久美がうなずいた。

「だけど、そんなに大事なこと、役場の連中の独断でできるんか？　おれたちの土地じゃないか」

店主の一人が質問した。

「タウンミーティングが開かれるんじゃないかしら。あたしたちの合意がなければ、行政だって強硬な手段には踏み切れないはずよ」

思わず所見を言った美穂に、全員が注目した。

「この件に止村はどう関与してるの？」

「そうだ。止村株式会社もモールと同じで役場の資本、入ってたよね」

「再開発で一儲《ひともう》けしようなんて、目論《もくろ》んでるわけじゃないよね」

矢継早に質問され、美穂は閉口した。止村がこの件にどの程度関与しているかなど、まったく知らなかった。

「みーちゃん、いえ、多岐川は現在うちに出向中なので、細かいことには関与していません。どうしても知りたいのなら後日確認しますが、どうでしょうか」

琴江が助け船を出すと「いや、別に止村がどう関与していようがいいんだけど……」と、皆言葉を濁した。モールや止村の成功に、嫉妬《しっと》している店主たちも多いのだ。

「だけどさ。あれだけ繁盛してるTODOME・マライアモールを造った会社なんだから、これって案外いい話なのかもしれないぜ」

口火を切ったのは、相川正弘《あいかわまさひろ》という男だった。以前は雑貨商を営んでいたが、店を閉めてから久しい。今は地元の鉄工所に勤めている。

「うちの子どもなんざ、休みのたんびに、ベジタ坊パークに連れてけって、うるさいし。買い物だって、近頃はほとんどモールで済ませてるよ」

「おいおい……」と咎める声が上がったかと思えば「おれも、モールにはよく行くよ」と別の声が答えた。

「馬鹿野郎。お前ら、上元商店会の人間だろう」

「だからナンだよ。商店会の人間は、上元でしか買い物しちゃいけねえってのか？」

「そういうわけじゃねえけど、ここの人間だったら、まず地元に還元することを考えるだろう」

「そんなことばかり言ってるから、ここはダメになっちまったんだよ」

相川が口角泡を飛ばして反論した。

「ここには、顧客を満足させるだけの品がそろってるか？　魅力的な価格が提示できるか？　モールと競って、勝つことができるか？　商売は慈善事業じゃないんだ。競争力のない店は、淘汰《とうた》されるのは仕方ないんだよ」

「競争から逃げて、店を閉めちまったやつになんか、言われたかねえや」

「何だと！」

「まあまあ、みんな落ち着いて」

琴江が割って入った。

「再開発といっても、色々あると思うの。あたしたちを立ち退《の》かせるものとか、逆に共存を図るものとか」

「補償金次第じゃねえか。相応の金をもらえるなら、おれは出て行ったってかまわないぜ」

相川が言った。

「補償金も重要だが、おれたちの店をちゃんと残してくれるような開発なら、話を聞いてやってもいいんじゃないか」

別の声が言う。

「モールみたいな、かっこいい入れ物を造ってくれるんなら、おれは歓迎するけどな」

「そういうモンができちまったら、おれたちの店なんか、入れてもらえるのか？　田舎の肉屋や八百屋なんだぞ」

「交渉次第だろう。地権者なんだから。これを契機に、おれたちの店もおしゃれに進化すりゃいいんだよ」

「あの、ちょっといいですか」

今まで黙って話を聞いていたニューフェイスの中から、一人の男性が手を挙げた。顎ひげを生やし、長髪を後ろで束ねた二十代後半くらいの青年だ。染谷蔵弘《そめやくらひろ》という名前で、輸入食品店を経営しているという。商店が入居している店舗は、日替わりでパティスリーになったり、画廊に変わったりするらしい。

「ぼくたちはよそ者で、おまけに単なる店子ですから、あまり偉そうなことは、言えないと思うんですけど……」

「いいえ、いいのよ、はっきり言って。若い人の意見は、参考になると思うし」

久美が染谷を励ました。

「そうだよ。はっきり言っていいぞ。あんたらみたいな都会から来たナウいヤングなら、ここに二番目のモールができるのは大歓迎だろう」

相川が、ほぼ三十年前に流行った言葉を駆使して、若者たちに同意を求めた。

「ええと……」

染谷は一瞬口ごもったが、やがて意を決したように、しゃべりはじめた。

「ぼくらが幕悦に来たのは、空き家を低価格でレンタルできたり、役場からほぼ無利子でお金を借りられたりってのもありますけど、一番の理由は田舎の生活に憧《あこが》れてたからなんです。

止村は有名だから、一度行ってみましたが、あそこは観光化され過ぎちゃって、あまり好きにはなれませんでした。いずれにせよ、もう従業員を募集していないようだから、ぼくらの出る幕はなかったですけどね。

ぼくらは、モールとか、そういう都会的なものはもう卒業して、っていうか、はっきりいって、ウンザリしてしまったわけで。モールなんかより、上元商店街のような、昭和の雰囲気が残った町並みのほうに魅力を感じます」

「こんな寂れたところが好きなのかい？　昭和レトロってやつか」

店主の一人が尋ねた。

「その言葉、あまり好きじゃないですけど、まあそんなようなものですかね」

「都会の若い人って、古いものに憧れるの？　都会にだって、昔ながらの町並みはたくさんあるでしょう」

自分と大して年が違わない染谷に、美穂が訊いてみた。

「そうですけど、向こうは生活のリズムが違いますから。あくせく働かなきゃ、生きていけないし、一つのことを深く専門的にやらなきゃ、競争に負けるみたいなところもあるでしょう。でも田舎は、もっとのんびりしてるし、店だって毎日オープンする必要ないし、自分のペースで仕事できるっていうか――」

染谷が仲間たちに同意を求めると、ほとんどが首肯《しゅこう》した。

「自分が自分でいられる気がしますね」

「そうそう。己を見失わず、生活ができるんで、満足してます」

「都会では仕事を支配するんじゃなくて、仕事に支配されちゃうんですよ。毎日同じことの繰り返しで、長時間拘束されて、家には寝に帰るだけで」

「何でそうまでして働かなきゃいけないかっていえば、家賃も生活費も高いからです。その割には低賃金なんで、長時間労働するっきゃないんです」

「田舎、サイコーっスよ。ストレスで禿《は》げかかってたけど、ここに来てから抜け毛、随分減りましたし」

笑いのさざ波が起きた。

彼らは、店舗営業をしていない時は、耕作放棄地を開墾したり、地域の力仕事を手伝ったり、家で昼寝をしたりして過ごしているらしい。農家が生業で、時間が余ると店舗を手伝いに来る若者たちもいる。

「あたしも、この子たちに賛成。そもそも、この子たちが上元に来て、店を開いてくれたおかげで、うちも、営業を再開する決心がついたんだから」

こう言ったのは、福肉精肉店のおかみ、北島照子《きたじまてるこ》だ。

「あたしも、上元の風情は壊しちゃいけないと思うわ」

久美が同意した。

「情緒的なんだよなぁ、これだから田舎モンは……」

自らも田舎者のはずの相川が、わざとらしくため息をつき、染谷たち新参者をギロリとにらんだ。

「あんたらいろいろ言ってるけど、都会のいいところだっていっぱい経験したわけだろ。だからモールなんかもう卒業した、なんて上から目線で言えるんじゃねえのか。おれたちゃ、あんたらよりずっと年上だけど、そういううまい汁の味、知らねえのよ。田舎モンにずっと田舎モンのままでいろってのは、ちょっと酷なんじゃねえの」

都会から来た若者たちが口をつぐんだ。

「うまい汁ならもう吸ってるだろう。ＴＯＤＯＭＥ・マライアモールがあるじゃねえか」

誰かが言った。

「馬鹿野郎。うまい汁を吸ってるのは、おれたちじゃなくてモールの経営者だろうが。だからおれたちも、経営者の一人に加えて欲しいって話だろう」

「わかったわ。じゃあ、ここでいったん、多数決を取ってみるのは、どうかしら」

琴江が仕切り直した。参加者たちが顔を見合わせ、ゆっくりとうなずいた。

「それじゃあ、再開発に賛成の人は？」

相川が真っ先に手を挙げると、三人の地元民が追随した。計四名。

「それじゃ、反対の人」

染谷や照子、久美を含めた七名が手を挙げた。ニューフェイスは他にも五、六名いるはずだが、彼らは挙手しなかった。

「十名の人たちが挙げてないわね。検討中ってことでいいかしら」

「計画の詳細次第だな」

一人が言うと、「その通り」と声が上がった。

「今の段階じゃナンともいえんだろう。どんなものが出来上がるのか、どういう条件なのか、まるでわからんのだから」

「ところで、コトカフェさんはどっちの側なんだい」

相川に振られた琴江は「あたしは反対よ」と自身の立場を明確に述べた。

「どうしてだよ。大きな施設ができれば、あんたがやってる、保育所やデイサービスみたいなのは助かるんじゃないのか？」

「それはそうかもしれないけど、今のままで何とかやっていけてるから」

「まったくどいつもこいつも……」

相川が吐き捨てた。

「古っ臭いものばかりに執着しやがって。だから、田舎から脱皮できねえんだよ、お前らは。進化をストップさせてるのは、自分自身だってことに、どうして気づかねえんだ？止村を見ろ。お前たち、あの村の発展を、羨望《せんぼう》の眼差《まなざ》しで見ていたことを忘れたのか。ああ、そうだ。ここにも止村の出身者がいたんだったな。あんたはどうなんだよ、多岐川さん」

「止村はモールと提携してるんだろう。賛成に決まってるじゃねえか」

誰かの声が上がる。

「そうなのか、多岐川さん」

全員が美穂の顔に注目した。

「あたしは……」

美穂が小さく深呼吸した。

「再開発には反対です」


会議が終了すると、美穂は父親の正登に電話をかけた。久しぶりだな、元気でやってるかという声にはろくに答えず、駅前の再開発について尋ねた。

「おとうさん、知ってたの」

「ああ、まあな」

受話器の奥で、正登が口ごもった。

どうして知らせてくれなかったのよ、という言葉をぐっと飲み込んだ。出向扱いになってはいるが、実は家出同然にコトカフェに居候している身だった。ここから車で二十分も飛ばせば、止村に着くというのに、暫《しばら》く前から家に帰っていない。

「詳しいことは知らないんだ。まあ、幕悦の駅前は、昔からシャッター通りだったから、なんとかせにゃならんと、役場が動いたんじゃないか」

「余計なお世話よ。あたしたちのことは、あたしたちでできるから。それより、再開発を行うのは、TODOMEモール21だって聞いてるけど、本当なの?」

「おれもよくわからん。優くんに直接訊いてみればいいじゃないか。連絡はしてないのか」

連絡しようと思ったことは、幾度かあった。だが、受話器を握ろうとする度に、ためらわれた。

他人は、子どもじみた夫婦喧嘩だと揶揄《やゆ》するかもしれない。社長と副社長なのに、いい加減にしろと、文句を言うかもしれない。だが、美穂は妥協したくなかった。

「ところでお前、いつ、こっちへ戻って来るんだ」

正登の声には非難の色がにじみ出ていた。

「お前は副社長なんだぞ。これ以上、業務をほったらかしてたら、他の従業員に申し訳が立たないじゃないか」

父親の言葉が、グサリと胸に突き刺さる。

「わかってる、おとうさん。みんなには本当に迷惑かけてるって。でも、あたしがいなくても会社はちゃんと回ってるんでしょう」

「いいや。てんてこ舞いしてるよ。お前が必要だ」

そういって貰《もら》えるのは、ありがたかった。しかし、止村の経営方針を巡り、夫の優と意見が合わないのだ。このままだと、いずれ本当に袂《たもと》を分かつ日が来るかもしれない。

「こっちも、人が足りてないの」

「他に人は雇えないのか？　おれが直接琴江ちゃんと話してもいいぞ」

「それは止《や》めて」

受話器の奥で、大きく鼻を鳴らす音が聞こえた。

「ごめんなさい、おとうさん。もう少しだけ待って。いずれきちんと、責任を取るつもりでいるから」

早く帰って来いと、引き続き訴える正登をいなし、美穂は受話器を置いた。

2

商店会のミーティングから一週間後――。

公民館には、三百人あまりの住民が詰めかけた。

商店の人間、農家、サラリーマン。様々な職業の地権者たちが、いったい自分の家はどうなってしまうんだと、不安を隠せない様子で、主催者の登場を待っていた。

健太は、琴江から上元地区再開発の説明会に来ないかと誘われても、正直、あまり興味が湧《わ》かなかった。そもそも自分はよそ者だし、ここの土地にだっていつまで留まるか、わからない。

そんな人間が地権者に混じって会議に参加するのは、おこがましいと思ったが、つぐみも出席すると聞き、考えを変えた。

「何も地権者だけじゃなくて、この地域に住んでいる人、働いている人すべてにかかわってくる問題だから、健太くんも来たほうがいいと思うのよ」

琴江の言葉に健太は「わかりました」とうなずいた。

会場を見渡すと、上元商店街にユニークな店舗を構えている若者たちも顔をそろえていた。

携帯で時刻を確認すると、予定された時間を過ぎようとしていた。住民たちがしびれを切らせ始めた頃、ステージの裏から主催者側の人間が姿を現した。全員で四名。順番に自己紹介を始めた。

一番偉そうにしているのは、TODOMEモール21の代表で、役場から出向している井筒という男だ。メタボぎみで、酒の飲み過ぎなのか、どす黒い顔をしている。その隣にいるのが、同じく役場から来ている、金森という男。井筒とは対照的に、随分と痩せている。

金森の隣に控えている佐藤という男は、他の三人とは雰囲気がちょっと違った。仕立ての良さそうなスーツに身を包み、オーソドックスなレジメンタルタイを締めている。ボストンタイプの眼鏡の奥からのぞく瞳は理知的で、まるで外資系企業の役員のような雰囲気を醸し出していた。

一番端に控えているのは、健太も面識のある、農政課の二ノ宮という男。光子おばあちゃんの倅《せがれ》である。二ノ宮は口をへの字に曲げ、天井をじっとにらみつけていた。この場に駆り出されたのが、嫌でたまらないといったような風情だ。

主催者の自己紹介が終了すると、井筒が用意した紙を、訥々《とつとつ》と読み上げた。

何を話すのかと思いきや、ほとんどが自慢話だった。マライアが如何に、県内外の若者を惹《ひ》きつけているか。スマートアグリの展示場が、如何に最先端の優れた技術を導入しているか。ベジタ坊パークが、如何に子どもたちの心をつかんでいるか。TODOME・マライアモールが如何に地元民の生活を豊かにしているかetc、etc……。

「想定を上回る来客数で、目標を年間九〇〇万人に上方修正した、あー、大成功を収めた

TODOME・マライアモールでありますが、あー、この恩恵をわが町の中心でも被りたいという、各方面からの要望に応《こた》え、おー、現在検討中の再開発計画概要を、この場を借りてご説明したいと存じます」

場内からどよめきが起こった。すでに再開発計画は、既定路線に乗っかっているような物言いだ。

次にマイクを渡されたのは、佐藤だった。佐藤は、ペーパー無しに、淀《よど》みなく説明を始めた。

「ただいま井筒から、再開発計画概要という言葉が出ましたが、わたくしどもはまだ、具体的な図面を引いているわけではありません。計画は皆さまと共に行うもの。皆さまのご意見を取り入れながら、皆さますべてが満足されるような、たたき台を作り上げようと考えております」

井筒よりソフトな語り口ではあるが、再開発を前提にしたスピーチであることに変わりはない。

「御存じの通り、幕悦町上元地区、駅前商店街周辺は、昭和の時代から木造低層住宅の密集地です。防災面の強化、流通の活性化などの観点から、大規模な整備を行うことは、地域住民にとっても多大なメリットがあります。

土地の高度利用が成された暁には、地元経済への波及効果は計り知れません。中心部としてふさわしい機能を擁した町づくりは、わたしたちの明るい未来を約束するものです
──」

さわやかな弁舌に、ふんふんとうなずきながら聞き入る聴衆も多かった。佐藤が掲げる夢のような町づくりを、頭の中にイメージしているのだろう。館内は水を打ったように静まり返り、佐藤の声だけが朗々と響き渡った。

「――わたくしの話に真摯《しんし》に耳を傾ける皆さま方を見て、この幕悦町上元地区再開発プロジェクトの成功を確信いたしました。次回のミーティングまでに、より具体的な青写真を仕上げてまいります。本日はお忙しい中、ご足労いただき、誠にありがとうございました」

いつの間にか、ミーティングは終わろうとしていた。

「質問があります」

コトカフェの主任が挙手したが、質疑応答は、次回、再開発計画の素案が仕上がった段階で行うと言われ、説明会は幕を閉じた。

「おい、訊きたいことだってあるんだぞ!」

会場から野次が上がったが、TODOMEモール21の担当者たちはまるで聞く耳を持たず、「次回、お聞きしますから」と言い残し、そそくさと舞台裏に消えた。

聴衆が、ざわめき始めた。隣に座っていたつぐみが、ふーっと小さなため息をついた。

「どうでしたか?」

健太がつぐみの意見を求めた。

「そうですね……」

つぐみは床の一点を見つめながら、しばらく考えていた。

「あの、佐藤っていう人の話し方が、すごく上手で、説得力があって、思わず引き込まれそうになりましたけど、何だかうまく丸め込まれているような気がしました」

それは健太も感じていたことだ。聴衆がまるで、催眠術にでもかけられているかのようだった。

「あたし、マライアには何度か行ってるんです。本当に素敵な服がたくさんあって、初めての時なんか、三時間は店内をウロチョロしていました」

いつも地味目な恰好《かっこう》をしているつぐみなのに、意外だった。とはいえ彼女とて、おしゃれをしたい盛りのティーンエイジャーに変わりない。

「食料品店も充実してて、こんな凄いところが、駅前にできたらいいなとも思いましたけど、でもやっぱり、駅前は今のままでもいいんじゃないかなって……」

ふと見ると、トイレから出て来た二ノ宮の前に、主任が立ちはだかるところだった。

「モールにはモールのいいところがあります。でも、だからって、何でもかんでも、すべてモールみたいにすれば、全員がハッピーになるって話じゃないと思うんです。田舎の古い景観だって、そんなに悪くないでしょう。都会の人たちも、そういう味のあるものを求めて、引っ越して来たんじゃないですか。こういうのって、Ｉターンって言うんでしたっけ？　長谷川さんも、Ｉターンなんでしょう」

「ま、まあ、そういうことですかね」

商店街の連中と違い、明確な目的があって幕悦に来たわけではない。

「そろそろ、出ましょうか」

周囲を見渡すと、まだパイプ椅子に座っているのは、ほんの僅かな人たちだけだった。

近くに座っていた店長も、先ほど二ノ宮を通せんぼした主任も、もう館内にはいなかった。

つぐみと一緒に、公民館を出た。辺りはすでに宵闇《よいやみ》に包まれている。突然、健太の腹がグーっと鳴った。説明会が始まったのは六時で、まだ夕食は食べていなかった。

「お腹、空きましたね」

つぐみがポツリと言った。

いかに奥手な健太とはいえ、つぐみが一緒に食事をしたがっていることくらいはわかった。とはいえ、「ご飯を食べに行きませんか」の一言が、どうしても言い出せない。

「あの……夜になると、ビストロに変わるパン屋さんがあるんですけど、あたし、前からちょっと興味があって……」

何も言わない健太に痺《しび》れを切らしたのか、つぐみが提案した。

健太は目をつむって、大きく息を吸い込み、「じゃあ、そっ、そこに行ってみましょう！」と誘った。切羽詰まったような言い方に、つぐみが噴き出し、健太の頬がぽっと火照った。

二人が入ったのは、上元商店街の入り口にある、小さな店だった。表から見る限りは、空のショーケースが目立つだけの、閉店間際のパン屋さんといった風情。まさか、この奥でビストロをやっているとは誰も思わない。

「知る人ぞ知る店ですね」

健太の言葉につぐみがうなずいた。

「いらっしゃいませ」

応対に出たのは、三十代前半くらいのスリムな女性で、化粧っ気はないが、綺麗《きれい》な人だった。

三つしかないテーブル席の一つに、案内された。健太とつぐみ以外に客はいない。

横文字が並ぶメニューの中から、健太はクロックムッシュのセットを選んだ。

「じゃ、あたしはこの、クロックマダムっていうのにしてみます」

メニューをなぞっていたつぐみの指が、聞き覚えのない料理のところで止まった。

「女だから、マダムのほうがいいんじゃないかなって」

つぐみがニッコリと笑った。笑うと、みかんの房のようになるつぐみの目が、可愛《かわい》かった。ムッシュとマダムなんて、まるで夫婦のようだ。

程なく、ハムを挟んだとろけるチーズトーストのような、クロックムッシュと、クロックムッシュにさらに目玉焼きが追加された、クロックマダムが運ばれてきた。

「……さっきの話の続きですけど」

目玉焼きを切っていた手を休め、つぐみが健太を見据えた。

「長谷川さんは、再開発に賛成ですか」

「ぼくは……」

健太は、ナイフとフォークを置き、ナプキンで口を拭《ぬぐ》った。

「よそ者だし、意見言うの、おこがましいような気がするし……」

健太が、無理やり口元を緩めた。昔から、自分の意見をはっきり言うのは苦手だった。

卑屈な笑い顔は、さぞや醜いだろうなと自覚しつつも、止めることができなかった。

「あたしも店長も、長谷川さんがよそ者だなんて、思ってませんよ」

つぐみに真摯な眼差しで見つめられ、思わず健太は目を伏せた。

「長谷川さん、どうして幕悦に来たんですか」

「ぼくは……他の人とは少し違うんです」

あまり人に知られたくはなかったが、健太は意を決して、ここに来たいきさつを語り始めた。

去年まで、都内の、名前を言っても誰も知らないような私立大学の学生だった。実家は東京の外れだったので、都心にワンルームマンションを借りて住んでいた。学費も生活費もすべて、親が面倒を見てくれた。

大学二年に進級したばかりの時に、両親が離婚した。父の浮気が原因だった。父は浮気相手と再婚し、これを機に健太への仕送りは途絶えた。慰謝料代わりに家をもらった母は、程なく若い彼氏を見つけ、同棲《どうせい》生活を始めた。バブル期に青春を謳歌《おうか》した両親は、一人息子と違って、恋愛には貪欲《どんよく》だった。

金銭的援助と、帰る家をほぼ同時に失った健太は、悩んだ末大学を辞め、生活費を稼ぐためにアルバイトを始めた。

ところが、最初に勤めたファストフードの店では、夜中まで低賃金でこき使われ、体調を崩して僅か二ヶ月でクビになった。次に勤めた居酒屋チェーン店でも、毎日先輩や上司に怒鳴られながら、皿洗いや盛り付けの仕事をさせられた。なぜこんな目に遭わなければならないのだと、人生を呪《のろ》ったことは、一度や二度ではなかった。

ところがある日、極めて単純な事実に気がついた。

しゃかりきになって稼いだ金の大部分は、家賃に消えてしまう。もっと安いマンションに引っ越せば、こんなにハードな労働をする必要はない。しかし、六畳のワンルームでさえ狭いと感じていた健太は、それ以上小さな部屋に住むつもりはなかった。

ならば、都心を離れて郊外、いや、他県に行けば、もっと安くて広い家が借りられるのではないか。大学は辞めてしまったのだから、もう地理的束縛はないのだ。

そんな折、最初のバイトで知り合った男から、「幕悦町っていう、ド田舎のシェアハウスにおれの代わりに住んでみないか」と誘われた。男には放浪癖があり、あちこちの町や村を転々とする人生を送っていた。

二つ返事で承諾した。

幕悦町がどんなところか、まるで知らなかったが、とにかく一刻も早くこの劣悪な環境から抜け出したかった。

「……つまり、逃げて来たってわけです」

「いいえ、長谷川さんは、逃げたんじゃないと思います」

つぐみがきっぱりと言った。

「ここでの生活は、充実してませんか？　あたしには、長谷川さんが活《い》き活《い》きと仕事をしているように見えます。今ではみんなが、長谷川さんを頼りにしています。長谷川さんは、逃げて来たんじゃありません。呼ばれて来たんです」

「えっ？」

「家族を失って、寂しかったでしょう。でも今は、あたしたちが家族です。長谷川さんは、あたしたちに呼ばれて、この町に来たんですよ」

予期しなかった言葉に、胸の奥が熱くなった。

「だから、おこがましくなんかありません。意見を言う権利、あります」

「ぼくは……」

瞳が潤みそうになるのを悟られないように、無理やり眉を寄せた。

「コトカフェで仕事ができて、本当によかったと思います。コトカフェが好きです。優しい店長も、厳しいけど、部下のことをちゃんと見守ってくれる主任も、それから、え、遠藤さんのことも、みんな、す……」

健太がゴクリと生唾《なまつば》を飲み込んだ。

「好きです。コトカフェの、今の雰囲気が好きなんです。だから、変わる必要なんかないです。

モールに転職した人たちから、一緒に働かないかって誘われました。でも、断りました。居酒屋での嫌な記憶が甦ったからです。巨大資本って、全部がそうとはいいませんけど、従業員を不当にこき使うところも多いですから、コトカフェがそういう風になるのは嫌です。再開発したからって、コトカフェの社風まで変わるとは思いたくないけど、やっぱり不安です」

「再開発を担当するのが、TODOMEモール21ですから、不安ですよね。さっきのミーティングだって、あの人たちは、一段上がったステージから、文字通り上から目線で話してたじゃないですか。主任が説明を求めたのに、はぐらかして。再開発はもう既定路線に乗っかってるような説明の仕方で。だまされちゃいけないぞって思いました」

健太が深くうなずいた。

「あたしたち、同じ考えでよかった」

つぐみは、目を三日月のように細めると、冷えてしまったクロックマダムに口をつけた。

3

説明会が終了すると、多岐川美穂は真っ先に立ち上がり、舞台の袖に向かった。バックステージでは、先ほど壇上で弁舌を振るった面々が、帰り支度を整えているところだった。

美穂の顔を見るなり、佐藤が相好を崩し、

「美穂さん、お久しぶりです」

と挨拶した。

「御主人は元気でやっておられますか」

五分ほど前に、美穂の質問を軽くいなしたことなど、とっくに忘れたかのように佐藤は話しかけて来た。

「ええ、おかげさまで。それより、佐藤さん。なぜ質問を受け付けてくれないんですか」

「申し訳ない。今日はまだ準備が整っていないし、時間もなかったから。これから別の、重要な会合があるんですよ」

　佐藤は手刀を眉間に当て、片目をつむりながら頭を下げた。その芝居じみた態度が、美穂をさらに憤慨させた。

「質問は次回受け付けますから。本当にすみません。行かなくちゃいけないんで」

　コートの袖に腕を通すと、佐藤は美穂に背を向け、ズンズンと歩き始めた。

「ちょっと待ってください」

　美穂が引き留めようとしても、佐藤は歩みを止めなかった。「申し訳ない」を連発しながら、逃げ足がさらに加速した。

　フンと鼻を鳴らして、辺りを見渡した。他の連中は佐藤が捕まっている間に、とっとと退散してしまったらしい。

　いや、と美穂は目を細めた。

　視線の先には、男子トイレから出て来たばかりの二ノ宮がいた。美穂はダッシュして、二ノ宮の前に立ちはだかった。

「二ノ宮さん、逃がしませんよ」

　美穂が眉を吊り上げると、二ノ宮の下まぶたがピクピクと痙攣《けいれん》した。

「に、逃げるだなんて、そんなことは……」

「じゃあ、一緒に来ていただけますね」

　腕を取るや、二ノ宮が観念したようにうな垂れた。

「わたしも正直、難しい立場にいるんですよ」

二ノ宮がハの字になった眉を、美穂と琴江に向けた。

「でも再開発計画については、町長が前向きで、議会でも賛成派が多くて、どうにもならんのですよ……」

二ノ宮のもそもそした声を掻き消すように、盛大ないびきが背後のソファーから聞こえてきた。虎之助じいさんだ。先ほどまで、うのばあさんと飲み比べをしていたらしい。

先にギブアップした虎之助じいさんは、ソファーに突っ伏すと、高いびきを掻きはじめた。うのばあさんはその脇で、スルメをもぐもぐほおばりながら、コップ酒を食らっている。

「二ノ宮さん個人の考えはどうなんです」

美穂が二ノ宮に詰め寄った。

「それは、もっと慎重に進めるべきだとは思うよ。都会からの移住者も増えて、農家も助かっているところに、あんな計画だからね。農地や耕作放棄地も収用の対象になってるんだ。土地を遊ばせておくのは、もったいないって」

「だから、遊ばせないように、みんな頑張ってるんじゃないですか。耕作放棄地は、徐々に開墾し直されてきてるし、商店街だって活気を取り戻しつつあります。それなのに、何でいきなりこんな計画が立ち上がったんですか。モールはもう既にあるんだから、二つ目を作る必要なんか、ないじゃありませんか」

「今度のは、モールだけじゃなくて、マンションなんかも併設するようだからね。まあ、大きなプロジェクトには、莫大な利権や金が動くし、うまい汁を吸いたがる連中がいるわけですよ」

「そういう理由で、再開発を行うなんて、本末転倒じゃないですか」

琴江が眉をひそめた。

「考え直すことはできないんですか」

「難しいだろうね」

「二ノ宮さんの力で、何とかならないんですか。商店街は活気づいて来てるんです。コトカフェだって盛況です。モールなんかに頼らなくても、あたしたちはやっていけます」

「皆さんの努力はわかってるけど、如何せん、まだ十分じゃないんだよ。商店街がちょっとばかり元気になったからって、この規模じゃまだ議会を説得することはできない。敵は、TODOME・マライアモールなんです。あそこに匹敵するくらい町が活性化できたら、わざわざ金をかけて、第二のモールなんか作る必要はないって意見も出てくるかもしれないが」

「そんな……あんな巨大な商業施設に太刀打ちできるわけないじゃありませんか」

琴江が息を飲んだ。

「他に何かあればいいんですけどね。わたしには今のところ、これくらいしか方策は思い浮かばない」

二ノ宮が、美穂の表情をチラリとうかがった。

「止村は、モールと業務提携してるから、上元に協力するのは難しいでしょうね」

「いいえ。この件は止村とは関係ありません。幕悦町上元地区の商店、農家、住民の問題です」

美穂がきっぱりと言った。

「だけど、美穂さん、あなたは止村株式会社の副社長でしょうが」

「今は、コトカフェに出向中ですから」

「止村は近頃、覇気がないような気がするんだよなぁ。あれだけ元気な社長だったのに、どうしちゃったんだろう。そもそも、美穂さん、なんであなた、こんなところ、いや、悪い意味で言ってるんじゃないですよ、コトカフェなんかに出向してるんですか」

「みーちゃんは……」

代わりに答えようとする琴江を、美穂が手で制した。

「止村はもう組織としては盤石ですから、わたしがいなくてもちゃんと回ります」

「いや、美穂さんは必要だと思うよ。いったいいつまでここに留まるつもりですか」

二ノ宮を問い詰めるつもりが、いつの間にか、問い詰められる立場になっていた。とはいえ、あれこれ訊かれるのは、仕方がない。幕悦町は止村株式会社の株主だし、出資のために役所内の調整に奔走してくれたのが、二ノ宮だからだ。

「いずれ帰るつもりでいます。今回の件が片付いたら」

二ノ宮は美穂をじっと見つめていたが、やがてフーと鼻から息を吐いた。

「ぶっちゃけた話をすると、ご存じの通り、止村株式会社の担当がうちの農政課で、TODOMEモール21が商工観光課なんだけど、農政課はなぜか上元商店街も担当してましてね。以前は商工観光課が見てたけど、こっちに無理やり押し付けてきた。農政課の就農プロジェクトでやってきた外部の若者たちが、店もやり始めたからというのは表向きの理由で、実は商工観光課は厄介払いがしたかったんですよ。端《はな》っから、商店街の活性化なんか考えていなかったんだ。シャッター通りなんて、早く無くなっちまえばいいと思っていたんです」

「それってひど過ぎやしませんか」

美穂が眉を吊り上げた。

「そうだよ。ひどいんだよ。やつらは、邪魔な商店街や農地を潰して、自分たちの利権の帝国を築こうとしているんだ」

「でも、二ノ宮さんはさっき、あの人たちと一緒に壇上にいたじゃありませんか」

「上元商店街の担当だから、出ないわけにはいかないでしょう。だけど、わたしはTODOMEモール21には出向してないから、再開発プロジェクトには一切ノータッチですよ」

「そういえば、二ノ宮さん。他の人がしゃべっている間、一人だけ苦虫を噛《か》みつぶしたような、すごい顔してましたね」

琴江がクスリと笑った。

「公務だから断れない、辛い立場もわかってください。わたし自身は大したことはできないが、上元地区の生き残りは、皆さんの双肩に……あっ？」

二ノ宮の腕を引っ張ったのは、うのばあさんだった。

「あんれ、駐在さんでねえの？」

「ちゅ、駐在さん……？」

「久しぶりだねえ。ここにいたの、あんただったんだねえ。懐かしねえ。さ、飲め」

完全に出来上がったうのばあさんが、二ノ宮にぐいとコップ酒を突き出した。

「あ、いや、わたしは駐在さんじゃないんだけど、それと、日本酒はあんまり……」

「飲め」

仕方なく二ノ宮は、唇を濡《ぬ》らす程度に酒を飲んだ。先ほどまでガーガーいびきを掻いていた虎之助じいさんが、むっくりと起き上がり、Tシャツをめくって、ボリボリ腹を掻きはじめた。

「そう、おばあちゃん。駐在さんが助けに来てくれたのよ。あたしたち上元の住民を、悪の手から守るために」

美穂の言葉に、二ノ宮が驚いて振り返った。

「でもねえ、本当に助けてくれるのか、よくわからないの。ちょっと頼りないし。おばあちゃんからも、言ってあげて」

「おいおい、わたしは、そんな……」

「何だって？　そりゃいけねえよ、あんだ」

うのばあさんが、眉を吊り上げた。いつの間にやら、虎之助じいさんも傍らに来て、コップ酒をあおっていた。

「そうよ、おばあちゃん。もっと言ってあげて」

うのばあさんは、うなずいて、ゲフッと大きなおくびをした。

「こんら、駐在。住民をないがしろにするでねえ」

「こんら、駐在。住民をなめるんじゃねえ」

虎之助じいさんも、加勢を始めた。二人の老人の酒混じりの息に、二ノ宮が顔をしかめた。

「わ、わかったから、おばあちゃん、そんなに顔、近づけないで……」

「ならちゃんと、仕事するか。住民を守るか？」

「ちゃ、ちゃんと仕事しますから……」

「上元地区の住民を、ＴＯＤＯＭＥモールの魔の手から守ってくれるのね」

美穂がダメ押しした。

「それは……」

「はっきり言わんかい、駐在」

うのばあさんが、野太い声で迫ると、虎之助じいさんも、

「はっきりせんかい、駐在」

と、オウムのように繰り返した。

「わかりました。上元地区を、ＴＯＤＯＭＥモールの魔の手から守ります！」

「よく言った、駐在。さ、飲め」

「飲め」

うのばあさんと、虎之助じいさんが、同時に酒を突き出した。二ノ宮は、うのばあさんの杯を貰うと、やけくそ気味に、一気に飲み干した。

4

山々が桜の花で埋め尽くされる頃、コトカフェに集まったメンバーは、十人ほどだった。ちょっと前に似たような会合を開いたが、その時は今日の倍の人数が集まったと、主任が教えてくれた。前回の会合には、健太は出席していなかった。

今回は、幕悦駅前の再開発に、明らかに反対の意を表した人員だけを募ったのだという。メンバーの中には、青果店を経営している及川久美、福肉のおかみ北島照子、それに東京から移住してきて、輸入食料品店を経営している染谷蔵弘など、健太も知っている面々がいた。

話し合われたのは、如何に上元商店街を活性化させるかということだ。とはいえ、なかなかいいアイデアは出てこなかった。

おまけに活性化は、TODOME・マライアモールに対抗するためのものだという。モールを凌《しの》ぐ集客力を備えなければ、上元地区は一掃され、第二のモールにされてしまうらしい。

モールに対抗することなど不可能だから、再開発反対運動を起せばいいという意見も出た。しかし、それだけでは弱い。ろくな営業努力もしないで、過疎化を招いているような連中が、わがままを言うなと、一蹴《いっしゅう》されるだけだろう。町議会も町民も、再開発には前向きだ。

「やっぱり、第一段階としては、もっと人を増やすことよね」

現実的な解決策を思いついたのは、やはり主任だった。とりあえず、自分たち再開発反対派に賛同し、空き店舗で営業を請け負ってくれる仲間を増やす。

「あたしももう一度、店を閉めた仲間を説得してみるよ」

久美が言った。

「もう営業する気がないなら仕方ないけど、店舗を貸してくれれば、別の誰かが間借りして営業するからね。そういうアプローチもしてみるわ」

照子が付言した。

「そうね。だけど、新規にお店を構えたい人って何人くらいいるのかしら。ニューフェイスの中で、興味を持ってくれそうな人たちはいる？」

主任が、染谷に返答を求めた。

「訊いてみます。ただ、モラトリアムな連中も多いから、店をやるような気力があるかというと、ちょっと疑問符がつきますね。バイトで雇うならいざ知らず」

シェアハウスに同居している、秀人や裕也も、似たようなものだと健太は思った。

「もう少し、お客さんが集まれば、バイトの子を雇う余裕も出てくるんだけどね」

照子がため息をついた。

「だけど、コトカフェさんは繁盛してるじゃない。人手不足なんでしょう」

「とりあえず、あと二、三人はバイトに欲しいところだけど、なかなか見つからないのよね。低賃金だし、この辺りの人って、みんなモールのほうに就職しちゃったでしょう」

琴江が、肩をすくめた。

「ところで、こんなことを訊くのは、おかしいかもしれないけど、琴ちゃんところは、どうしてあんなに盛況なの？」

「どうしてっていわれても、特別なことをしてるわけじゃないわ。みんなが楽しく集える場所を提供したいって始めたら、いつの間にかたくさん人が集まって来ただけ。最初に来てくれたのがおじいちゃん、おばあちゃんたち。で、週末には、家族連れなんかも訪れるようになった」

「モールができてからも？」

「モールができてからは、さらに忙しくなったわ。モールに就職した若いおかあさんたちのお子さんを預かるようになったから。そうしたら、お子さん目当てで来るお年寄りも増えてね。みんな孫みたいな年齢の子どもと一緒に遊ぶのが、楽しいのよ」

「なるほどねえ」

照子がため息をついた。

「その、楽しく集える場所っての、大切ですよね」

染谷がうなずいた。

「そのためには、お客さんの興味を引くものが、沢山あるほうがいいわね。でも、そうなっちゃうと、やっぱり品揃《しなぞろ》えが豊富なモールには太刀打ちできないわ」

照子が言った。

「いいえ、そうとも限らないわよ」

美穂が、全員を見渡した。

「染谷さんのところは、輸入食品、画廊、パティスリーでしょう。小さな店舗なのに、市場が三つもある」

「いやこれは、結果的にこうなったっつーか、こういう方式なら、家賃もシェアできるし、店ばっかりやってるのも退屈だから、営業のない日は、農家やったり、大工仕事の真似事《まねごと》やったりしてるんで」

「お客さんも、ずっと同じ店ばかりだったら退屈するんじゃない。日替わり店舗って、結構斬新な発想よ。食料品店に行こうとしたら、実は中は画廊だったなんて。それで、缶詰の代わりに絵を買っちゃったりしたら、面白いじゃない」

「実際、そういうことがありましたよ。うちに来ているうちに、すっかり絵画にはまって、今では自分で描き始めた人がいます。その人、元々フランス産のクッキー目当てに、うちを訪れたお客さんだったんです」

「クッキーと絵画がコラボしちゃうのね」

久美が感慨深げに言った。

「それから、もう一つあるんですけど、いいですか」

こう切り出したのは、三上《みかみ》というパティシエだった。

「以前は、洋菓子は洋菓子、食料品は食料品って棲《す》み分けてたんですけど、自然にその縛りが緩くなって。まあ、ぼくらがテキトーな性格ってのもありますけど、例えば、染谷くんところで買ったクッキーをうちの喫茶スペースで食べたって、問題なしってことにしたんですよ。そしたら、月の売り上げがすごく伸びました」

「へえ……」

商売の常識をことごとく破るような、ニューフェイスたちの話に、昔気質《かたぎ》の商店主たちは、一様に目を丸くした。

「イートインっていうやつね。買ったらすぐに食べたいっていう、お客さんのニーズに応えているんだわ」

美穂の言葉に琴江がうなずいた。

「固いことは、言わない方がいいの。ちょっとばかりお行儀が悪くても、許してしまうのがあたしたち商店の本質だと思う。そうすれば、お客さんは自《おの》ずと寄って来る。居心地がいいからね」

「なるほどねぇ。うちもちょっとやり方、変えてみようかしら」

「こういうシェア営業っていうのがあることを、店閉めてるやつらにも、もっと知ってもらえればな」

「そうすりゃ、オーナーと店子とのシェア経営も可能じゃないか。営業やりながら、家賃も入ってくりゃ、リスク分散もできるだろう」

色々な意見が活発に出た。

「ともかく、あたしたち、閉店しちゃったお店を回って、説得してみるよ」

照子と久美が口を揃えた。

「だけど、若い人たちにももっと頑張ってもらいたいわね」

「ニューフェイスでどっちつかずの態度のやつらは、ぼくらが説得します」

染谷と三上が、力強く言った。

「お店やりたいっていう若い子たちは、もういないのかしら」

「いや、そんなことはないと思いますが」

「健太くん。誰か知らない？」

いきなり主任に振られ、健太は思わず、己の顔を指さした。

「一緒に住んでる友だちとかに、声をかけてみることはできないの？」

秀人と裕也の顔が脳裏に浮かんだ。二人に店をやるバイタリティがあるとは、到底思えなかった。

「だけど、あいつら、いえ、彼らは店なんかやったことないだろうし、特にこれといった特技もないようだし……」

起きている間は、チャットやゲームしかやっていない連中である。食事時も、スマホ画面から目を離さない。

「大丈夫だよ。おれだって、特にこれといった特技なんかないから」

染谷が笑った。

「東京にいた頃は、店なんかやったことなかったし。まあ、東京では賃料が高いから、どっちみち無理だったけどね。ぶっちゃけ、店なんて簡単だよ。インターネットで仕入れて、それにマージン乗っけて売るだけでいいんだから、猿でもできる。あっ！　すみません。皆さんはプロの商店主ですよ。ぼくのことだけを言ってるんで」

失言した染谷が、周囲にペコペコ頭を下げた。

「別に謝ることなんかないわよ。それが商売の基本だから」

久美がしれっと言うと、あちこちから苦笑いが起きた。

「とりあえずは、数が必要なのよ。健太くん、友だちを説得してみてくれないかしら」

主任に頼まれた。

「ぼ、ぼくがですか……」

たとえ猿でもできるとしても、猿ほどの勤勉ささえ持ち合わせていないような連中である。

「店ができないなら、うちのバイトでも構わないわ」

そちらのほうが、敬遠される確率が高いような気がした。怠け者は、宮仕えより、一国一城の主を気取りたいものだ。

「大丈夫よ。健太くんは人望があるんだから」

答えあぐねていると、主任がポンと健太の肩を叩いた。

人望がある？

そんなことを言われたのは、初めてだった。

「コトカフェでは、みんなに頼りにされてるじゃない。だから、自信を持って。きみならできるから」

傍らに座っているつぐみと目が合った。つぐみが小さくうなずいた。

「わかりました。やってみます」

健太が日頃、もっとも胡散臭《うさんくさ》いと思っているのが「意識高い系」の人間だった。

社会活動に貢献したり、ボランティアに奔走したり。社会を変える一助になりたいという精神が皆無とまではいわないが、彼らの行動様式は、大部分がエゴイズムから来るものだと健太は思っていた。

社会に奉仕する己のイメージが広まれば、褒められる、羨望される、就職にも有利に働く。すべては計算ずくで行われているのだ。彼らは、他者のために労力を惜しまない自分の姿が、如何にカッコよく映っているかを常に気に掛ける、究極のナルシストでもある。

これが、健太が「意識高い系」の人間に貼《は》ったレッテルだった。

ところが、いつの間にか、自分がその「意識高い系」の仲間入りをしていた。

生まれ故郷でもなんでもない、辺鄙《へんぴ》な田舎の、誰も名前を知らないような商店街再生に健太はのめり込んでいる。

ところが、この熱き想《おも》いの前に、現実の壁が立ちはだかった。

「あっ？　店？　店って何？」

相本秀人は、スマホの画面から顔すら上げなかった。

「うおっしゃーっ！　プラズマカノン、ゲットォー！」

画面が閃光《せんこう》を放ち、爆発音が響いた。何かの対戦ゲームに夢中なのだ。

「店をやらせてくれる場所があるんだ。やってみないかって」

今度は、小泉裕也に声をかけた。裕也もスマホに釘づけだった。

他人の顔や、外の緑や、青い空より、スマホ画面を眺めている時間のほうが圧倒的に長いのが、彼らの生活パターンだ。

「どこ、それ？」

裕也が親指をせわしなく動かしながら、質問した。

「上元商店街」

「って、どこ？」

「駅前商店街のことだよ」

幕悦に来て数ヶ月経《た》つというのに、未だ地理をよく知らないようだった。

「ご冗談を。あそこ、人なんていないでしょう」

「つい最近までそうだったけど、徐々に人が戻ってきてる」

「だけど、おれらに店やれって、いったい何をして欲しいの？」

「たとえば、ネットで何かを仕入れて、売るとか……」

染谷の受け売りだった。

「何かって、何？」

「それは、自分が興味ある何かでいいんじゃない」

「そんなんで、儲かんの？」

「そりゃ、やり方次第では、儲かるんじゃないのかな」

「そういうのって、キケンじゃないの」

裕也がスマホの電源を落として、健太に向き直った。

「他人に物勧めるんだったら、もう少しマシな案件持ってこねえとさ。お前、プレゼンむちゃくちゃ下手。二点」

なら、コトカフェでバイトするかと口から出かかったが、思いとどまった。こんな態度で仕事をされては、みんなに迷惑がかかってしまう。

「だけどさ、健太。なんでお前が、駅前商店街のことなんかに首突っ込んでんの」

秀人が訊いた。

「まあ、成り行きで……」

いや、違う。自分だって商店街の活性化を願っている。TODOME・マライアモールなんかに、好き勝手をされたくないと思っている。つぐみの前で、そう宣言したではないか。

「上元地区に、昔の勢いを取り戻してもらいたいんだ。さもなきゃ、全部潰されて、またモールが建っちゃうんだ」

「別に建ったっていいじゃん。モールは便利だぞ」

引きこもり体質の秀人や裕也だが、TODOME・マライアモールには足しげく通っている。

「二つもある必要はないじゃん」

「まあ、それはそうかもしんねえけど、二つ目を造るのを、阻止しようとは思わねえよ、おれは。要はどっちでもいいってことだけどさ。そんなことより、健太さ。なんか、人が変わってね？　元々そういう人だったの？」

健太は口をつぐんだ。

「いや、健太はこういうやつじゃなかった。バイト始めてから変わったんだよ。バイト先で何か起きたんじゃね」

「別に、普通に仕事してるだけだよ」

「そうか？　健太に影響与えた誰かが、職場にいるんじゃね？」

耳たぶがカ～ッと熱くなった。

「とっ、特定の人間はいないよ。いろいろな人に混じって仕事をしているうちに、まあ、変わったといえば、変わったのかな。っていうより、大人になったんだと思うよ」

「そうかよ。悪かったな。おれたちゃ、まだガキで。もう、健太なんて呼べねえな。長谷川さんて呼ばなきゃな」

秀人と裕也がヘラヘラと笑った。

「お前らも、大人になればいいじゃないか」

やはりこの連中はダメかもしれないとくじけそうになりながらも、健太は食い下がった。

自らを子どもと認めた秀人たちだったのに、大人になれと言われるや、顔色を変えた。

「まあ、如何にも、自分は重いもの背負ってます、大人でしょう、みたいなやつになるつもりはねえな。背負ったもの重ければ重いほど偉いって、勘違いしてるやつ」

「そうそう。重いもの自慢みたいなのはイタい」

秀人と裕也がうなずき合った。

「ぼく……おっ、おれは、金稼いだらどうかって言ってるんだよ。いつまで恵んでくれる人を頼りにしてるんだ。そもそも、これから何年も、ずっと金を恵んでくれる人なんかいないだろう。金が切れたらどうするんだ。働くしかないだろう」

「まあ、それはそうだけどよ。おれたち、節約上手だから。家賃は仕方ねえとしても、生活費、特に食費はどうにでもなるから」

どうにでもなる……？

「周りに畑がいっぱいあるだろう。いろんなものが生ってるし、管理するやつもいねえし」

「そう。それで、ちょっと失敬するんだよ」

「それって、泥棒じゃないか！」

健太は叫んでいた。

「そういう、杓子定規《しやくしじようぎ》な考え方はやめろよ」

秀人が眉を吊り上げた。

「畑は荒れ放題に放置されてるんだ。生ってる野菜も、育ちすぎて竹みたいになったアスパラとか、ヒゲの生えたニンジンとか、そんなのばっかりだ。どうせ売り物にゃならない。捨てられちまう野菜だろう。だからおれらが、引き取ってやってるんじゃねえか。むしろ感謝してもらいたいくらいだぜ」

畑が荒れているのは、持ち主であるお年寄りが入院していたり、腰や足を悪くして、きちんと管理ができないからだ。そういう人たちのために、健太やつぐみが集荷や収穫の手伝いをしている。僅かでも、老人たちの生活の糧になるように、日々努力をしている。なのにこいつらときたら……。

健太は拳《こぶし》を握りしめた。

その時、いきなり玄関の扉が開いた。

「うい〜す。久しぶり〜」

間の抜けた声で挨拶したのは、以前一緒に住んでいた堺剛だった。

「まだおれの部屋、残っててんだろう。今日からまたお世話になります。よろしく〜」

どかりと大きな鞄《かばん》を床に降ろした。

「よろしくって、おめえ、マライアの社宅にいたんじゃなかったの」

秀人が怪訝《けげん》な顔をした。

「ああ、そうだけど、辞めた。もうあんな会社じゃ、やってらんねえ。マライアってのは、完全真っ黒けっけだよ。ブラック企業認定」

5

「間違いないですね。ご懐妊されてます」

医師の言葉に美穂は、フーと大きく息をついた。

月のものが来ず、度重なる吐き気にも見舞われ、もしかしたらと、妊娠検査薬を買った。結果は陽性だったので、慌てて産婦人科の門を叩いた。

四年間子作りに励んだのに、なかなかコウノトリはやって来なかった。半ばあきらめかけていた時の懐妊だった。嬉しい反面、何故こんな時期にと思った。

腹の中にいる子の父親とは、現在別居状態にある。この子が、離婚の危機を救ってくれるかもしれないが、それでは根本的な問題解決にはならない。

美穂は、優について行けなくなった。だから、しばらく距離を置いたほうがいいと思い、コトカフェに身を寄せた。仕事を放りだして、そんな好き勝手が許されるのかと批判されたが、自分がいなくても会社が回るような仕組みは、きちんと仕上げてから出て来た。

それに、立ち上げ当時のコトカフェは、琴江一人でてんてこ舞いの状況だった。誰かが助けてあげなければ、琴江は早晩過労で倒れていたことだろう。私益より公益を優先させる琴江の経営方針にも賛同した。それは、止村株式会社が忘れつつある精神だった。

再生を成し遂げた止村を、もっと大きくしたいと優は言ったが、美穂は慎重に取り組むべきと考えていた。

二人の話し合いは、いつも平行線をたどった。お互い、我の強い性格の上、優は経済効果を真っ先に考えるアメリカ型経営者で、美穂は現場を重んじる典型的な職人である。背反する強烈な個性がうまく融合すれば、とてつもないパワーが生まれるが、ひとたび対立すると、収拾がつかなくなった。

そうこうするうち、優の仕事仲間の佐藤が、止村とベジタ坊のライセンスで一儲けしないかと、持ちかけて来た。優は乗り気だったが、美穂は懐疑的だった。ライセンスで儲けるという発想自体が、農家出身の美穂にはない。うまくて新鮮な野菜を作って売るのが、百姓の本懐である。

だがそんな美穂の心配を他所《よそ》に、TODOMEモールプロジェクトは、着々と進んでいった。美穂は止村の名前が独り歩きしている不安を訴えたが、優は聞き入れてはくれなかった。もうこの会社に自分の居場所はないのでは、という思いが脳裏をよぎった。

そして、美穂がついに離別を決意した出来事が起きた。

又従姉の琴江から、カフェを手伝ってくれる人間を知らないかと相談を受けた際、美穂は自ら手を挙げた。止村からコトカフェまでは、車でわずか二十分の距離だ。だから、最初は住み込みで働くことなど、考えていなかった。

それでも優は、反対した。止村の副社長なのに馬鹿なことを言うなと、一蹴された。立ち上げを手伝うだけで、落ち着いたらすぐ復帰すると言っても、聞き入れてもらえなかった。

「琴江さんが、困っているのよ」

美穂が懇願すると、優は眉をひそめた。

「他に人間がいるだろう。お前が行くことはないじゃないか」

ここでも意見は平行線だった。

「ついこの間まで専業主婦をやっていた人だから、企業経営には慣れていない。あたしが一番力になれると思うの」

「経営指南に行くのならいいだろう。だけど、入り浸るのはダメだ」

「琴江さんに必要なのは、黒板の前で講義をする先生じゃない。一緒にやってくれる仲間なのよ。琴江さんが一人で大変なことは知ってるでしょう」

琴江の夫は、前の年に亡くなっていた。高校生と中学生の子どもを養うために、働かなければならなかったが、年齢的にも就職は難しいため、自宅を改造し、カフェを立ち上げた。

夫は交通事故死だった。勤めていた幕悦の会社が倒産し、安在市で働き出してから起きた悲劇だった。

安在市では、鋳物工場で働いていた。慣れない職場環境のせいで、ノイローゼ気味だったと、夫の同僚は琴江に語った。人の出入りの激しい、従業員を酷使することで有名な、札付きの企業だったことを、後になって知った。

「就職する前に、ブラック企業かどうか、よく調べておけばよかったのよ」

「その、ブラック企業って言葉が、独り歩きしているような今の世の中を、おれはちょっと憂えているけどね」

優が本筋とはまるで関係のないことを、語り出した。

――ブラック企業というのは、確かに存在するのだろうが、その基準は、おおむね主観によって、定められているのではないかな。向上心が旺盛《おうせい》な社員は、多少の厳しさはむしろポジティブに捉えるが、使えないやつらは、すぐにブラック、ブラックと騒ぎだす。企業にブラックというレッテルを貼る前に、まず自らを見つめ直す必要があるとは思わないか。

　あまりにも経営者寄りの意見に、むかっ腹が立った。

「琴江さんの死んだご主人が、使えない社員だったとでも言いたそうな口ぶりじゃない」

「一般論を言ったまでだ。それにその人は、交通事故で死んだんだろう。会社とは無関係じゃないか」

　死因は表向きには交通事故だが、実は自殺ではなかったのかと疑われていたことを、優は知らなかった。

「じゃあ、もしこれが……激務に疲れ果てた末の、自殺だったとしたら？」

「当て付けみたいに自殺するのは、卑怯《ひきょう》なやり方だよ。気に食わないことがあるんだったら、とことん経営側と話し合えばいいじゃないか」

「それって、自殺した側に責任があるような言い方じゃない！」

「自殺した側にも、だ。職場だけの問題じゃない。残された家族はいったいどうなる？　子どもが大学を出るまでの学費は？　家のローンは？　おれに言わせりゃ、自殺なんかするやつは、責任をすべて放棄した、負け犬でしかない」

「負け犬？　死んだ人に対して、よくもそんなことが言えるわね。あたし、もうあなたにはついて行けない」

「おい、待て、美穂。仮定の話をしてるんだろう？　どこへ行くんだ」

「放してよ！　あたし、しばらくこっちには帰って来ないから」

こうして美穂は、止村を飛び出した。

後になって、実は自分も優と同じように考えていたことに、美穂は気づいた。

どうして最愛の妻と子どもを残して、逝ってしまったの？　残された家族は、これからどうしたらいいの？　なぜもう少し強くなれなかったの？　葬儀の席で遺影を見ながら、美穂は心の中で叫んでいたのだ。

しかし、これが優の口から飛び出した途端、頭に血が上った。

産婦人科を出た美穂は、バッグから携帯電話を取り出し、電話帳を呼び出した。優という名前のところで深呼吸する。

通話ボタンは押さず、「戻る」を選択した。電話帳が消え、待ち受け画面に戻った。

小さな夫婦喧嘩なら、幾度も経験してきた。しかし、妥協するのはいつも美穂のほうだった。

だが、今回だけは妥協したくなかった。

あれから一切連絡を寄こさない妻を、心配に思っているところを見せてほしい。電話をかけてくるのは、向こうのほうだ。

美穂は、お腹の中にいる子どもに意識を戻した。

もう母子手帳はもらったほうがいいのか。育児用品は何が必要なのか？　マタニティ下着はどうする？　体重管理を始めるべきか？

初めての妊娠、出産には不安がいっぱいだった。とはいえ、お腹の中にだけ意識を集中するわけにはいかない。美穂には、重要な仕事が控えていた。

先日行われた商店会の会合で、地元食材を使って新たな郷土料理を作るための研究会を立ち上げることが話し合われた。いわゆる、食のワークショップというやつである。すでに引退している、上元商店街のとあるレストランのオーナーが、光熱費を負担するなら、場所を無償で提供してもいいと言うので、このプロジェクトが浮上した。

普通のレストランをやれという意見も出たが、本格的なレストランを運営するノウハウは誰も持っていなかった。昔ながらの飲食店営業より、コトカフェの盛況にならって、地域の人々と触れ合う場所を提供すべきという美穂の提案が、最終的には受け入れられた。

言いだしっぺということもあるが、メンバーの中では一番の料理好きだった美穂が、ワークショップ代表に選出された。コトカフェとの兼務ということになっているが、本格的な稼働を始めたら、両立は難しくなるだろう。琴江は、心配するなと言ってくれるが、早めにコトカフェを増員しておかなければ、後々大変なことになりそうだ。

産婦人科から直接レストランに向かった。

レストランでは、数名の人間がしばらく使っていなかった厨房や、フロアーの清掃をしていた。遠藤つぐみや、北島照子、及川久美。商店街だけではなく、地元農家の婦人たちの姿もあった。皆忙しい中、ボランティアで手伝いに来てくれたのだ。

「お帰りなさい。もう、大分きれいになったでしょう」

美穂に気づいたつぐみが、笑顔で頭を下げた。

「ゴメンね。すぐ帰るつもりが、ちょっと長引いちゃって」

美穂が荷物を置き、エプロンを身に着けた。

それから小一時間ほど大掃除をすると、店内は新装開店と見まがうばかりになった。

「それで、このお店の名前なんだけどさぁ」

照子がタオルで額の汗をぬぐいながら、話しかけてきた。

「さっきみんなで話し合ったけど、やっぱりコトカフェがいいんじゃないかってことになったのよ。コトカフェ二号店、いや三号店か」

「いえ、それは……」

「何かマズいことはある？　琴ちゃんも賛成してくれると思うけど。上元復興の旗印として、コトカフェの名前を使わせてもらいたいの。いいでしょう」

「琴江さんがＯＫなら、あたしは何も言うことはありません」

琴江は、もちろんこの申し出を承諾した。


こうして、「食のワークショップ・コトカフェ3」が正式にオープンしたが、集まったのは関係者ばかりで、一般の参加者はいなかった。

「やっぱり立地かしらねえ。シャッター通りだから」

照子が言うと、その場にいたほぼ全員が小さなため息をついた。

店の窓から、車が数台猛スピードで通り過ぎていくのが見えた。日に日に交通量が増えているような気がする。車は皆、商店街を素通りしていった。

「いいえ、そんなことはないわよ。みんな上元商店街の存在を忘れているだけ。客足だって、少しずつだけど、戻って来てるじゃない」

美穂がみんなを励ました。

「でも、昔に比べればまだまだよ」

「みんな、モールに行っちゃうから。やっぱり、あそこはすごいよ。品揃えは豊富だし、安いし」

「そうよねぇ。あそこのフードコート、タコ焼きからケバブまで、何でも揃ってるものねぇ」

皆がどんどんネガティブになっていくのを、歯ぎしりする思いで見守っていたところ、「あの〜」と控えめに手を挙げる者がいた。つぐみだった。

「ここ、何屋さんか、よくわからないいんじゃないかと思うんです」

ワークショップという名前に、馴染みがないのだとつぐみは言った。確かに、ワークショップとは何ぞや、と説明を求められても、答えられる人間は多くないだろう。

「あたし自身も、ゴメンなさい――宣伝チラシを読んだんですけど、ここが何をやるところか、実はまだよくわからなくて」

チラシには、食の体験学習と書いてある。地域食材を使って、新たなご当地グルメを研究する集まり。

「お料理のことをやるなら、シンプルにお料理教室とかって名乗るほうが、わかりやすいんじゃないかと……」

「それはちょっと違うわよ、つぐみちゃん」

久美が眉を吊り上げた。

「コトカフェ3はお料理教室じゃないの。新しい郷土料理を研究する有志が集う場所なの」

「でも、研究とかって言葉があると、ハードルが高くなっちゃうような気がするんです」

つぐみにしては、珍しく反論してきた。

「上元商店街とは縁もゆかりもない人間が、このチラシを読んで、コトカフェ3に行きたいと考えるかは、正直微妙だと思うんです。あっ！　すみません。あたし、すごく生意気なこと言ってますよね」

「いえ、いいのよ、つぐみちゃん。先を続けて」

美穂が促した。

「えーと、もうそんな言うこととかないですけど、あたしは、料理とか、そんなに得意じゃないから、お料理教室なんかがあったら、行ってみたいなと前から思ってました。幕悦にそういうところ、あまりないですし。あたしと同じこと考えてる人って、結構多いんじゃないかと思うんです」

つぐみの言っていることが、美穂にはよくわかった。

現状では、主催者のコンセプトを押し売りしているのに等しい。新たなご当地グルメは、商店街活性化のための、強力な起爆剤となる。だから、たくさんの知恵を出し合って、最高のものを作りたいと、当事者は考える。

ところが、活性化などとは無関係な一般住民は、すでに出来上がったご当地グルメのレシピを学んで、自らの料理のレパートリーを増やしたいと考えるだろう。

琴江がコトカフェを作った当時のコンセプトを、美穂はすっかり忘れていた。琴江は、地域住民のニーズに応えるために、コミュニティカフェを創設したのではなかったか。だから店は、あれだけ繁盛しているのだ。

「お料理教室ってアイデア、いけると思う」

美穂がうなずいた。

「美穂ちゃんが、料理を教えるってこと？」

久美が訊いた。

「そうよ」

確かに料理は得意だ。とはいえ、人に教えるほど専門的な教育を受けてきたわけではない。

「じゃあ、ご当地グルメも美穂ちゃんが考えるのね。まあ、ワークショップに人が集まってくれるだけで活性化に繋がるからいいけど……大丈夫なの？」

照子が懐疑的な眼差しを美穂に向けた。

「もの凄く敷居の低い、料理教室にしようと思ってるの」

美穂は照子に、ニンマリと微笑みかけた。

「さっき、つぐみちゃんに、ハードルが高いのはダメって言われたから」

「いえ、あたしは、そんな……」

慌ててつぐみが訂正しようとした。

「いいのよ、つぐみちゃん。その通りだとあたしも思うから。とりあえず、ご当地グルメのたたき台は、あたしが考える。でも所詮《しょせん》素人が考えたものだから、至らないところがあると思う。生徒たちには、いろいろ意見を言ってもらいたいの。あたしのほうが美味しいもの作れるっていうんだったら、是非試作品をお披露目して欲しい。もちろん、純粋に料理を学びたいって人も大歓迎よ。強制は一切しないから」

「そうね。そういう感じなら、いいかもしれないわね」

照子が首肯した。

「早速チラシを作り直しましょう」

新しいチラシには「地域食材を美味しくいただくお料理教室・コトカフェ3」という文字が並んだ。それを各人が手分けして、町中の郵便受けに投函《とうかん》した。遠く安在市まで遠征して宣伝も試みた。インターネットに精通している者は、自らのブログやSNSで、コトカフェ3を紹介し、生徒を募集した。


ところが、相変わらず住民からの反応はなかった。

美穂たちは悩んだ。いったい何が足りないのか？　何がいけないのか？

メンバーがふたたびネガティブ思考に染まりかけた時、やっと見学者が訪れた。三人組の農家の女性だった。そのうちの一人は久美の知り合いで、いつも久美のブログをチェックしているという。ブログにコトカフェ3のことが書かれていたので興味を持ち、友だちを誘って、見学に訪れたのだ。

女性たちが住んでいる集落にもチラシを配ったはずだが、そんなものは見たことがないと、三人とも口を揃えた。

「もしかしたら、郵便受けに入っていたのかもしれないけど、チラシはスーパーの特売以外ほとんど見ないのよ。ゴメンなさいね」

「そうね。胡散臭い勧誘のチラシもあるから、悪いけど即ゴミ箱行きね」

「仮に目に留まったとしても、それだけで腰を上げるかどうかは微妙」

結局、パワーポイントで作った安っぽいチラシでは、宣伝効果などまったくないということが分かった。ではどうすればいい？　ブログを充実させる？　それとも口コミに頼るのが、やはり鉄板なのか？

「あの〜、いいでしょうか？」

周囲をうかがいながら、恐る恐る手を挙げたのは、またもやつぐみだった。

「あたしも、新聞の折り込みチラシとかは、あまり見ません。ブログも、有名人や友だち以外のものを検索したりチェックしたりすることは、稀《まれ》です。でも、よく考えたら、ひとつだけ熱心に目を通すものがありました」

それって何よ、と全員がつぐみの次の言葉を待った。

「幕悦町の広報誌です」

え〜っ、という素《す》っ頓狂《とんきょう》な声と、あ〜というため息が交錯した。

「みずほ通信でしょう、あんなのあたし、見ないよ〜」

「そう？　あたしは見るわよ」

「チラシに比べりゃ、まあ、見るかな」

「そうね。少なくとも、町が発行しているものに、悪徳商法の宣伝はないはずだから、一応目は通すし、興味があるもの見つけたら、チェックは入れてるかな」

メンバー全員の意見をまとめると、「心待ちにしているわけではないが、目は通す。紹介されている内容については、信頼する」ということだった。

「いいところに目をつけた。つぐみちゃん、さすがだわ」

美穂が誉めると、つぐみの頬がぽっと紅色に染まった。

「さっそく、みずほ通信に広告、いえ、紹介記事を載せてもらいましょう」

「でも、そう簡単に載せてくれるかしら」

久美が眉を寄せた。

「大丈夫。心当たりがあるから」

美穂が、不敵に微笑《ほほえ》んだ。

6

再び失業者になった剛を、健太はコトカフェに誘ってみたが、乗り気ではなかった。厨房アシスタントとして雇われた健太が、今ではお年寄りの囲碁の相手や、子守り、野菜の集荷までやっていると聞いて、しきりに眉をひそめた。

「それって雇用契約違反じゃね」

「契約なんてないよ。口約束だけだったし。それに、別に強制されてるわけじゃない。気がついたら、こんな風になってた」

「健太、おめーもしかして、洗脳されてねえか。なんだかそこ、カルトっぽいぞ」

「そうかもしれない」

健太はあえて否定はしなかった。傍《はた》から見れば、多分そのように映っているのだろう。

「じゃあ訊くけど、マライアはどんな職場だったの」

「最悪だよ」

お客様と東京本社には限りなく優しく、末端従業員にはとことん厳しい職場なのだと剛は吐き捨てた。

「おれの上司は、本社から派遣されたギャルのねえちゃん、っていうよりおばさんだな。高校生みてえな恰好してるけど、目じりのしわとかメイクじゃ隠せねえから。そのおばギャルがまた、ひでえのなんのって――」

剛によると、本社から来た上司は、現地採用のバイト社員を、露骨に馬鹿にしたのだという。

「地元出身者は、全員田舎者ってくくりで、こんなダサい人たちがマライアで働くなんて、東京じゃ絶対考えられないとか言うんだぜ。雇ったのはお前ら、東京本社の人間じゃねーのかよって。おれは地元出身じゃないけど、頼むからそのお腹をナンとかして、とか言われたし。これって、セクハラだよな。いや、パワハラか。両方入ってるよな」

店のノルマは厳しかった。売り上げ目標が達成できなければ、能力不足をなじられ、さらには容姿までけなされ、泣きながら辞めていった社員も一人や二人ではなかったという。

「でもよぉ、そのおばギャルは、そんなこと歯牙《しが》にもかけないんだよな。あたしが新人の頃は、もっとヒドいイジメを先輩たちから受けた。でも、歯を食いしばって耐えた。オシャレやメイクも自分なりにいろいろ研究した。そうしたら、いつの間にか幹部社員になっていたって、自慢話たらたら始めて」

マライアの業績は、低コストでこき使われる従業員の犠牲の上に成り立っている。儲けを享受できるのは、本社の幹部社員と株主だけで、上層部の仲間入りをしたければ、通過儀礼のようなイジメ、パワハラ、セクハラに耐え抜かなければならないということらしい。いや、それでも剛のような現地採用の社員は、良くてもせいぜい、地域限定のマネージャー止まりだろう。

「おれ、マライアって、もっと自由な社風かと思ってたよ。だけど、実態は日本の古い体質にどっぷり浸かった、昔ながらの企業だったんだ。まあ、カルトと似たようなモンだな」

「少なくとも、コトカフェはそういうカルトじゃないよ」

「じゃあ、どんなカルトだよ」

剛が、ギロリとにらんだ。

「それは、自分で確かめてみればいい」

剛はコトカフェで期限付きで働くことになった。

試用期間が終了した時点で、職場が気に入ったら長期雇用に切り換え、やはり自分には合わないと感じたら去るという契約である。

それでも、店長は大歓迎だった。男手が少ないカフェで、剛のような若くて体力もありそうな人材は、たとえ期限付き雇用とはいえ、貴重なのだ。

お客として来ていた老人たち、特に老婆たちが、「若ぇ男だ、若ぇ男だ」と口々に騒ぎながら、ぞろぞろ剛の周りに集まって来た。

「いいねえ、兄ちゃん、ぷりぷりしてて、もう頰っぺたなんか、パンパンではち切れそうだわ」

うのばあさんが、剛の頰っぺたをつつき、「あいたたたたつ、突き指しちゃったよぉ」と笑った。

「オーバーだよ、うのちゃん。そんなにパンパンかい？　どれどれ」

今度は弥生ばあさんが、剛の頰をつねった。

「えっ？　いや、あの、ちょっと待って……」

もちのようにびろーんと伸びた頰っぺたにされた剛が、何やら言いかけたが、他の老婆も我先にと剛の顔や腕や腹を触り始めた。

「いいねえ、若ぇ人は、張りのある肌で」

「ぷにぷにしてるね」

「ホントだ。食べちゃいたいくらいだねぇ。がははははは」

「生き血を吸いたいくらいだねぇ。がはははは」

おばあちゃんたちの攻勢が一段落すると、今度は子どもたちがやって来た。子どもたちは、剛の腰や脚にすがり付き、「遊ぼう、遊ぼう」とねだった。剛は仕方なく、膝にしがみついている三歳くらいの男の子を持ち上げ、グルグルと回してやった。たちまち他の子たちが「ぼくも」「あたしも」と両腕を差し出した。

十人近い子どもをぶん回した後は、さすがの剛もギブアップして床の上に寝転んだ。その日の仕事はこれにて終了した。健太は、剛が人気者になったことに軽い嫉妬を覚えた。剛のどこにそんな魅力が隠されていたのかといえば、やはりその、小型のトトロのような、はたまたメタボ化したアンパンマンのような、外見のおかげだろう。

翌日にはすでに剛は、子どもたちから「パンパンマン」と呼ばれていた。

「ん、だよぉ、そのあだ名はよぉ」

とボヤキつつも、剛はまんざらでもなさそうだった。

そして一週間の試用期間が終了しても、剛は相変わらずコトカフェに来て、じいちゃんばあちゃんの世話をしたり、子どもたちと遊んだりしていた。

こうして剛は、正式にコトカフェの従業員となった。

「何だか、自分でもよくわからない、不思議な感覚なんだ。おれのやってることは、仕事とはちょっと違うような気がする。といって、こういうことをやりたかったわけじゃない。夢が実現したってのとも程遠い。何て言ったらいいのかな。求められる快感というか。頼りにされる優越感というか。感謝される満足感というか。ともかくまあ、おれ、楽しんでることだけは確か」

後になって剛はこう語った。

健太も剛と同じように、コトカフェでの活動を仕事として割り切ることに、違和感を覚えていた。

家に帰っても、引きこもりオタクと暮らす、コミュニケーションのない日常が待っているだけだ。家賃はシェアするが、それ以外のもの、例えば、気遣いも、思いやりも、優しさもシェアしない。以前は心地よいと感じていたこの空気が、だんだん無味乾燥なものに思えてきた。

だから、家に帰るのが遅くなった。コトカフェに残って諸々《もろもろ》の雑務をすることに、充実感を覚えた。サービス残業と呼ばれようが、本人が好きでやっているのだから、関係なかった。

もっとも、健太が夜遅くまでコトカフェにいるのには、別の理由もあった。

最近は、つぐみと昼間一緒になることはない。彼女は今、コトカフェ3の立ち上げで大わらわなのだ。とはいえ、仕事が終わると、つぐみは必ずコトカフェ一号店に立ち寄って、挨拶をしてから帰宅する。

健太と会うためかは定かではないが、勝手にそう解釈して、つぐみが現れるまでは、帰らないことにしていた。

そんな行動にいち早く気づいた剛が、健太に肘鉄を食らわし、「お前、いつの間に彼女なんか作ったの？」と冷やかした。

「か、彼女なのかな。一度食事をしただけの関係だけど」

「彼女だろ。あの子の、お前を見る目を見ればわかるよ。健太、完璧《かんぺき》リア充になってね？

仕事もあるし、彼女もいるし」

「お前も、彼女作ればいいじゃん」

やや高飛車な発言が口をついて出たが、剛は嫌な顔をするでもなく、素直にうなずいた。

「ああ、そうだな。おれもマジ、彼女欲しぃよ」


健太や剛とは対照的に、秀人と裕也は相変わらずの日々を送っていた。

ゴールデンウイークが明けたある日、剛と一緒にミニバンに乗って集荷作業に向かっていると、他人の畑に侵入しようとしている二人を目撃した。

「あいつら、また野菜を盗もうとしてる」

健太がつぶやくと、剛が「何だと？」と目の玉を剝いた。

「あの野郎ども、そんなことしてたのか。許せねえ。おい、健太。停めろ」

健太が路肩にミニバンを停めるや、剛が助手席から飛び出して行った。サイドブレーキを引き、健太は剛の後を追いかけた。

秀人と裕也は、血相を変えて走って来る健太たちの姿を認めると、観念したように畑から出て来た。

「お前ら、何やってんだ」

剛が眉を吊り上げると、「別にぃ」と二人は瞳を泳がせた。

「野菜、盗もうとしてただろ」

「ちげーよ。散歩してて、道に迷っただけだよ」

「嘘をつけ」

「お前ら、どうせ暇なんだろ。一緒に来いよ」

健太の言葉に、剛が瞳を見開いた。

「仕事中だろ。こんなナマケモノどもを構ってる暇なんかないぞ、健太」

「仕事を手伝ってもらう。じゃなきゃお前らを警察に突き出す」

普段は温厚な健太の有無を言わせない口調に、秀人と裕也はたじろいだ。

「だとよ。さあお前ら、乗れ」

剛がダメ押しすると、二人は何やらブツブツ言いつつも、ミニバンの後部座席に納まった。

健太は慣れた手つきでギアを入れ替え、発進した。

最初に行ったのは、榎本《えのもと》滝子の家だった。夫は腰を痛めて車椅子生活を強いられ、滝子本人は視力が低下している。

一度夫婦でコトカフェまで来たことがあったが、片道四十五分は費やしたという。車で飛ばせば、七、八分の距離だ。

滝子は健太たちを、しわだらけの笑顔で迎えた。

「いつも済まないねえ。まあ、新しい人が入ったの？　二人も。いいわね、皆さん若くて」

秀人と裕也がお互いの顔を見合わせた。剛が足を蹴ると、二人はぎこちなく頭を下げた。

「あの……よかったら、今度から収穫のお手伝いもしましょうか？」

いつも通り玄関先に置いてあった野菜入りのダンボール箱を見て、健太が提案した。

「いいのよ、それは。少しぐらい身体を動かしておかないと、さび付いちゃうから。あたしまで車椅子になったら、目も当てられないでしょう。そうそう、ちょっと待っててね」

そう言い残し、滝子は家の奥に消えた。その間に、健太たちは、ダンボールを車のラゲッジルームに運びこんだ。秀人と裕也は、作業を手伝うわけでもなく、ボーっと軒先に突っ立っていた。

「ほら、これ。後で食べて」

戻って来た滝子が、何もしないで鼻くそをほじっていた秀人に紙袋を差し出した。中に入っていたのは、最中《もなか》だった。

「えっ？　いや、あの……」

口を開きかけた秀人を「いいのよ、いいの」と滝子が制した。

「皆さんには、いつもお世話になってるから。あたしたちだけじゃ、市場に野菜を売りに行くことができないし、こうやって、引き取りに来てくれるから、何とか生計を立てていくことができるのよ。本当に感謝してるわ」

「おいおい、ちょっと待ちなさい」

家の奥から声がした。車椅子に乗った滝子の夫が姿を見せた。

「若い人は、甘いものよりこれだよ」

夫は、膝の上に載せてあった日本酒の瓶をつかみ、剛に手渡した。ガタイが良いから、一見大酒飲みに見える剛だが、実は下戸である。健太や秀人、裕也も酒に強いとはいえない。

「純米大吟醸だ。わしはもう飲めんが、きみらはまだ若いから、いくらでもいけるだろう」

「ありがとうございます」

酒を一滴も飲めない剛が、腰を折って酒瓶を受け取った。

次に行った農家でも、健太たちは熱烈な歓迎を受けた。またいろいろなお菓子を勧められたので、コトカフェに預けられている幼児たちのおやつとして、ありがたく頂戴《ちょうだい》した。

「おめーたち、これで儲かってんのか？」

腕いっぱいに菓子袋を抱えた秀人が、健太に尋ねた。

「ガソリン代や手間賃を差っ引いたら、どうだかわからないね」

「なら、何でやってんの？」

「まあ、喜ばれるからかな。それと、あんまり優等生的なことは言いたくないけど、こういう風に巡回しないと、じいちゃんばあちゃんたち、孤立しちゃうから」

「ふ〜ん」

納得したのか、していないのか、秀人は難しい顔をして黙り込んでしまった。

最後に行った畑では、収穫を行った。持ち主の夫婦は、二人とも安在市の病院に入院中で、畑を見る人間が不在なのだ。

「収穫と集荷を代行する見返りに、穫れたて野菜を分けてもらってるんだ。これがカフェの昼のメニューになる」

健太が丸々と肥えたキャベツを、掲げてみせた。

「おれ、キャベツ、嫌え」

裕也がボソリと言った。

「おれも、嫌いだったけど、バターで炒めて、コショウをぶっかけて食うと、案外いけることに気づいた」

秀人の言葉に、剛がチチチと、突き立てた指をメトロノームのように振った。

「穫れたて野菜は、生で食うのが一番」

剛が、キャベツの葉を剝いて、秀人と裕也に差し出した。いいよ、と拒む二人の口の中に、無理やりキャベツを突っ込んだ。

「なんか、甘い」

「シャキシャキしてるな」

二人の顔色が変わった。

「そうだろう」

剛が勝ち誇ったように言った。

「おまえら、野菜泥棒なのに、野菜のうまさがわからなかったのかよ。それじゃ、盗まれた野菜だって可哀《かわい》そうだろう」

「だから、盗んでねえって……」

秀人は、健太と目が合うとうつむいた。

「もう、盗むなよ」

健太が言うと、秀人は小さく首肯した。

「さあ、お前らも収穫を手伝え」

剛が秀人と裕也の尻をひっぱたいた。

7

「う〜ん。それはちょっと難しいなぁ」

二ノ宮は分厚いメガネの奥の細い目を、さらに細めた。

コトカフェ一号店のサロン。二ノ宮の向かいの席に座っているのは、美穂と照子だった。

隣のフロアーでは弥生ばあさんが、カラオケで「氷雨」を歌っている。

ソファーの上には、子どもに絵本を読み聞かせている間にいつの間にやら寝入ってしまった、うのばあさんがいた。ガーガー派手ないびきを掻いているうのばあさんの隣では、虎之助じいさんが、四歳児におおいちょかぶを教えていた。

「町の広報は、特定企業の宣伝はできないからなぁ」

「特定企業の宣伝とは少し違いますよ。これは上元地区の活性化のために行うものですから」

美穂がきっぱりと言った。

「う〜ん」

二ノ宮が眉間にしわを寄せ、テーブルの一点を見つめた。

「お料理教室と銘打ってますが、実態は、ご当地グルメを作るための研究会なんです。幕悦全体の町興しにも貢献できるでしょう」

「ご当地のブランドならもうあるじゃないか。TODOME野菜と、ベジタ坊ってのが」

確かにそうだが、それらはTODOMEモール21に持っていかれてしまったので、上元商店街が、同じブランドを掲げて勝負することはできない。

「だから、わたしたちは止村ブランドの野菜を、如何に調理すれば、よりおいしく食べられるかを研究する集まりなんですよ。幕悦にはまだご当地グルメがないじゃありませんか。立ち上げるべきです」

美穂が身を乗り出した。

「町が後援する、カルチャースクールってことにできませんか。そうすれば、広報誌に生徒募集のお知らせが載っていても、おかしくないでしょう」

照子も二ノ宮に詰め寄った。

「ぶっちゃけた話をするとね。町長も町会議員も、TODOMEモール様々だと思ってるんだよ。だから、TODOMEの名前を掲げた上元地区再開発に賛成の人間が多い。もう、図面を引く段階に入ってるよ。今度の計画はモールだけじゃない。高層マンション建設やら、郵便局移転なんかも含まれている。いわゆるコンパクトシティ構想なんだよ。そういう時期に、このような広告を載っけるのは、やはりちょっと……」

「こんら、駐在。さっきから何、ぐちゃぐちゃ言ってんだ。あだしには、何だがサッパリわがんねよ」

気がつくと、さっきまで向こうのソファーで高いびきを掻いていたうのばあさんが、美穂たちの傍らに来ていた。

「い、いや、おばあちゃん……また、酔ってない？」

二ノ宮が目元をひくつかせた。

「そうよ、信吾《しんご》。うのさんの言う通り」

「かあさん」

氷雨を歌い終わった弥生ばあさんと、雇われたばかりの青年に付き添われ、二ノ宮の母、光子が車椅子で近づいて来た。

車椅子を押している青年の名前は、堺剛。どことなくふてぶてしい雰囲気だが、子どもたちや、お年寄りからは好かれている。

「上元地区再開発とお料理教室は何の関係もないでしょう。お前だって、再開発には反対してたじゃない。美穂さんたちの力になってあげなさい」

「おかあさんのおっしゃる通りですよ、二ノ宮さん。あたしたちの味方なんだから、力を貸してください」

「お願いします。二ノ宮さん」

美穂と照子が同時に頭を下げた。

「駐在さん。あんだ、こんだけ女に頼りにされて、まさか、できねえなんて言わねえよね」

うのばあさんが、ジロリと二ノ宮をにらんだ。

「うのちゃん、そんな怖い顔しなくても、二ノ宮さんはちゃんとやってくれるわよぉ」

すかさず、いつもニコニコ顔の弥生ばあさんがフォローを入れた。

「――わかりました。何とかやってみますよ」

二ノ宮は観念したようにうなずいた。


それからしばらくして、美穂の携帯に二ノ宮から連絡が入った。広報課を説得し、何とか記事を載せることに成功したという。美穂は礼を言い、電話を切った。

配布されたみずほ通信最終面の「町民講座のおしらせ」の欄には、ご当地グルメを教える料理教室、生徒募集という、三行ほどの広告が載った。

「こんな小さな広告じゃ、気づく人、いないんじゃないの」

さっそく照子が文句を言い始めた。

「再開発賛成派に気づかれないようにやるためには、あまり派手な告知はNGだったんでしょう」

美穂は二ノ宮の努力を一応は認めたが、内心では照子と同じことを危惧していた。

ところが広報誌が配布された直後から、問い合わせの電話がひっきりなしにかかってきた。小さな田舎町では、自治体の広報誌の宣伝力は抜群だったのだ。つぐみの言っていたことは、正解だった。

しかし、そうなると、ぐずぐずしてはいられない。美穂は今までずっと温めていた、ご当地グルメのアイデアを具体化すべく、厨房にこもった。

最初に作ったのは、筑前煮だった。野菜をふんだんに使ったレシピをあれこれ考えた末、行きついたのがこれだ。使う食材は、鶏肉、レンコン、ゴボウ、にんじん、シイタケ、里芋等々。どれも地元で穫れる食材ばかりである。

早急に仲間を集め試食会を開いたが、評判は芳しいものとはいえなかった。

「悪いけど、はっきり言わせてもらうわね」

照子が前置きしてから、意見を言い始めた。

「味は悪くない。でも、インパクトに欠ける。地味なのよ」

忌憚《きたん》なき意見を求めてはいたものの、やはり美穂はへこんだ。妊娠しているので、味覚が鈍っているのだろうか。料理を作っている最中に、突然吐き気を催すこともあった。

「それに筑前煮って、味付けが難しいでしょう」

「そうそう、味を染み込ませるのが大変だし」と照子に賛同する者もいたが、「でも、難しいからこそ、料理教室で教えるんじゃないの」という意見も出た。

結局、また別のレシピを作るということで、その場は解散した。皆本業で忙しいから、長時間の拘束はできない。料理教室のためにフルタイムで働けるのは美穂と、アシスタントで付いたつぐみだけだ。

「ともかく、レシピはできる限りたくさん作ったほうがいいわね。その中から商品化できそうなものを、皆と相談してピックアップしていけば、いいものが出来上がるかもしれない」

質も大事だが、量も同じくらい大事だ。

「つぐみちゃん、申し訳ないけど、ものすごく忙しくなりそうよ」

「はい」

とつぐみが、覚悟を決めた目でうなずいた。

様々な料理本を読み漁《あさ》り、インターネットで情報を集め、あれこれ試行錯誤を重ねながら、美穂とつぐみはレシピ作りに励んだ。受け売りも多かったが、そこに自分たちなりの味つけを加えることを忘れなかった。まったくのオリジナルも作った。盛り付けも色合いも、見栄《みば》えがするように工夫を凝らした。

夜半まで仕事をしている美穂に、つぐみは文句ひとつ言わずついてきた。もう遅いから帰りなさいと諭しても、どうせ家にいてもやることがないですからと、首を振った。

本人が認めているように、料理はあまり得意ではない。だが、ジャガイモの皮剝きで指を怪我《けが》したり、炒めもので火傷《やけど》を負ったりしながらも、ひたむきに取り組む姿勢には感服した。つぐみはきっと、いいお嫁さんになるに違いない。

出来上がったレシピはスイーツも含め全部で、二十七種類にも及んだ。

たっぷり二日間かけて仕込みからはじめ、ほとんど寝ずに、美穂とつぐみで試作品を作り上げた。イタリア風の料理から、エスニック、無国籍の創作料理、和の食材を活かしたシンプルレシピまで、バラエティーに富んだ内容である。

二度目の試食会に集まった商店会のメンバーたちは、テーブルの上にズラリと並んだ皿の数々に目を見張った。

「よくぞ、ここまで」

照子が嘆息した。

「あたしは、お料理の先生じゃないから。質より量で攻めることにしたの。とはいえ、素材の活かし方には、ちょっとだけ自信があるけどね」

農家出身の美穂である。美味しい野菜を作ることに関しては、右に出る者はいない。TODOMEブランドの野菜の基礎は、すべて美穂が作ったと言っても過言ではなかった。

集まったメンバーの中には、以前は飲食店を経営していた者もいた。上元がまたにぎやかになってきたので、店の再開を考えているという。

「これは斬新。うちのお店でも、作ったら売れそう」

「牛のすね肉には、こんな調理法があったのね。目からウロコだわ」

しかし、当然ながら好意的意見ばかりではない。

「……う〜ん。これは、ちょっとねぇ」

「こっちは、ビミョーだけど、これは、うん、案外いけるかもしれない。味噌煮《みそに》で食べるより、オシャレ」

「これなんかはもっと、シイタケのうまみを効かせたほうが、美味しいわね」

「これは、ダメよ。悪いけど。シンプル過ぎる」

「コクが足りない」

鋭い意見が、美穂とつぐみの胸を容赦なくグサグサと突き刺した。

一通り試食が終わると、美穂とつぐみも加わって、最終選考のミーティングを行った。

美穂としてはもちろん、すべてを商品化したいが、中にはあまり自信のないレシピも混じっている。それが切り捨てられるのは仕方ないとはいえ、自信作については、譲らない覚悟で話し合いに臨んだ。

夜半近くまで、喧々囂々《けんけんごうごう》の議論が繰り返された後、二十七品目あった料理のうち、九品目を、上元商店街が推薦するご当地グルメとして、正式に売り出すことが決まった。

「よかったですね、三分の一も残って。あたしが一押しのスイーツも生き残ってくれて、嬉しかったです」

メンバーたちが引き揚げて行くと、つぐみが大きく深呼吸した。つわりを堪えながらがんばった甲斐もあったと、美穂もソファーでだらしなく足を伸ばした。

「だけど、みんな厳しいですね。ビックリしちゃった」

「それは、そうよ。上元発祥のご当地グルメを、幕悦中に広めなきゃいけないんだから。みんな真剣なのよ」

「あたしたち、TODOME・マライアモールに、勝たなければいけないんですものね」

「もちろん」

「でも……本当にそんなことが、可能なんでしょうか」

つぐみがボソリと言った言葉が、灰色の霧となって胸中に広がる。

「あきらめちゃ、ダメよ」

美穂は、自分自身に言い聞かせるように言った。


そして第一回の料理教室が開かれた。まずは、豚バラのカリカリグリルとイチゴのミルフィーユの作り方を教えることにした。

集まった人数は、十二名。日曜日の十時半から始めたため、男性の出席者も二名いた。美穂がお手本を見せ、段取りを確認させた後、三人ずつ四グループに分かれて、実習を行った。

料理に関しては初心者ばかりで、包丁を握る手がおぼつかない者も多かった。

「カリカリになるまで脂を落とすように焼きましょう。わからないことがあったら、遠慮しないで訊いてくださいね」

美穂がテーブルを巡りながら声をかけた。人に料理を教えるなど、初めての経験だったが、そこそこ様になっているような気がした。

「写真、よろしいですか？」

つぐみが、全員の許可を得て、生徒たちが奮闘している姿を、カメラに収めた。

段取りを間違えて焦がしてしまったり、うまく野菜を切れなくて、いびつな形になってしまったり、生徒たちは四苦八苦しながら、何とか料理を作り上げた。

「あの～」

生徒の一人が手を挙げた。

「余った食材はどうしたらいいでしょうか」

「持ち帰ってもいいですよ。でも、中途半端だから、こうしちゃいましょうか」

美穂は余りものを使った、おまけのレシピを即興で考案した。

「さすが、先生」

「こういうやり方もあるんですねぇ」

生徒たちに尊敬の目で見つめられ、こそばゆかった。数日間、夜中までレシピの研究をした甲斐あってか、料理に関するイマジネーションは膨らむ一方だ。

調理が終わると、試食会が始まった。「美味しい！」という声が、あちこちから飛んだ。

「これは、わたしの味付けに過ぎませんから。皆さんがもっと美味しい食べ方を発見したら、遠慮なく発表してください。コトカフェ3は、ご当地グルメをみんなで考える教室なんです」

日本一敷居の低い料理学校というコンセプトを生徒にわかってもらって、お開きにした。生徒たちは口々に礼を言いながら、商店街に消えて行った。

「この写真、ブログにアップしますけど、みずほ通信にも載せてもらえないでしょうか」

「先週号にまた、ＴＯＤＯＭＥ・マライアの大きな記事が写真入りで載ってたから、こっちだって掲載してもらわなきゃ。二ノ宮さんに言っておくわ」

「……なんとか、なるかもしれませんね」

つぐみが美穂の同意を求めるように言った。

「もちろん。あたしたちが、なんとかするのよ」

8

秀人と裕也は、週の何日かはコトカフェで働くようになった。

彼らが担当しているのは、庭先集荷だ。農家を巡って野菜を回収し、コトカフェに届けたり、余ったものは市場に卸したりしている。

二人ともまだフルタイムの業務には抵抗があるようで、自分たちは運転手専門と割り切っている。しかし、それだけでもかなりな進歩だ。ちょっと前までは、労働意欲など皆無で、物を盗むか、恵んでもらうことしか考えていなかった連中である。

彼らがコトカフェ一、二号店を担当してくれたので、健太がコトカフェ3に出向く機会も増えた。近頃忙しそうにしているつぐみとは、すれ違いも多かったので、健太にとってこの状況は願ってもないことだった。

ある日、健太がコトカフェ3の店の前に車を停め、食材を降ろしていると、近くの店から興奮した男の声が聞こえてきた。

「客に馴れ馴れしく話しかけてこないでくれるか！　おれ、そういうの嫌いなんだよ」

客らしき男性二人組が、店員をどやしつけている。

「押し売りしたいのかよ。大したものも揃えていないクセによ」

男たちは聴衆を意識してか、わざと悪意のこもった言い方をしているように見えた。

「いえ、ぼくは、決してそんな……」

若い店員が、瞳をうるうるさせながら弁明した。

「これって、賞味期限切れてるんじゃないの？　きちんと届出して営業してるのかよ、この店は？」

「期限切れはしてません。切れるのは明日です」

「ギリギリじゃないか。この店じゃ、腐る寸前のものを売ってるのか？」

ほとんどいちゃもんに近かった。

「こんなにゴチャゴチャガラクタばかり並べるなよ。町の景観が損なわれるじゃないか」

「買い物はモールですべてできるだろう。お前らなんざ、必要ないよ。こんなママゴトみたいな店、とっとと閉めちまえよ」

二人組の男たちは、捨て台詞《ぜりふ》を残し、去って行った。

コトカフェの前で男たちと目が合ったが、鋭い眼差しに気圧《けお》され、健太は思わず視線を逸らした。

男たちの、フンと小馬鹿にしたような鼻息が、頬にかかった気がしたが、見返す勇気はなかった。

食材を店の中に運び終えると、健太はつぐみを捕まえ、たった今、通りで起きたことを話した。

「怖いですね。近頃、そういうこと、多いんですよ」

つぐみによると、営業妨害をするような輩《やから》が増えているという。

「ここにも時々、無言電話がかかってきます。受話器を取ると、すぐ切られちゃうんです。そんなことが、五、六回あってすごく怖かったけど、この間、思い切って『誰ですか？何か用ですか？』って質《ただ》したんです。そしたら、『つまらない店をやるな。とっとと閉めろ』って男の人の低い声が聞こえて来て。もう、背筋が凍っちゃいました」

「だ、だいじょうぶでしたか？　他に変なこと言われませんでしたか？」

「それだけでした。もう、電話はかかって来ません。あの時、勇気を出して『お店は絶対閉めません』って言い返してやればよかったって、今では後悔してます」

それでもつぐみは、誰何《すいか》する勇気を持ち合わせていた。それに引き換え自分は、先ほどの男たちと、目を合わせることすらできなかった。

「あたし、悲しいです。なぜ、そんな人たちがいるんでしょうか」

「ここに第二のモールを造りたがってる連中の仕業でしょう」

「でも、逆効果ですよ。却ってやる気出て来たもの。負けてたまるかって気になります」

つぐみが上目使いに、力強くうなずいた。普段は癒し系のつぐみの、別の一面を見た思いがした。

「ぼくも、嫌がらせには屈したくありません。だけど遠藤さん、あまり熱くなり過ぎないでください。危険なこと、されるかもしれませんから。もし何かあったら、抵抗しないで、すぐに警察に連絡するんですよ」

「はい。わかりました」

素直に、つぐみは首肯した。急にしおらしくなったつぐみに愛《いと》しさを感じながら、健太は店を後にした。

家に帰ると、先に帰宅していた剛が「おい、これを見ろ」と手にしたタブレットの画面を指さした。有名な巨大掲示板だった。幕悦町上元地区のスレッドが立っている。

内容を読み進めていくうちに、いつしか健太は唇をかみしめていた。ほとんどが、謂《いわ》れのない誹謗《ひぼう》中傷ばかりだ。

(都会から来た落ちこぼれどもが始めた、ガラクタ市)

(ビンボー人たちが、傷をなめ合ってる、イタい場所)

(幕悦の恥。とっとと潰れて欲しい)

(誰も望んでないのに、居座ろうとする癌《がん》細胞)

(自意識過剰の粗大ゴミ。あんなんで、モールと勝負してるつもりなのかぁ???(笑))

どれどれと脇からのぞき込んだ、秀人や裕也も眉をひそめた。

「ザけんなよ、こいつら！」

この間まで野菜泥棒をしていた秀人の怒りが、一番すさまじかった。すぐさま自分のスマホで反論を始めた。火に油を注いでいるようなものだが、秀人の親指は止まらなかった。

「おい、こっちも見てみろ」

裕也がスマートフォンの画面を健太に向けた。つぐみが担当している、コトカフェ3のブログだった。炎上している。心無い書き込みに、つぐみが真摯に対応していたが、それが悪意ある人々をさらに興奮させる事態を招いていた。

健太は携帯を取り出して、つぐみに電話をかけた。コメントを無視するか、削除しろとアドバイスするつもりだった。

携帯は、なかなかつながらなかった。コメントの対応に夢中で、着信したことに気づいていないのか。仕方なくメールを打った。そうこうしているうちにも、荒らしの数は増えていった。

つぐみは、あらゆる誹謗中傷に対し、淡々と弁明を繰り返していた。


翌日、つぐみは会社を休んだ。

コトカフェに勤め始めてから、初めての欠勤だった。つぐみの母親から琴江に、娘が熱を出したので、休ませたいと連絡が入ったのだという。

その翌日も、つぐみは休んだ。メールを打ってみたが、返事は来なかった。そういえば、二日前、コトカフェのブログを荒らされた時に打ったメールに対しても、まだ返事をもらっていない。

……もしかして、自分は嫌われてしまったのか？

こんな考えが、健太の脳裏をよぎった。

つぐみは、逃げずに荒らしに向き合っていた。コトカフェや、上元商店街の取り組みを真摯に説明し、理解を得ようと努力していた。それに対して健太は、無視しろだの削除しろだのとしか言ってやれなかった。

つぐみは、一緒に荒らしに立ち向かってくれることを、望んでいたのではなかったのか？

結果的に自分は、つぐみを見殺しにしてしまったのではないか？

次の日もつぐみは欠勤した。

「健太くん、剛くんも、悪いけど今日の晩、会議に参加してくれないかしら。相川さんたちが来る予定なのよ」

店長の琴江が、外回りから戻って来た健太と剛を捕まえて言った。相川とは確か、モール建設に賛成している元雑貨商の男だ。

「何だか大人数で押しかけてくるようだから、こっちも数を揃えたいの」

健太と剛は顔を見合わせ「わかりました」とうなずいた。

午後六時きっかりに、相川たちはやって来た。総勢二十数名の大所帯だ。迎え撃つのは、店長、主任以下、上元商店会の主だったメンバー。こちらも二十名近い陣容だった。

「困るんだよね、こういうの」

すし詰め状態になったフロアーに、開口一番、相川の不機嫌そうな声がこだました。

「上元は再開発対象地区だ。そこで嫌がらせみたいな営業をするのは、止めてもらえないか」

「嫌がらせなんかじゃありません。わたしたちは、合法的な営業をしているんです。誰も止める権利なんてないはずです。それに再開発はまだ、決定したわけじゃありません」

琴江も負けていなかった。

「よそ者連中を焚《た》きつけて、どんどん妙な店をオープンさせているのは、モールに対抗したいからだろう。迷惑に思ってる住民も多いんだよ」

「そうでしょうか。商店街はそこそこ盛況ですけど」

主任が反駁《はんばく》した。

「あの程度で盛況か？　まあ、前はシャッター通りだったから、少しはマシになったかもしれんが、モールに比べりゃ月とスッポンだ」

相川の仲間から声が飛んだ。

「モールに比べれば、わたしたちは小さな商店の集まりです。だけど、そういう雰囲気が好きなお客さんだって、大勢いるんです」

「あ？　大勢だと？　冗談ぬかすな」

推進派の小馬鹿にしたような物言いに、商店会の面々が眉を吊り上げた。

「近頃変な連中が嫌がらせに来たり、ネットで暴れたりしてるようだが、あんたらの仕業だろう」

「何のことを言ってるのか、わからないな」

「とぼけるな！」

「皆さん、興奮しないでください」

琴江が仲裁に入った。

「今晩ここにいらしたのは、理性的な方々だとは思いますが、今ネットなどでは心無い人たちが、わたしたちの誹謗中傷を繰り返しているんです。商店街の復興に反対するのは構いませんが、ああいうやり方は如何《いかが》なものかと思います」

「中には過激な連中がいるかもしれんが、彼らの言い分もわからなくはないよ。ここは時代から取り残されたような、過疎の地域だからな。いいか。あんたたちがやっているのは、近代化の流れに逆行していることなんだ。時代遅れなものはきっぱりと捨てるべきだ」

「おれたち、時代遅れな年寄りたちも、きっぱりと捨てちまうってことかい」

どこからか届いた声の主を、人々が首を捻《ひね》って探した。背の高い若者たちの陰に隠れていた虎之助じいさんが、一歩前に進み出た。

「おれたち年寄りの憩いの場所が、このコトカフェだ。ここを近代化のために潰しちまうってことか」

四六時中酔っぱらっている虎之助じいさんの真剣な眼差しを、健太は初めて見た。

「いえ、そうじゃないんですよ、おじいちゃん。コトカフェは残ります。地権者だから、ここにモールが建ったら、その中で営業することだって可能なんです」

相川がなだめるように言った。

「そうかねぇ。おれは今一あんたの言うことにゃ、懐疑的だけどねぇ。モールの雰囲気に合わない店舗は、立ち退きさせられるんじゃねえのか。で、コトカフェの代わりに、マサイ……じゃなくて、あら、あら？　あら、嫌、だっけか……」

「マライアです」

美穂が助け船を出した。

「その、マライアみたいなテナントで、埋め尽くしたいんじゃねえのか。時代遅れなものは、きっぱりと捨てて、最新のものに切り換えたいっていうんだったらよ」

「いや、そんなことはありませんよ」

「証明できんのか」

店内ががやがやと喧噪《けんそう》に包まれた。

健太は拳を握りしめ、小さく深呼吸を繰り返した。言いたいことは山ほどあった。しかし、人前で話すのは苦手だ。自分の言うことになど、まともに耳を傾けてくれる者がいるのかという不安もある。

とりあえず手を挙げて、発言していいか、了解を求めてみるか？

否……。

健太は、大きく息を吸い込むと、意を決して口を開いた。

「ぼ、ぼくたちは、モールと敵対してるわけじゃありません。むしろモールをサポートしてるんです」

全員が健太に注目した。一瞬たじろいだが、大丈夫だと健太は己自身に言い聞かせた。

「おかあさんたちが安心してモールで働けるように、コトカフェでは子どもたちを預かっています。コトカフェだけではなく、商店街のほうでも、小学生に宿題を教えたり、一緒に遊んだりしています。こういうのって、単なる商店街っていうより、コミュニティだと思うんです。ここにモールを建てるのは、そのコミュニティを潰すってことです。ぼくたちは、決してモールを否定してるわけじゃありません。何でも揃ってる便利なモールが近くにあって助かってる人は、沢山いると思います。だけど、一つで十分じゃないですか。二つ造る理由が、どこにあるんですか？」

賛成派の住民たちは、互いに顔を見合わせた。

「あれだけ大きな施設をもう一個造るとなれば、莫大な金が動くわけでしょう。財源は何ですか。多分、借金したりして建設するんじゃないですか。そんな借金を背負ってまで、やる価値っていうのが、ぼくにはよくわかりません。このプロジェクトで、いったい誰が得をするんですか?」

「誰って、皆が得をするんだよ」

賛成派の一人が言った。

「それじゃ、答えになってないだろう。その兄ちゃんの言うとおりだよ。お前ら、利権を貪《むさぼ》りたいやつらに、利用されてるだけじゃねえのか。それとも、お前ら自身も利権目当てか」

今度は反対派の住民が反論した。

「何だと! もう一遍言ってみろ」

「まあ、落ち着け」

話し合いは尚《なお》も続いたが、議論は平行線を辿《たど》るばかりだった。何の結論も出ないまま、程なくお開きになった。

「今日のところはこれで引き揚げるが、残念だよ。あんたらが、上元の復興を真剣に考えてくれなくて」

相川が捨て台詞を残し、琴江に背を向けた。

「わたしたちは、上元のことを考えています。誰よりも真剣に」

琴江が去りゆく背中に、言葉をぶつけた。相川は肩をすくめたが、振り返ろうとはしなかった。

「さっきのあの発言、なかなかよかったわよ」

皆が帰ると、主任が健太の元へ来て言った。

「今日はいろいろありがとう。もう遅いから、帰りなさい。剛くんも」

スマホの画面で確認すると、もうすぐ十時になろうとしていた。

あれ？

着信の知らせがあった。つぐみからだ。会議に夢中になっていて気づかなかった。

健太は、店の隅に移動し、つぐみにコールバックした。

「もしもし。長谷川さんですか？」

三日ぶりに聞く、つぐみの声だった。

「何回もお電話頂いてたのに、出れなくてすみません。ちょっと体調を崩してしまって」

「聞いてます。大丈夫ですか」

「ええ。熱があったんですけど、もう引きました。調子もよくなってきたんで、明日には出社できると思います」

「あの……す、すみません。無責任なことばかり言って」

健太は目の前の壁に向かって頭を下げた。

「無責任なこと？」

「はい。遠藤さんが、真剣にやってるのに、ぼくは、その……いえ、電話ではナンですから、明日会った時に、きちんと話します」

「……それなら、今からうちに来ませんか」

突然の誘いに、一瞬、脳の動きが止まった。

「うちの両親、親戚の法事に行って留守なんです。だから、気を遣う必要ないですから」

この時、つぐみに何と答えたかは覚えていなかった。気がつくと、健太は自転車に跨《またが》っていた。

「おい、どこ行くんだ、健太。家はこっちだぞ」

という剛の呼びかけを無視し、健太はペダルを漕いだ。

スマホのナビのお蔭で、つぐみの家はすぐにわかった。コトカフェから、健太たちのシェアハウスとは逆方向へ、二キロほど行ったところにある一軒家だ。

二階の一角から、明かりが漏れていた。おそらくあそこが、つぐみの部屋なのだろう。インターホンを鳴らしてしばらく待つと、スピーカーからつぐみの声が聞こえてきた。

玄関に出て来たつぐみは、ピンクのジャージ姿で、顔色は良さそうだった。

「いらっしゃいませ。どうぞ、こちらに」

あくまでも他人行儀なつぐみだが、このしゃべり方は嫌いではなかった。健太は、広い居間に通された。

「コトカフェのみんなには、心配をおかけしました。でも、もうすっかりよくなりましたから」

つぐみが口元を緩めたが、作り笑いであることに、健太はすぐに気づいた。

「熱が出た原因は、何ですか」

途端につぐみの瞳が、うるうると揺らぎ始めた。

「お医者さまは、過労だって……」

肉体というより、精神的疲労が原因だったのだろう。

「すみません。ぼく、何の力にもなってあげられなくて」

「何の力にもなれないなんて、そんなこと、ないです。あたし、長谷川さんに、熱くなっちゃいけないって言われたから、冷静にコメントに答えようと努力しました。こっちが真摯な態度で接すれば、きっとわかってもらえると思って、長谷川さんも、そういうことが言いたかったんだろうと思って……」

つぐみが小さく洟を啜った。

「後になって、長谷川さんからコメント欄を閉鎖しろってメールをもらったことを知りました。でも、その時は、いろんな人からいろんなこと、言われてて、それに答えるのが精一杯で、メールに気づかなかったんです」

つぐみは、根っからの生真面目さから、誹謗中傷を仕掛けてくる荒らしどもと、最後まで理性を失わず、渡り合っていたのだ。それが健太の望んでいることだと、勝手に解釈して。

「何度説明しても、全然わかってもらえなくて。そればかりか、益々誤解されているような気がして……今から考えれば、あたし、完全に向こうの思う壺のこと、やってました。だけど、人って残酷ですね。きちんと話し合えば、わかってもらえると思っていたのに、あの人たちは、他人の揚げ足を取ることしか頭になくて……あたし、この数日間ショックで、人間不信に陥っちゃって……」

つぐみが唇をかみしめた。堪え切れず、瞳からぽろぽろと大粒の涙が零《こぼ》れ落ちる。その姿を見て、健太の瞳も潤んだ。

気がつくと、つぐみの肩を抱いていた。

つぐみが、健太の薄い胸に、頭を預けた。

9

気象庁は関東甲信越地方の梅雨入りを発表した。

お腹のふくらみが目立ち始めた美穂は、TODOME・マライアモールを訪れた。

上元商店街には、残念ながらマタニティウェアの専門店がない。ネットで注文することも可能だが、初めての妊娠なので、自分の手で感触を確かめたかった。

モールに行くのは、これで二度目だった。一度目は、竣工してすぐの時。どういうものが出来上がったのか、視察のためだ。その後は自分の立場を考え、モールにはできるだけ近寄らないようにしていた。日々の生活用品は、すべて地元の商店街で賄った。

TODOME・マライアモールは、上元から車で十五分ほど行った国道沿いに位置している。周囲を田圃《たんぼ》に囲まれ、人口二十八万人の安在市からも近い。

安在市内よりも土地が安いのと、TODOMEブランドを掲げたいという理由から、幕悦町の外れを立地に選んだと聞いているが、そもそも巨大な安在市のマーケットを当てにして、建てられた施設なのだろう。町が「道の駅」を造ろうと画策していたところに、佐藤が一枚加わって、これだけの規模に拡大したのだ。

モールの広い駐車場には、平日の昼下がりだというのに、結構な数の車が駐車していた。美穂は車を停め、ショッピングモールに足を踏み入れた。

中に入った瞬間、思わずため息が漏れた。

吹き抜けの高い天井。まるで一つの町のような店内。広くゆとりのある、回廊。

多くの着飾った人々が、笑顔で買い物を楽しんでいた。安在市の中心街よりも、人の往来が多いのではないかと思わせるほど、モールは盛況だった。

気がつくと、他の客と同じように、いろいろな店舗に興味深く見入っている自分に気づいた。マタニティウェアを買いに来たのに、マライアで売られているおしゃれな服に、心をときめかせていた。

みんながモールを求める気持ちも、わからなくはない。

このような施設を否定することは、文明や文化を否定することだ。人間誰しも、便利で、おしゃれで、美しいものに憧れる。そのすべてが、このモールの中には存在する……。

お目当てのマタニティ専門店では、店員につきまとわれ、うっとうしかったが、豊富な品揃えに裏打ちされた強気の営業と考えれば、違和感はなかった。

買い物を済ませ、最上階のフードコートに行って、お茶をした。

フードコートには、よくぞこれだけ揃えたと思える程の、B級グルメメニューが並んでいた。おまけに、フードコートの向こうには、高級レストランが軒を構えている。

自分たちがやっている、「ご当地グルメ」が如何にもちっぽけなものに思えてきた。

やっぱり、あたしたちは、意味のない闘いを挑んでいるのかもしれない……。

モールのような近代的施設が、もう一つ、幕悦の中心にできるのは、いいことなのかもしれない。足の悪いおばあちゃんが徒歩で行ける圏内に、何でも揃っているモールがあるのは歓迎されるべきことかもしれない……。

美穂は、かぶりを振った。

上元に、ここと同規模か、それ以上の大型施設を建てるなら、商店街ばかりではなく周辺の農地も収用する必要があるだろう。美穂が知っている農家のおばあちゃんたちは皆、先祖代々の土地を手放したくないと言っていた。

脚を悪くしても、腰を痛めても、畑を耕し、種を蒔《ま》く。たとえ後継者が見つからなくても、自分が生きているうちは、先祖から受け継いだ土地を大切に管理する。それが農家の本懐であることが、美穂には痛いほどわかった。

それに、地元のおじいちゃんおばあちゃんたちは、今の上元商店街が好きなのだ。年寄りが邪魔者扱いされないし、面白い店がたくさんできて活気もあるから、行くのが楽しみと、皆口々に誉めていた。

近頃何だか急に逞《たくま》しくなった長谷川健太が言っていたように、やはりモールは一つで十分ではないか。

グローバリゼーションが語られて久しいが、何でもかんでも世界統一規格で括ることが果たして本当に正しいのか。グローバルなものを否定はしないが、統一規格に収まりきれない、地域の特性を認める柔軟な心も、必要ではないだろうか。

腕時計を見て、美穂は腰を上げた。

今晩は重要なイベントが控えている。

「幕悦町上元地区再開発プロジェクト」の第二回説明会が、公民館で開催されるのだ。

夜の六時から始まった説明会には、以前にも増して住民が集まった。

壇上には、第一回と同じメンバーが鎮座し、傍聴席の住民たちを見下ろしていた。

話し合いをするための「タウンミーティング」ではなく、文字通り決まったことを説明するだけの「説明会」を強調したいがために、このような形を取っているような気がした。

TODOMEモール21の代表で、役場の商工観光課から出向している井筒。その部下、金森。実際にプロジェクトを牛耳《ぎゅうじ》っている、策士の佐藤。そして、相変わらずの仏頂面を明後日の方向に向けている、幕悦町役場農政課の二ノ宮。さらに今回は、進行役として、女性のアシスタントが一人付いていた。

この五人の後ろにある巨大スクリーンには「日々の暮らしに必要な機能がコンパクトに整っている『歩いて暮らせるまちづくり』」なるキャッチコピーが掲げられていた。

「おいおい、まさかもう図面引いたのか？　おれたちは再開発に賛成するなんて、一言も言ってないぞ」

会場から野次が飛ぶと、「何、寝ぼけたこと言ってんだ」と別の野次が応戦した。

「今日は、具体的な計画を話し合うためのミーティングだろ。お前、アホか」

「何だと！　おれは聞いてないぞ」

「聞いてないのは、お前の勝手だろ！」

ざわつき始めた会場に、キーンというハウリングの音が鳴り響いた。

「え〜、お待たせいたしました。それでは、皆さまがそろったところで、そろそろ説明会を始めたいと思います」

進行役の女性がマイクを握って、メンバーの一人一人を紹介していった。その間にも「もう四人とも知ってるよー」「うるさい、静かに聞け！」「大声出すやつは、退場」と様々な怒声が飛び交った。

今夜の聴衆はかなりエキサイトしている。再開発反対派に対する嫌がらせ行為は相変わらずで、最初は大人しかった反対派住民も、ついに堪忍袋の緒が切れたといったところなのだろう。

「それでは、STコーポレーション代表の佐藤より、本プロジェクトの詳細を説明させていただきます」

ブーイングが起きたが、すぐに盛大な拍手によって、掻き消された。

「ただいまご紹介に与《あずか》りました、佐藤です。先ほどから活発なご意見が出ているようですが、とりあえず、これからわたしが説明することに、最後まで注意深く耳を傾けてくださ い。その後で、質問は受け付けます。第一回の会合でも申し上げました通り、具体案が無い段階での議論は不毛です。今回は、皆さまの貴重な意見をお伺いするため、かなり細部まで詰めた図面を用意いたしました。皆さまに十分満足のいく再開発計画であることが、おわかりいただけると存じます」

意見を聴取するためには、具体案の提示が必要という詭弁《きべん》を弄《ろう》して、プロジェクトは着々と進行しているのだ。

「では、現状をご覧ください」

スクリーン上に、現在の上元商店街が映し出された。

これを撮ったカメラマンは、くやしいが、相当腕がいいのだろう。如何にも狭くてごちゃごちゃした感じの商店街の風情が、よく表れている。わざと車の往来が激しい時間帯を狙ったのも、マイナスのイメージをより強化するための演出に違いない。

佐藤はあえて画像にコメントはせず、住民たちの表情をじっとうかがっていた。

「これが、こう変わります」

カシャカシャと音がして、画面が切り替わると、聴衆の間から「お〜」とどよめきが起きた。

スマートな高層マンション、噴水やオブジェを備えた住民広場、きちんと整備され、道幅も十分なメインストリート、大型商業施設の見上げんばかりの吹き抜け天井、等々のイメージ画像である。

ため息が出るほど洗練された空間の数々は、まるで東京の原宿や六本木のおしゃれスポットと見まがうばかりだった。

「本プロジェクトのコンセプトは、『街なか居住』と『市街地の活性化』です」

カシャリという音と共に、今度は高層マンションの内部の画像が映し出された。

壁一面が窓ガラスになっている広い応接間。工芸品のような照明器具に、真っ赤な革張りのソファー。最新鋭の機器を備えたシステムキッチン……。どこぞのファッション誌に掲載された、有名人の自宅公開さながらの映像である。

「皆様は、TODOME・マライアモールの焼き直しのようなものを考えていらっしゃったのではありませんか。もちろん、商業施設は造ります。ですが、今回の主役は、住民の皆様なのです。皆様が快適な暮らしを実現できることを第一に、プロジェクトは設計されています」

次に映し出されたのは、広域の図面だった。

上元地区を、高層マンションなどの居住ブロック、モールなどの商業ブロック、郵便局、病院、町役場などの公共ブロック、緑化スペース、広場、美術館、駐車場などのコミュニティブロックに分け、再開発を行うという。

旧市街地を、根こそぎ変えてしまうような大胆な計画に、聴衆は皆、驚きを隠せない様子だった。

「ご覧のように、快適さとにぎわいに満ちた、魅力ある街づくりが計画されています。人口減少、少子高齢化時代に即した、街なか居住を推進し、高齢者、障害者に優しいバリアフリー対策も徹底された理想的空間の中で――」

立て板に水のような説明は、尚も続いた。騒がしかった聴衆も、今ではすっかり佐藤の弁舌の虜《とりこ》になっている。

「――利便性の高い商業施設が集中し、住民の交流や憩いの場を創出する公開空地が配置された街づくりを、わたしたちは目指します。

説明は以上です。本日お見せした資料の数々は、ここにある小冊子にまとめてあります。家に帰ってから、ご家族でじっくりとご覧になってください。ご清聴ありがとうございました」

説明中は一切無言だった聴衆の肩から、「フ〜ッ」と強張りが抜けていくのがわかった。

「それでは、質問のある人は、挙手をお願いします」

美穂が、挙手しようか考えあぐねていた時、一人の男性が「こんなプロジェクトが本当に実現可能なのか」と質した。

「それは、皆さまのご協力次第です。わたしたちと共に、新たな未来へ向け、羽ばたこうではありませんか」


「やられたわね」

説明会の後、コトカフェに集まった美穂たちは、一斉にため息をついた。美穂と琴江の他、つぐみ、健太、健太と同居している剛や秀人、裕也の姿もあった。

「反対派の住民たちも、何だか骨抜きにされちゃったみたいね。もっと鋭い質問や、野次が飛ぶかと思ったのに、説明の後は、みんな借りて来た猫みたいに大人しくなっちゃった。かく言うあたしも、声が出なかったから、他人のことは言えないけどね」

美穂が自嘲気味に言った。

「あんなものが出来上がるんだとしたら、あたしたちのやっている活動なんて、意味がないと思われても仕方ないわね」

琴江がめずらしく、弱音を吐いた。

「今回の説明で、賛成派に寝返った住民も多いんじゃないかしら」

「でも本当に、できるんすかね」

剛が眉を寄せた。

「おれには、何だか三流不動産会社の誇大広告みたいに見えましたけどね。イメージ写真だけは立派で、いざ出来上がってみたら、写真とはまったく違ってたって、よくある話じゃないっすか」

「そうそう。それでガタガタもめて、訴訟まで行ったケースもあるみたいですよ」

秀人がうなずいた。

「この冊子を読む限り、地権者は、例えば店長なんかが、開発後もここに残ろうとすれば、権利変換者になるってことですよね。ここにこう書いてあります――」

健太が小冊子のページを開いて読み上げた。

「――権利変換者は、現在の資産価値と等価の権利（床と土地の権利）を取得しますので、原則的には権利を取得するための金銭的負担はありません――。これって、ちょっと眉唾ものだと思うんです。この地域に住んでる人間は、全員コストゼロで、あんな立派なマンションに引っ越しができるってことでしょう」

「このコトカフェならまだしも、近くには潰れそうな掘っ建て小屋だってあるよな。それがスライドで見た、あのニューヨークにあるようなマンションに、ただで化けちまうなんて、おれは信用しねえ」

剛がきっぱりと言った。

「原則的には——金銭的負担はありません、と書いてあるわね。原則がどういうものかはっきりしないから、何ともいえないけど、イメージ画像で見たような高級住宅を要求したら、恐らく相応の金額を請求されるでしょうね」

美穂も健太たちの意見に賛成だった。

「だけど、それを証明することは難しい。突っ込んで訊いても、これはまだ計画段階の図面だからって、逃げられるに決まってる。あの佐藤さんて人、キレ者よ」

琴江が唇をかんだ。

「いずれにせよ、今、人々の頭の中には、バラ色の未来都市の映像がこびりついているはず。ますます賛成派が勢いづくわね」

「で、でも、あたしたちは、今まで通りやるべきだと思います。あんな、誇大宣伝に惑わされてはいけません」

つぐみが、意を決したように言った。

彼女が仕事を休んでいた理由は、美穂も知っていた。ブログをつぐみに任せっきりだった責任も感じていた。

だから、しんどいなら、もう止めてもかまわないと、アドバイスしようと思っていた矢先に、つぐみは、以前より逞しくなって美穂の元に戻ってきた。

「そうよ。つぐみちゃんの言う通り。あたしたちは最後まであきらめないから」

美穂の言葉に一同がうなずいた。


ところが、美穂たちにとって、さらなる向かい風となる事件が起きた。

下校途中に上元商店街に寄り道していた小学生の女児が、車に轢《ひ》かれたのだ。幸い一命はとりとめたが、障害が残ってしまったらしい。無謀な運転をする車が多いことには、美穂たちも頭を痛めていたため、対策を検討している最中に起きた事故だった。

たちまち上元は危険という巷説《こうせつ》が広まり、小学生が放課後、保護者無しで商店街をうろつくのは禁止、という決まりができた。

来なくなったのは、児童だけではなかった。第二回の再開発説明会の影響からか、大人の客足もめっきりと減った。

「このままでは、あたしたち潰されちゃいます」

美穂は、つぐみの悲痛な表情を見るに忍びなかった。

「どうしたらいいでしょう」

沈黙でしか、答えられなかった。この状況から抜け出す妙案など、自分にはない。

――やはり、もうダメなのか。貧乏な商店街が、巨大資本に立ち向かうなど、所詮不可能なのか。

「ごめんなさい、主任。あたし、困った時は、いつも主任に頼ってばかりいますね。主任ってすごく頼りになるから、ついつい甘えてしまうんです。今まで頑張って来たけど、多分、ここまでってことなんでしょうね。お客さんあっての商売ですから。そのお客さんがいなくなったのは、あたしたちがもう、必要とされていない証《あかし》ですね」

「必要とされてないなんてことは、ないわよ。商店街を見捨てずに来てくれるお客さんは、まだ残ってる」

だからナンだと、美穂は自分にツッコミを入れた。この程度の集客力では、とてもじゃないが、モールに対抗することなどできない。とはいえ、つぐみが弱気になると、途端に励ましたくなる。

「主任の言わんとしてること、わかります。こんな状況でも、結果はもうわかっていても、あたしたち、最後まで、肩の力を抜かず、やり遂げるべきなんですね。そうすれば、もしかしたら、チャンスが訪れるかもしれない。どこかから救世主が現れて……いえ、すみません。妄想ですよね、これ」

救世主――。

救世主なら、心当たりがないわけではない。

いずれ消滅するといわれた、限界集落だった止村を、たった数年で見事に甦らせた男。止村株式会社の社長で、美穂の夫である多岐川優だ。

優なら、この事態を何とか打破できるかもしれない。

だが問題がある。

美穂はここ数ヶ月、優とはまったく連絡を取っていなかった。

おまけに、止村株式会社は、ＴＯＤＯＭＥモール21と提携関係にあり、同社を牛耳っている佐藤と優は、学生時代からの知り合いだ。

つまり、優は敵ということだ……多分。

第三章

1

多岐川優は、目の前に置かれた分厚い英文書類を机の上に投げ捨てると、受話器を握った。

発信音が五回鳴った後、佐藤のくぐもった声が聞こえてきた。

「今度は何だ？　こう見えてもおれは忙し――」

「読んだよ」

優は佐藤の声を遮るように言った。

「もう読んだのか？　さっきメールで送ったばかりだぞ」

佐藤の声のトーンが変わった。

「ああ、こういうものは昔、嫌というほど読んだからな」

渋る佐藤をうまくなだめすかし、TODOMEモール21の出資契約書を送ってもらったばかりだった。

「出資者にヘッケルファンドがいるな。おれは知らなかったぞ。どういうことだ」

ヘッケルファンドは、アメリカの極めてアグレッシブな投資家集団だ。

「ベジタ坊はアメリカでも人気だからな。だが、お前には関係ないだろう。止村株式会社はTODOMEモール21の提携先ってだけで、資本関係はないんだ。つまり、はっきりいえば、赤の他人だ。赤の他人に、勝手に内部の資料を見せるのは、本来なら背任行為だが、お前とおれの間だから、特別に計らってやったんだ」

「この契約書は役場の人間も読んだのか?」

どうせ読んではいないだろうなと思いつつ、優は尋ねた。

「ああ、もちろんだよ。原文は日本語だからな。日本で商売をしてるんだから、日本国の法律に則《のっと》って契約書は作成された。当たり前だろう」

とはいえ、これほど分厚い契約書は明らかに欧米仕様だ。純日本製というより、日本の法律に抵触しない程度に、欧米式に作ってあるといったほうが正しい。

「離婚の条件もはっきり書いてあるな」

契約書には、ヘッケルの持ち株買戻しの条項もあった。

「当然だろう」

受話器の奥で、佐藤が苦笑いするのがわかった。

「まあ、いい。ところでＳＴコーポレーションはＴＯＤＯＭＥモール21の株を保有していないようだな。おれはてっきり、お前も株主に名を連ねていると思っていたぞ」

「よしてくれよ。うちの会社にそんな財力はない」

「本当か？」

優がさらに追及すると、佐藤はヘラヘラと笑いながら「本当だよ。それ以上つっこむな」と答えた。

「おれは投資家じゃない。投資家を集めてくる、コンサルタントだ」

有能なコンサルタントは、スキームを作り、顧客同士をくっつけ、取引を成立させ、手数料を稼ぐ。自分で株や不動産などの資産を持つことはない。つまり、保有リスクは取らず、頭だけで勝負をするのだ。

とはいえ、コンサルタントが資産を持ってはいけないという決まりはない。優良投資物件であれば、それなりに食指が動くものだろう。

つまりＴＯＤＯＭＥモール21の株式は、実質自分が立ち上げた会社にも拘《かかわ》らず、佐藤が心惹《ひ》かれることはなかった、ということだ。

「次にマライアだが……」

「もう、つっこむなと言ったはずだぞ」

佐藤が再びいらつき始めたが、優は構わず続けた。

「優秀なディベロッパーを雇ったようだな。土下座営業でもさせたか？　それとも激安レントをちらつかせた？　いや、フリーレントかな」

「そういった質問には答えられない。企業秘密だ」

　モールの知名度と資産価値を高めるためには、是非ともマライアというテナントが欲しかったはずだ。そのために、破格の条件で誘致したことは想像に難くない。でなければ、東京のど真ん中から、幕悦くんだりまで進出してくる理由がない。

　もしかしたら、最初の数ヶ月間は、ただで入居させる取り決めがあったのかもしれない。その金銭的しわ寄せは、当然誰かが被るはずだ。

「二期工事も考えているようだな。上元のほうで」

「二期工事というより、もっとデカいプロジェクトだ。まあ、コンパクトシティ構想ってやつだな」

「お前は本当に箱モノが好きだな」

　皮肉を込めて優が言った。四年前にも佐藤は、止村を巨大テーマパークに変えてしまうような、およそ現実離れしたプロジェクトを持ってきたことがある。

「で、いつ取り掛かるんだ」

「遅くても来年春までには着工したい」

「そんなに早く？　こういうプロジェクトにはふつう数年、いや、長いものなら十年以上はかかるんじゃないのか。住民は納得しているのか」

「まあ、どんな計画にも反対はつきものだけど、何とかするさ。ところで、お前の奥さん、いったい何をやってるんだ。反対派の住民を束ねているようだが、困るんだよな、こういうのは。うちとそっちは、提携関係にあるんだぞ」

美穂とは連絡を取っていないが、彼女の動向は押さえている。美穂がＴＯＤＯＭＥモール21に喧嘩《けんか》を売っていることも知っていた。

「提携関係といっても、さっきお前自身が言ったように、うちは、ＴＯＤＯＭＥとベジタ坊の商標使用を許可しているだけだ。一緒にプロジェクトを立ち上げる間柄じゃない。それに、うちのやつは、現在別会社に出向中だ。こっちの管轄外だよ」

「お前たち、大丈夫なのか？」

佐藤の質問に、優は鼻を鳴らすことで答えた。

「まあ、他人の夫婦仲にはこれ以上深入りしないが、奥さんの手綱くらい、きちんと締めておけよ」

「あいにく、あれはそういう玉じゃない」

「……そういう玉じゃないか。すごい言い方だな」

佐藤が苦笑した。

「ああ。そういう玉じゃないところが気に入って、結婚したんだ」

「ともかく、奥さんを何とかしてくれ。そろそろ会議の時間だ。もう切るぞ」

優が答える前に、ガチャンと乱暴に受話器が置かれた。

その数秒後、電話が鳴った。

出てみると、懐かしい声が聞こえた。

「お忙しいところ悪いんだが、多岐川さん。また、例の、あの件のことだけど……」

旧知の中である小林《こばやし》電器の小林会長だった。

小林会長との電話を終え、優は深いため息をついた。

——そろそろ動きださなければな。

四年前のどん底から這《は》い上がった止村株式会社の業績は、順調に推移している。新規に何かをやらなくても、当面は回していけるだけの基盤は十分に整った。

六十五歳以上の人口が過半数に及んだ崩壊寸前の集落が、日本ばかりでなく、世界にも知れ渡るブランドになったのだから、それで満足することもできたはずだ。

しかし、会社は人間と同じく、成長するものである。

毎日、さしてやることもないのに、安定収入が見込める環境に身を任せていると、会社ばかりか、中で仕事をしている人間の成長までストップしてしまう。

それに、活況とはいえ、止村はほんのちっぽけな会社なのだから、一度何か問題が起きると、総崩れになるリスクを常に抱えている。TODOMEブランドも、ベジタ坊もいずれ賞味期限が切れるだろう。その時、次の一手がなければ、途端に会社の存続が危うくなる。

事業拡大は、常に頭の中にあった。

しかし、美穂は消極的だった。

確かに、佐藤が作り上げた夢のような大型プロジェクトを、止村の立地する中山間地域で実現するには、リスクを伴った。だが、リスクのないビジネスなど、そもそも存在しないのだ。

妥協点を見出《みいだ》すためライセンスビジネスを模索したが、これにも美穂は難色を示した。事業方針を巡って、何度か激しい言い合いもした。お互い簡単には退かない性格だ。議論は平行線を辿《たど》るばかりだった。

そして、美穂は出て行った。

結局、美穂がいったい何をやりたいのか、優には最後までわからなかった。多分、美穂自身にも、よくわかっていなかったのだろう。

美穂が抜けた後にぽっかりと開いた穴と向き合いながら、優は様々なことを考えた。そして、時が来るのを待つという結論に行きついた。

――そう。時は来たんだ。

優は上着に袖《そで》を通し、駐車場に降りた。

以前はＢＭＷの７シリーズに乗っていたが、今は誰にでも手が届く、国産の軽のＲＶを愛用している。

キーを回し、エンジンをかけると、優は勢いよくアクセルをふかした。

2

料理教室の生徒はめっきり減ってしまった。

既に授業料を払い込んでいるのに来ない生徒もいるので、美穂はその中の一人に確認の電話を入れてみた。

「授業料を前納されたのに、今日でもう三回も欠席されているので、心配になってご連絡したんです」

受話器の奥から、言葉に詰まる気配が伝わって来た。

「……ごめんなさいね。近頃、本当に忙しくて……」

「いえ、責めてるわけではないですから。忙しいのなら仕方ないです。今度いらっしゃるとき、三回分の授業料は、お返ししますよ」

「いえ、いいんですのよ。こちらの都合で休んでしまったんだから。悪いけど、次回も行けそうにないの。授業料のことは心配しないでください」

「でも、それじゃ……」

「悪いけど、人が来てるんで、もう切ります」

いきなり電話を切られた。

取り付く島もなかった。

上元に通っていると再開発反対派と見なされ、近所の目が途端に冷たくなるという噂《うわさ》を聞いたが、正にそのことを危惧《きぐ》したのだろう。

いつもの三分の一の生徒が教室を終え、帰宅したのと入れ替わるように琴江が姿を見せた。彼女がコトカフェ3に出張るのは珍しかった。

「誰も来なかったの？」

琴江が辺りをグルリと見渡した。

「誰もって、生徒さんは来たけど、たった今帰ったばかり。もう随分数は減っちゃったけどね」

「生徒さんだけ？　他には誰も来なかった？」

琴江が執拗《しつよう》に尋ねた。

「だから誰も来ないったら。誰かここへ来る予定だったの？」

美穂が怪訝《けげん》な顔をした。

「みーちゃんの愛《いと》しいダーリンよ。今日の午後、一号店のほうに来たの」

「……そう。遂に来たのね」

自分でも意外に思ったが、美穂は冷静だった。

琴江によると、優はコトカフェに三時間余りも留《とど》まっていたのだという。その間に、年寄りの囲碁の相手をしたり、よちよち歩きの子どもをあやしたりしていたらしい。

「あたしを連れ戻しに来たんでしょう。何か言ってなかった？　余計なことに首を突っ込むなとか」

「そういうことは、特に言ってなかったわね。美穂ちゃんはこっちにいるって伝えたら、そうですかって、一言答えただけ。それ以上何も訊《き》かれなかった。てっきりここに来てると思ってたのに」

何だかだんだん腹が立ってきた。

自分の奥さんのことが、気にならないのか。だから、コトカフェに来たのではなかったのか。

「優さんとは、連絡を取ってないの？」

琴江が、美穂の目立ち始めた腹回りに視線を寄せた。

「取ってない」

優は、美穂が現在妊娠四ヶ月であることばかりか、懐妊した事実さえ知らなかった。

「やっぱり、あなたたち、話し合うべきよ」

「わかってる」

美穂が薬指の爪《つめ》を噛《か》んだ。


翌日の午前中も、優はコトカフェ一号店に現れたらしい。

コーヒー一杯で一時間近くねばった後、客の老人たちがランチの手伝いをするのを見て、自身もジャガイモの皮剝《む》きを始めたという。

「でも、ものすごい不器用なの。皮を剝いたジャガイモが、二分の一の大きさになってるんだもの。おまけに指を三ケ所も切ったのよ。こっちがひやひやしたわよ、まったく。それから、お皿を五枚ほど割ってくれたの。終《しま》いにはあたし、もう手伝わなくていいから、じっとしててくださいって言っちゃった。昔からあんな感じだったの？」

琴江が呆《あき》れたような表情で尋ねた。

「ごめんなさいね。ダメなところは徹底的にダメな人なのよ。でも、教えてあげようとすると、怒るの。一人でできるって」

「ちゃんと教育しなければダメね」

その日も優は、美穂の元を訪れることはなかった。

次の日も、懲りずに優はコトカフェに来たそうだ。翌日も、翌々日も。日によっては、開店時間きっかりに現れ、閉店時間まで居座ることもあったという。

優が足を踏み入れたのは、コトカフェだけではなかった。上元の様々な商店で目撃したという情報が、美穂の耳に入ってきた。

「あたしも見かけました。止村の多岐川さんて、みずほ通信に何度か写真が載った、幕悦の有名人だから、顔は覚えていたんです。主任のご主人だったんですね。知らなかったぁ。どうして教えてくれなかったんですか」

つぐみが、目の色を変えて話し始めた。

「スーツがぴしっと決まって、とってもカッコよかったです。ああいう人、この辺りではなかなか見かけませんね。ああ、あのＴＯＤＯＭＥモールの佐藤さんって人がいましたけど、あの人のファッションは何だかキザで作り物っぽくて、好きになれないです。その点、多岐川さんはすごくナチュラルで、スマートで――」

「で、どこであの人を見かけたの？」

放っておくと、何時間でも優の容姿のことだけをしゃべりそうだったので、美穂が質した。

「あちこちに出没してるらしいです。あたしが実際に見かけたのは、横溝ベイカリーと、伊佐部屋と、ああ、それと福肉にもいたかな」

やはり優は、自分を避けているのかと美穂は思った。

出没情報が入ってから二週間ほど経《た》ったある日、優は突然、料理教室の生徒としてコトカフェ3に現れた。

優は、美穂を一瞥《いちべつ》すると、直《す》ぐに他の生徒と一緒にテーブルに着いた。

不器用な手つきでエビの殻を剝いている優を見て、一緒に住んでいた頃は、料理になどまるで興味を示さなかったのに、いったいどういう風の吹き回しかと美穂は訝《いぶか》しんだ。

馬鹿にしているんだったら、とっとと止めて帰ってもらいたい。横顔をにらんだが、優はまるで動じなかった。

出来上がった料理を皆で食べ、後片付けを済ませると、生徒たちは帰り始めたが、優はテーブルに着いたまま、窓から通りの風景を眺めていた。

「……あ、あの、あたし、今日はこれで失礼します。ちょっと用事があるんで」

美穂たちに気を遣ったのだろう。最後の生徒が帰ったすぐ後に、つぐみも帰宅の準備を始めた。

広い教室には、美穂と優だけが残された。

「できたのか？」

優が美穂の腹部に目を止めた。

「うん」

「やったな。男か？　それとも女？」

「そんなの、まだ、わからないよ……」

「美穂。今までいろいろすまなかったな」

懐妊を知ったからなのか、滅多に謝ることのない優が、頭を下げた。

「ううん。あたしだって、謝らなくちゃ。ごめんなさい。あんな形で、家を飛び出したりして。会社の仕事も中途半端に放り出して」

優の態度に誘発され、謝罪の言葉が自然に出てきた。やはり心のどこかでは、早く連れ戻しに来て欲しいと願っていたのだと、美穂はこの時悟った。

「心配するな。会社のほうは、お前無しでもちゃんと回ってるよ。そういう仕組みを整えてから、出て行ったんだろう」

確かにその通りなのだが、自分がもう求められていないというのは、やはり寂しかった。

「ついでに言えば、おれ無しでも回っている。正登さんとあかねさんがいるし、人もたくさん雇ったからな。社長が暇なのは、安定した、いい会社になった証拠だよ」

「でも、それじゃ退屈でしょう」

「よくわかってるじゃないか」

優が笑ったので、美穂も釣られて破顔した。

「子どものころからおれは、競争に明け暮れてきた。常に、前へ前へと進むことばかりを考えていた。だから会社をどんどん大きくすることは、おれにとって至極当然のことだったんだ。だが、お前と喧嘩別れしてからは、本当にそれだけでいいのかと、疑問を抱くようになった。

たとえるなら、そうだな。ここに栄養失調の人がいたとしよう。何が必要かは明白だ。ともかく栄養をつけなきゃ、餓死してしまう。栄養を補給すると、やがて肉が付き、骨も丈夫になってくる。よかったと喜んで、さらに栄養を与える。

だが、与え過ぎると、今度は別の問題が発生する。メタボリックシンドロームだ。だから標準体重なんてものが取り沙汰《ざた》されるようになった。

ところが、企業の健康を測る客観的なバロメーターはない。今、自分の会社はメタボか否か、おれたちは、主観で判断するしかないんだ。主観だから、人によって、異なった診断結果になる」

「以前の止村が栄養失調だったのは、誰もが認めるところよね。だから、早く栄養を与えなければいけなかった。必死になって栄養補給した結果、あたしは止村が健康体、つまり標準体重になったと思っていた」

「ところがおれは、まだまだ痩《や》せていると考えていた。これが諍《いさか》いの原因だ」

美穂は、大きくうなずいた。優が具体化してくれたおかげで、頭の中でずっとモヤモヤとしていたものが晴れた気分になった。

「でも、あなたはアメリカの大学で、企業を徹底的に肥やすことばかり考えてきたんでしょう」

「まあ、それはそうだ。さっきの例でたとえれば、たっぷり栄養を与えて、横綱にするようなものかな。相撲に勝つためには、メタボだの健康体重だのにこだわってはいられない。ちゃんこを食って食って食いまくって、デカく強くならなきゃいけないのが道理だ。

しかし、横綱になるばかりが人生じゃないということを、昔のおれは知らなかった。いつも危険と隣り合わせの厳しい環境に身を置くよりも、平穏に長生きしたいと望む人間だっているはずなのに、そういう連中は、落ちこぼれとして切り捨ててきた。だが、今は彼らの気持ちも分かるようになった。まあ、年を食ったんだな。っていうより、この町に骨を埋める覚悟になったからかな。

ところで、ひとつ訊きたいことがある。美穂は、標準体重になった止村株式会社を次にどうしたいと考えていたんだ。体重維持だけで、他に何か特別なことをやる必要は、もはやないと考えていたのか」

「正直、あたしにもわからなかった。何もしないで、現状維持だけでは退屈だと思ったのは事実だよ。だけど、これ以上栄養を与えて、太らすのには反対だった。

コトカフェに来て、この雰囲気はいいなって感じた。しばらくここに身を置いて、いろいろ学んでみるつもりでいたけど、近頃自信を失いつつある。やっぱり、皆、モールみたいなものを欲していることがわかったから。あたしも個人的には、モールは便利でいいって思ってるし。やはり長いものには巻かれろってことなのかしらね」

「美穂にしてはやけに弱気じゃないか」

優が口元を緩めた。

「今まで頑張ってきたけど、何だか……疲れてきちゃった」

つぐみや琴江の前では絶対に口に出せない思いも、優の前では素直に吐露することができた。

「なら白旗を上げるか?」

美穂はしばらく考えた後、「いやだ」と答えた。そうだろうな、と優が笑った。

「ついては、おれも、一口乗せてもらえないかな」

「一口乗るって、どういうこと」

「つまり、美穂たちと一緒にやらせてもらえないかってことだ。嫌なら、無理強いはしないが」

「でも、この仕事、もうからないよ」

優はマネー経済を信奉する人間だ。上元の再開発に賛成の立場ではないのか。こう問いかけると、優は「時と場合による」と答えた。

「住民全員が熱望してるなら、やるべきだろう。しかし現状はそうではないし、賛成派の住民も、うまく夢を見せられているだけじゃないのか? 財政はどこも厳しいはずなのに、大枚をはたいて無理やり不必要にでかいものを造るのは、どうなのかな。とくにそれが、一部の人間の懐を肥やすためだけのものである場合は」

「やっぱり利権が動いているのね」

「おれは佐藤をよく知っている。やつは合法的に、えげつないことをするからな。TODOME・マライアモールの成功で味をしめたんだろう。二匹目のドジョウを狙《ねら》ってる」

「でも、佐藤さんと提携話を進めてきたのは、あなたじゃない。だからモールはTODOMEの名前を掲げてるんでしょう」

「おれが間違っていたんだ」

プライドの高い優が、素直に過ちを認めた。

「巨大商業施設というコンセプト自体は否定しない。だが、佐藤に全面的に任せたのがマズかった。まあ、あれはやつの会社だから、こちらとしても細かい口出しができなかったこともあるが」

「あなたも佐藤さんと闘うというのね。でも、どうやるの？　どこかから資金を調達して、佐藤さんに対抗するようなプロジェクトを立ち上げるつもり？」

「いいや。金など必要ない。現状のままで勝負する。そして、勝つ。TODOME・マライアモールをぶっ潰せば、上元再開発計画だってぽしゃる」

「そんな……あたしたちがあんな巨大な施設に勝つことなんて、本当にできるの？」

思わず美穂は尋ねてしまった。

「できるさ」

自信に満ちた瞳《ひとみ》で見つめ返された。

思えば七年前、まだ初々しかった多岐川優が、止村という限界集落に来て、村を復興すると大言壮語したのだった。そんなことできるわけがないと、皆あざ笑ったが、村を甦《よみがえ》らせたばかりか、止村を世界のブランドにまで押し上げてしまった。

自分の夫の不思議なパワーは侮れないことを、美穂は身に染みて知っていた。

「いいわ。わかった。でも、あたしの一存じゃ決められないから。とりあえず皆の前であなたの抱負を語って」

「望むところだ」

物事は、つぐみが予感していた通りに動いていると、ふと思った。

「一つだけ訊きたいんだけど」

「何だ」

「その自信は、どこから来るの」

「佐藤とおれたちの違いさ」

優が即座に答えた。

「あいつはここの人間じゃない。六本木にオシャレなオフィスを構えて、夜な夜な銀座で豪遊してるんだ。幕悦には月に一、二度しか来ない。あいつにとって、この町は金儲《かねもう》けの道具に過ぎないんだ。そんないい加減な部外者に、負けるわけがないだろう。おれたちの町のことを一番真剣に考えているのは、ここに根差している、おれたち自身じゃないか」

3

長谷川健太が、あの晩つぐみの家を後にしたのは、夜中の二時を過ぎた頃だった。

家に帰ると、三人の同居人たちはまだ起きていて、居間でおしゃべりをしていた。少し前なら、皆無言で各々自分のタブレットに向き合っているだけだったのに、随分と変わったものだ。

靴を脱いでいる健太に注がれた同居人たちの眼差《まなざ》しは、どことなく下卑ていた。「まあ、こっちに来て座れ」と、自分の部屋に引き揚げようとする健太を、剛が引き留めた。

「どうだった？」

剛の下まぶたが、いやらしく盛り上がった。コトカフェから帰る途中で別れた剛は、これから健太がどこに行くかは知らなかったはずだが、想像がついたのだろう。

「どうだったって、何が？」

一応答えたが、しらばっくれるな、と三人からにらまれた。

「お前たちが期待してることは、何もなかったよ」

これは本当だった。

つぐみを抱き留めた後、二人はしばらくじっとしたまま、動かなかった。この雰囲気を壊すのが怖かった健太は無言を貫き、つぐみも口を開こうとしなかった。

ドキドキと心臓が高鳴っていたが、同時に睡魔にも襲われた。昼間は外回りや、カフェで忙しく働き、夜は再開発賛成派と激論を交わして、ついさっき終えたばかりなのだ。

いつの間にやら、寝入っていたらしい。意識が戻ると、ソファーに一人横になり、身体《からだ》には毛布がかぶせられていた。携帯画面で確認すると、夜中の一時を回っている。

毛布を剝《は》いで、立ち上がった。あと数時間もすれば、法事に行ったつぐみの両親が戻ってくる。

帰り支度を整え、玄関に向かった。二階の自室にいたつぐみが降りてきて、見送ってくれた。

「本当かぁ～？」

三人とも疑うような顔をしていたが、嘘《うそ》偽りはなかった。


この一件を境に、つぐみとの距離が、さらに縮まった。職場で健太を見かけると、つぐみは、二人だけに通じる微妙なサインを送ってよこすようになった。

初めて会った日には、徹底無視を決め込んでいたのだから進歩したものだ。健太もこれに応《こた》えるべく、慣れないウインクなどを駆使してみた。傍《はた》から見れば、かなりマヌケに映っていたに違いない。

そのつぐみが、健太以外の男に興味を示し始めた。

異性としての興味ではないらしいが、その男のことを話す時、つぐみの瞳にハートマークが宿っているような気がして、健太の心中は穏やかではなかった。

男の名は、多岐川優。

地元の名士で、主任の夫なのだという。コトカフェに入り浸っていた男である。

「あたしの願いが叶《かな》ったんです」

あの晩のことがあった後でも、相変わらずつぐみは健太に敬語でしゃべった。

「あの人は、あたしたちの救世主です」

それからしばらくして、多岐川優を含めた反対派の集会が、コトカフェで開催された。

普段は積極的に話す主任が、借りて来た猫のように大人しくしている代わりに、多岐川が力強い弁舌を振るった。

周囲を見渡すと、瞳を輝かせてうんうんとうなずいているつぐみとは対照的に、都会からきた染谷や、三上、二人と営業シェアをしている画家の東山《ひがしやま》などは、懐疑的な目をしていた。

「あんたの言ってることはわかるけど、ナンでおれたちの活動に首を突っ込むんだ」

染谷は最初から喧嘩腰だった。

「あんたのことは知ってるよ。何かの雑誌のインタビュー記事を読んだことがある。TODOMEブランドを確立したのも、あんたなんだろう。それ自体は素直に凄《すご》いと思うけど、おれたちとはやり方が違う。美穂さんにゃ悪いが、あんたはゴリゴリの資本主義者じゃないのか。おれたちは、何も金のためだけにここで商売をしてるわけじゃないんだぞ」

「そうだよ。金まみれの都会に嫌気がさして、のどかな田舎に越して来たんだ。金を稼ぎたいだけなら、東京に留まるさ。おれたちが一番大切だと思っているのは、ライフスタイルだ。ビジネスじゃない」

染谷と店舗をシェアして、パティシエをやっている三上も目を吊《つ》り上げ、多岐川に詰め寄った。

「なるほどな。ライフスタイルは、確かに大切だな」

多岐川は二人の勢いにまったく動じず、口角を上げ、ニヤリと笑った。

「しかし、今はそんな悠長なことを言っている場合か。ここが再開発されたら、お前たちが言ってるようなライフスタイルも、維持できなくなるんじゃないか」

二人は押し黙った。

「自分のライフスタイルにこだわるのは、平和なときだけにしろ。今は有事だ。武器を取って闘え」

「闘うって、まさかモールに爆弾しかけるわけじゃないよな」

「当たり前だ。これは経済戦争だ」

「そういう考えって、もろキャピタリズムじゃないか。従業員を低賃金でこき使って、効率よく短期間で金を稼いで、競争に勝って、経営者と株主の懐だけを肥やすんだろ。おれたちは、そもそもそういうものを否定してるんだ。だから、モールに反対なんだ」

「そういう闘い方じゃない。今のままでいい。改善する点はあるがな」

多岐川の顔が、急に神妙になった。

「確かに、お前がいうようにおれはキャピタリストだ。アメリカの大学院で経営を学んだ、典型的なグローバル経済の信奉者だからな。否定はしない。金儲け主義と揶揄《やゆ》されようが、自分の今までやってきたことを誇りに思っている。

だが、止村、いや幕悦町妙連山北地区に骨を埋める覚悟をしてからは、ここのみんながやっているような、地域の力も、大切だと思うようになった。

上元商店街の活動は、金儲けのためだけじゃないと言う人間もいるだろうが、金を稼がなけりゃ生きていけないのが現代社会だ。皆さんもおれからいわせれば、立派なキャピタリストだよ。但《ただ》しおれが学んだ、アメリカ型のグローバル資本主義、マネー資本主義とはちょっと違う。みなさんは、地域に根差す資本主義という意味で、いうなれば草の根資本主義者だ」

聞いたことのない言葉に、聴衆が顔を見合わせた。

「とはいえ、おれは今まで、あなたたちのような資本主義は、マネー資本主義を補完するサブシステムとしてのみ機能すると思っていた。今、世界の流れは、グローバリズムが本流だ。但し、それだけでは味も素っ気もないから、地域の特性を生かした経済もちょっぴり残しておく。その程度の存在と思っていた。だが、その考えを根底から覆すような事実を目の当たりにした。このコトカフェでだ」

えっ、と健太が思わず声を上げた。

「まるでどでかいハンマーで、思い切り頭をぶん殴られたような気分だった。もうすぐ不惑の年齢になるというのに、おれはいったい今まで何を学んできたんだと、自己嫌悪に陥った。

まず、コトカフェの料金が異常に安い。ランチ六〇〇円でコーヒーもデザートもついている。これで本当に儲かるのかという値段だ。お客さんは長時間居座って、各々勝手なことをしている。歌を歌ったり、ゲームをやったり。従業員が足りず、忙しいにも拘らず、託児所まがいのことまでやっている。並の経営コンサルタントなら、改善点を山ほど指摘するだろう。

だからおれは、コトカフェを訪れた翌日に、琴江さんにアドバイスした。まずは、適正価格の算出からだ。マーケティング理論に基づいて顧客回転率、人件費、同業店舗販売価格などをベースに価格を弾《はじ》き直すと、メニューのどれもがほぼ二倍から三倍の値段になると指摘した。ともかく客が長く居座るから、そういう金額にせざるを得なかったんだ。

それから、託児所を経営するなら、ちゃんと認可基準を満たして、助成金をもらったほうが得だとアドバイスした。ところが、店長はゆっくりと首を振って、おれに言った。あの時の言葉は、今でも忘れない。何と言ったか覚えているかな、琴江さん」

そんなこと忘れちゃったわよ、と琴江が笑った。

「琴江さんは、『顧客回転率が悪いという言い方ではなく、顧客が居心地がよくて幸せを感じているから去ろうとしないと言ってほしい』と答えた。さらに、『うちは託児所じゃないし、正規の保育士もいない。ある日、顧客が困っているのを見かねて子どもを預かったら、いつの間にか大勢になっていただけ』と言った」

「そう。思い出した。それであなたは、そんなんで本当に儲かるのか、って問い質した。わたしは、明日も来てみればわかるんじゃないって、答えた」

琴江がうなずいた。

「その通り。で、おれはその日から毎日コトカフェに通いつめた。初めて来たおばあちゃんが、温かいサービスに感激して、友だちをたくさん引き連れ、翌日もカフェを訪れるのを見た。別のおばあちゃんの畑が荒れていると聞いたら、カフェの若い子たちが、すぐにすっ飛んで行った」

多岐川は、健太と剛に視線を向けた。健太は剛と顔を見合わせた。身体の自由が利かなくなったお年寄りの畑の管理は、二人の仕事だ。

「代わりにおばあちゃんたちは、カフェの仕事を手伝い始めた。子どもたちをあやしている、おじいちゃんおばあちゃんもいた。足の悪い人も、車椅子《いす》の人も遊んでるばかりじゃなく、自分なりに手伝えることを探して協力していた。

仕事が終わり子どもを迎えにきた若いおかあさんたちは、カフェに食材の差し入れをしたり、逆にカフェで作った総菜を買い上げたり、フロアーの掃除を手伝ったり、客のおばあちゃんを車に乗せて送ったり――もはや誰が客で、誰が従業員で、誰が経営者なのか、おれには区別がつかなかった」

「お客さんが望んでいることを、できるだけしてあげようと思っていたら、お客さんも、あたしたちが至らないところを、サポートしてくれるようになっただけよ。断っておくけど、ちゃんと儲かってるわよ」

琴江が笑った。

「あたしたちも、楽しんでいるのよ。カフェに行けば友達がたくさんいるし、一人よりみんなで食事をするほうが美味《おい》しいでしょう。カラオケだって歌うわよ。ちっちゃい子と遊ぶのは楽しいし、何だか自分まで若いおかあさんに戻ったような気分になるの」

こう言ったのは、同じ止村出身の弥生おばあちゃんだ。

「そうだね、おばあちゃん。このカフェでは、ちゃんと需要と供給がマッチしてるんだよ。その上で、助け合いの精神も行き届いてる。これは店長が、店の利益より顧客の希望を優先させているからだ。こういったコミュニティが、客を呼ぶ。客が集まれば店は自然に儲かる。

数多《あまた》のカフェを見て来たけど、こんなカフェは初めてだ。上元商店街の他の店ものぞいたが、皆、コトカフェと似たようなコンセプトで運営しているところばかりだった。

おれは今まで、物事の表面だけしか見ていなかったことを痛感した。だから、適正価格がいくらだの、回転率がどうだの、そんなことしか言えなかった。だが、本質はそこじゃなかったんだ」

「あたしは、店が愛され、お客さんから感謝を伝えられるだけで幸せなの。お客さんもお店も幸せ。こんなに素敵なことはないじゃない」

琴江の言葉に、優が首肯した。

「それが本質だったんです。琴江さん」

多岐川は改めて聴衆を見渡した。

「おれは確信した。経営者や従業員ばかりか、顧客までもが、ここだけは絶対に潰してはいけないと思えるような、潰さないために最大限の努力を惜しまないような店。そんなものを打倒するのは至難の業だ。だから悲観する必要はない。あなたたちはきっと、モールに勝てる」

つぐみが、健太を振り返った。瞳がキラキラと輝いていた。

「だが、改善する点はある。おこがましいかもしれないが、あなたたちの運営を経営学的に分析して補強する術《すべ》を、おれは知っている。役に立てる自信はある」

「だけど、さっきあんた自身が言ったように、あんたはマネー資本主義側の人間だろ。おれたちとは水と油じゃないか。そんな人間が作った改善策なんて、本当に信用できるのか」

染谷は懐疑的な姿勢を崩さなかった。

「おれは、水と油とは考えていない。混ざり合うことは可能だ。強いて言えば、水と塩かな。うまく調合できれば、理想的な生理食塩水ができ上がる。これはすこぶる健康にいい。しかし、混ぜ方を間違えたら、味も素っ気もなかったり、しょっぱ過ぎて飲めたもんじゃなくなる」

「この人を仲間に入れたほうが、いいよぉ」

聴衆の後ろの方から、声がした。うのばあさんだった。いつものように酒臭いが、目元は真剣だ。

「晴《はる》ちゃんはね、普通の人間じゃないの。何でもできちゃう、魔術師みたいな人。この人は嘘つかないから。やるって決めたら絶対やるから」

晴ちゃんとは、多岐川優のことのようだ。そういえば、うのばあさんも、止村出身だった。

「だけど、あんたの言う改善策には、金がかかるんじゃないのか？　おれたちに金なんかないぞ」

「金なんか必要ないさ。必要なのは、ここだけだ」

多岐川が、自分のこめかみを人差し指でつついた。

染谷が鼻を鳴らし、仲間たちと顔を見合わせた。

「いいだろう。味方は多い方がいい。だけどあんたはまだ、おれたちの最初の質問に答えていない」

「はて、何だったかな」

「何でおれたちの活動に、首を突っ込むんだ。あんたにとっての、メリットは？　まさか、これで一儲け企んでるわけじゃないだろうな」

多岐川が、くくくっと笑った。

「一儲けしたいんなら、もっと簡単に儲けられる方法が山ほどあるさ。おれには、恐らく肉食狩猟民族の血が流れているんだと思う。だから、敵が現れると燃える。敵がでかければでかいほど、嬉《うれ》しくなる。とはいえ、今回は直接闘うわけじゃない。おれはサポートするだけだ。これは、あなたたちの闘いなんだ」

4

優がコトカフェのグループを集め、最初に始めた戦略は、「食材のテキスト化」というものだった。テキストとはその名の通り、ある食材について、歴史、品種、特徴、栽培法、加工法、料理、出荷窓口、生産地、栄養価、味、香り、見た目まで、誰にでもわかるように解説されている資料のことだという。

「そこまでやる必要があるの……？」

思わず美穂の口から言葉が漏れた。歴史や品種や加工法など、専門家でなければわからないことも多い。

「あるね」

優が、平然と答えた。

「せっかくワークショップをやってるんだから。テキストを作れば、どういう料理や加工に使えるか、特徴を明確にすることができる。相手は消費者だけじゃないんだ。販売業者や料理家、マスコミにも、必要な情報を体系立てて正確に伝達することが重要だ。そうすれば広報もしやすくなる」

そうだった。

幕悦の食材を世に広めたいと思っているのは、何も美穂たちだけではないのだ。食材をベースに加工品を作りたい、ブランド化したい、農業レストランを開きたい、と考えている農家や加工業者は、幕悦中に存在するに違いない。

彼らも、ワークショップに巻き込めばいい。その際、テキストがあれば便利だ。

「テキストを作るのは、何もお前たちだけじゃない。たとえば、ワークショップの試食会の時、料理のメインにすえた食材の特徴について、参加者に発表してもらうというのはどうだ。これが、テキストのベースになるだろう。時間はあまりないが、最初から完璧《かんぺき》を目指すのではなく、栽培法や収穫量、栄養価くらいから始めて、徐々に周辺データをフィードバックして更新していけばいい」

「わかった。だけど、そのためには農家やプロの業者も巻き込んだ方が効果的ね。今のワークショップには消費者しか参加してないから」

「消費者を蔑《ないがし》ろにはできないぞ。彼らの意見は貴重だ。もちろん、農家も参加させたほうが賢明だが。そもそもお前自身も農家だろう」

「そうね。農家なら、頼めば協力してくれるかもしれない」

「だけど、いいんですかね」

剛が、美穂と優の会話に割り込んで来た。

「そんな凄いもの作っちゃったら、TODOMEブランドのライバルになるんじゃないですか」

「ライバル、大いに結構じゃないか」

優が笑った。

「ライバルがいれば、お互い刺激しあって進歩できる。今の止村は安泰過ぎて、ちょうど刺激が必要な時期なんだ」

優が美穂に視線を投げかけた。

「余裕の発言っすね。ライバルになるようなやつらに、手まで貸してるし」

「サポートするだけで、実務には関与しないと言っただろう。おれは上元の人間じゃない。決めるのは、あくまでお前たちだ。おれの意見に反対なら、従う必要なんてないんだぞ」

「多岐川さんの意見に従います。あたしも、テキストは重要だと思います」

発言したのはつぐみだ。

「あたしたちも、テキスト作り手伝いましょう！」

つぐみは、健太と剛を振り返り、力強く言った。二人はその勢いに気圧《けお》され、カクカクと首を上下させた。

ミーティングが終わり、全員が引き揚げると、カフェは美穂と優だけになった。

「大丈夫なのか？」

優が美穂の身体を気遣った。

「まだ四ヶ月だから、大丈夫よ。それに、今あたしが、抜けるわけにはいかないでしょう」

「帰って来てもいいんだぞ」

優との関係が良好になった今も、美穂はコトカフェの二階に居候していた。

「今から思えば、あたしのしたことは、わがまま以外の何物でもなかった。会社の方針が気に食わないから出て行ったなんて、止村のみんなに申し訳が立たない」

「そんなことはない。みんな、お前が帰ってくるのを待ってるよ」

「そう言ってもらえるのはありがたいけど、この問題にけりがつくまで、あたしはここに残る」

止村の家から、コトカフェに通うことは可能だ。しかし、美穂にはこだわりがあった。止村に帰る時は、止村のために働く時だ。

「そうか……」

美穂の性格をよく知っている優は、それ以上無理強いはしなかった。

「ところで、改善策ってこれだけなの？」

「いや。もちろん、まだある。だが今日のところは、これだけにしておく」


翌日から美穂は、三分の一ほどに減ってしまったワークショップ参加者の募集を再開した。

二ノ宮に頼み込んで、町の広報誌にまた広告を載せてもらった。ネットなどでさらに叩《たた》かれる危険があったが、そんなことを怖がっていたら前には進めない。

そして自ら農家を一軒一軒回って協力を仰いだ。

再開発のゴタゴタに巻き込まれない、上元から遠く離れた農家に足を運んだのだが、結果は芳しくなかった。彼らの大半は、ＴＯＤＯＭＥ・マライアモールにある直販所に野菜を直接卸していた。

それに、彼らはコトカフェのことも上元のことも、良く知らない。胡散臭《うさんくさ》そうに美穂を見るばかりだった。

美穂は、農家の友人を作らなかったことを後悔した。昔から、人付き合いがあまり得意ではなかった。

「商店街の有志を集めて、やるっていうのでもいいんじゃないですか」

つぐみはこう提案した。

しかし試作品のメニューに意見を言ってもらった人々を正式メンバーに加え、定期的に試食会を開き、テキスト作りを進めていくのは一つのやり方だとは思うが、それだけではインパクトに欠けると美穂は思った。身内だけでなく、外部の生産者や加工業者にも加わってもらい、広域で盛り上げて行きたい。

そんなある日、ＰＣ画面を見ていたつぐみが、目を丸くして美穂を呼んだ。

「来週のワークショップに参加希望のメールが来ました。えっと、総勢十二名のグループです。代表者は大内さん」

「大内？」

美穂の旧姓も大内だ。

「大内あかねさんです。お知り合いですか」

「あたしの、義母よ」

久しぶりに再会したあかねは、外国人のようにオーバーに美穂をハグした後、何故連絡をよこさなかったのかと、眉《まゆ》を吊り上げた。

「……ごめんなさい」

自分と大して年の違わないあかねに、美穂は頭を下げた。

「十五週目だって？　つわりはまだ続いてる？」

あかねは一昨年、娘、つまり美穂の腹違いの妹を出産した。

「ううん。ピークは過ぎたみたい」

「そろそろ、産院に分娩《ぶんべん》予約はしておいたほうがいいわよ。出産育児一時金の申請はもう済ませた？　ああ、それから……」

ひとしきり、先輩ママとしての助言をした後、あかねは連れて来たメンバーを紹介した。

知り合いの農家、レストラン経営者、加工業者、料理研究家のカリスマ主婦、旅行業者と実に多彩な人たちがあかねの求めに応じ、上元まで来てくれた。さすが、止村株式会社の広報責任者だけある。

「でも、大丈夫なの？　あかねさん」

美穂たちがやろうとしているのは、TODOME・マライアモールが掲げている、TODOMEブランドに真っ向から挑戦することなのだ。

「大丈夫よ。優ちゃんに、あんたを助けてやってくれって頼まれたし」

あかねは、社長のことを優ちゃんと呼ぶ。義理の息子なのだから、誰も文句は言えなかった。

「一応、対外的にはプライベートで来たってことにしてるけど、それすら本当はどうでもいい。ここで新しいブランドの開発に成功したら、止村でも使わせてもらうから。うちは、柔軟な会社だしね」

ワークショップは、いつもの料理教室とはまるで違う雰囲気の中で行われた。ほぼ全員が料理のセミプロだったので、美穂がレシピを説明する傍から、活発な意見が交わされた。

「ソースは生クリームだけじゃなくて、サワークリームも混ぜたらどうかしら」

「これはサラダ油よりゴマ油よ」

「ミートローフは、マッシュポテトで包み焼きすると、コクが出るわよ」

中でもカリスマ主婦、岩月瞳《いわつきひとみ》の博識には驚かされた。ご主人の仕事の関係で、ニューヨークに滞在している間、頻繁にホームパーティーを開き、美味しくて見栄えのする料理を多品目、しかも限られた予算で作るノウハウを独学で身に付けたらしい。なんと、自ら監修したレシピ本まで出版したことがあるという。

途中から、進行役を瞳にお願いし、美穂はアシスタントに徹した。美穂のレシピをベースに瞳たちが考案した地元の食材を活《い》かした創作料理の数々は、見た目も美しく、味わいも深かった。

料理ができあがり、試食が終わると、美穂は瞳にワークショップの専任講師になってもらうよう、正式に依頼した。

「岩月さんに是非、幕悦のご当地グルメを広めていただきたいんです」

「でも、本当にいいの？　これはあなたが開いた教室でしょう」

美穂の母親のような年齢の瞳が、眉根にしわを寄せた。

「もちろんです。あたしはこの教室を、自己顕示欲のためにやっているんじゃありません。大資本の手を借りなくても、自分たちだけで幕悦の自慢できるものを発信できると思って、始めたんです。あたしは元々農家出身で、料理家じゃありません。こういうのは、プロの方にお願いするのが一番です。謝礼はそれほど多くはお出しすることはできませんが」

「あたしだって、本当のプロじゃないわよ。他の人よりちょっとだけ真剣にお料理をやっているだけ。それにあたし、元々ここの人間じゃないし」

瞳の夫が幕悦の出身で、定年退職をしたのを機に、一年前、夫婦二人で越してきたのだという。

「瞳さん、引き受けてあげてよ」

あかねが加勢してくれた。

「……そうね。実は、夫が現役時代にはわたしも何かと忙しかったけど、今はすごく暇で、そろそろ何か始めたいって思っていたところなの。あかねさんに誘われて、今日ここに来たのも、そういう理由から」

あたしでお役に立てるなら、と瞳は最終的に承諾してくれた。

「皆さんもまた、いらしてくださいね。試食会での皆さんの貴重なご意見は、是非必要ですから」

瞳が一同を見渡した。

初心者を対象にした料理教室に過ぎなかったワークショップは、こうして一気にレベルアップを果たした。

「何だか面白そうね」

こう言ったのは、美穂も知っている樋渡明美《ひわたしあけみ》という、旅行代理店勤務の女性だった。止村のバスツアーを企画したのも彼女だ。

「止村から、こっちに回るツアーも考えてみようかしら」

「こっちに？　だって、止村の後は、ＴＯＤＯＭＥ・マライアモールに行くのが定番のコースじゃなかったの？」

美穂が尋ねた。

「それがねぇ。モールの評判、あまりよくないのよ。あの程度のモールなら、首都圏にいくらでもあるし。都会の人なら、マライアの本家に行くでしょう。それから、ベジタ坊パーク、あれはちょっとねぇ」

明美が眉をひそめた。

「千秋くんが嘆いていたわよ。自分の意見をまるで取り入れてくれないって。ムキムキのベジタ坊が不気味だし、アトラクションや施設も何だか安っぽいのよね」

あかねがうなずいた。

「子どもたちが参加できる劇があるでしょう。あたしも観《み》たことがあるけど、正直、ヒドいなって思った。ストーリーなんて、無いに等しくて、ただひたすら悪役の野菜のくずを、ボコボコにしているだけ。興奮した子どもたちが、着ぐるみに跳び蹴《げ》りなんか食らわしてるけど、あれってマズいんじゃないかしら。

それから野菜工場みたいなのがあるけど、ハイテク技術が凄いのは認める。とはいえ、ああいうのはプロ受けこそすれ、一般受けはあまりしないのよ。都会の人は、無機質なものより、もっと土の香りがするものを求めているの。せっかく田舎まで来たんだから」

そういうものなのか、と美穂は目からウロコが落ちるような思いだった。ほとんどすべての面で、モールは自分たちより勝っていると思っていた。

「止村で農業体験をした後、地域の食材を活かしたお料理教室。講師は地元に住む料理研究家のカリスマ主婦、岩月瞳。これって、案外イケるかもよ。少なくとも、モールツアーよりはいいわ」

「今日作ったお料理は、すごく参考になりました」

農家レストランを始めたばかりという女性が、美穂と瞳の元に来た。

「あたしたち、まだ素人に毛の生えたようなものだから、出せる料理も限られていたの。こういう調理の仕方もあったんだって、驚いた。さっそくメニューに取り入れさせていただきます。次回は、同業者の知り合いも連れてくるわね。こういうのって、地域全体で盛り上げていくものだから。自分たちだけ儲けよう、差別化を図ろうっていうのは、違うと思うの」

正にそれは、コトカフェや上元商店街の心意気と同じで、美穂は嬉しくなった。

「あたしのところは、黄ニラを主に栽培してるんだけど、今度はニラを使ったレシピもお願いしたいわ」

「それに、豚肉も加えて下さい。幕悦の養豚は、今厳しいの。こういう形で盛り上げていただければ、何とか突破口が見えてくるかもしれない。食材のことは任せて。あたしたちがなんでも調達してきますから」

農家の女性たちが、次々に嘆願した。

「いいですよね」

瞳が伺いを立てたので、「もちろん」と即答した。

美穂が発案した地域食材を広めるためのワークショップに、賛同者が集まり、様々な提案を投げかけてくれるのは、ありがたかった。これもすべて、あかねのおかげだ。

「いろいろありがとう、あかねさん」

美穂は義母に、深々と頭を下げた。

「いいのよ、お礼なんか。それより、あまり意地ばかり張ってないで、たまには村に戻って来なさい。すぐそこなんだから」


その日の晩、美穂は優に電話をかけた。

あかねのおかげで、ワークショップが活況を取り戻し、やっと一筋の光明を見たような気がしたと伝えた。

「それはよかったな。賛同者がたくさんいてくれるのは、強みになる。実はおれも、ツアーのことは考えていたんだよ。日本人もいいが、外国人のツアー客を誘致するというのはどうだ？」

外国人？　美穂は聞き返した。

「だって、自分で言うのもナンだけど、ここには何もないよ。わざわざ海外から、こんな小さな町まで来てくれるかしら」

「観光化されていない、日本の寂れた田舎の風景に魅力を感じる外国人は、結構いるもんだよ。彼らをワークショップに参加させるのも、面白いじゃないか。日本の郷土料理に興味がある人間も多いだろう。なにせ、和食は世界無形文化遺産に登録されたばかりだからな。イタリアでは、スローシティが立派な観光名所になってるよ。世界が均質化するのを好まないひねくれ者は、結構いるようだ」

ははははは、と世界の均質化には前向きなはずの優が、笑った。

「そういう連中は、世界中どこででも見かけるような、TODOME・マライアモールなんかより、昔ながらの風情豊かな、上元商店街に興味を示すんだよ」

「でも、本当に大丈夫なのかな。この間、女の子が車に轢かれたばかりだし。ここの通り、はっきり言って危険なのよ。そんなところに、観光客を大勢引き込んで問題が起きないかしら」

「おれも、ちょうどそのことを言おうと思ってたんだ。確かに今のままじゃ、ダメだ。道幅が狭い上、車がびゅんびゅん走ってたら、ゆっくり買い物を楽しむことすらままならないからな。そこで提案だが、上元商店街通りを歩行者天国にしてみるってのはどうだ」

歩行者天国？

たしかに、それが可能なら、商店街の集客力は飛躍的にアップするだろう。

「でも、そんなこと、果たして役場が認めてくれるかしら」

「役場というより、警察署だ。小学生が不幸な事故に遭ったんだから、認める理由はあるだろう。災い転じて福とするんだよ」

5

（生産者と生産法について）
一、生産地　エリアごとに明記。農産物だったらグループごと。
二、生産者　所属グループの代表と農家数。
三、品種名　Ｆ１などの改良種か。学名。科名。商品名。
四、生産量・出荷量……。
五、収穫時期……。
六、栽培法……。
七、歴史・文化……。
八、安全性……。
九、環境評価……。
（流通のために）
一、価格　入手可能な小売価格。

二、搬送の状態　常温なのか、冷凍なのか、冷蔵なのか、真空パックなのか。
三、流通経路　集荷場所と方法。卸、小売りの流れ。
四、出荷窓口　取引時の問い合わせ先。
……。

……。


（消費者のために）
一、栄養価　期待される健康・美容効果。
二、食味　科学的評価と、見た目、香り、味わいなどの主観的評価の両方。
三、料理　代表的な郷土の食べ方。栄養価と味を活かす方法。各種献立。
……。

……。


健太は、多岐川優から送られて来た、テキスト作成のひな形を見て、大きなため息をついた。こんなに細かいことまで、調べなければならないのか。

非番の日、健太たちは二号店に集まり、各々自分のノートパソコンやタブレットに見入っていた。多岐川から与えられた膨大な宿題をこなすため、皆で手分けして検索を行うためだ。

メンバーは健太、剛、つぐみ、それに秀人や裕也の姿もあった。強制したわけではないのに、秀人と裕也は、健太たちの後についてきた。どうせ家にいてもやることねえし、と嘯《うそぶ》いているが、彼らも大資本の侵略まがいの再開発計画を、何とか阻止したいと考えている点では一緒だった。何に対しても興味を示さず、ただモラトリアムに生きて来ただけの二人が、まさか、ここまで変わるとは思わなかった。

無論、これは健太自身にも言えることだった。自ら望んで休日出勤し、無償で何かをやるなど、東京にいた頃ならあり得なかった話だ。これほどの豹変《ひょうへん》に至った一番の理由は、あの多岐川優という男に、カンフル剤をぶち込まれたからだ。

「自分のライフスタイルにこだわるのは、平和なときだけにしろ。今は有事だ。武器を取って闘え。これは経済戦争だ」

多岐川が先日こう言い放った時、心の奥底でずっと眠り続けていた何かが、覚醒したような高揚感を味わった。

何事に関しても、がつがつと貪欲《どんよく》に求めない人生を、二十歳になるまで送ってきた。人はそんな健太たちを、多分の皮肉を込めて「さとり世代」と呼んだ。

二十歳そこそこで、悟りなど開けるわけがないとはいえ、正社員にすらまともになれない、世知辛い世の中に生を受けた健太たちは、ある意味、達観した生き方を身に付けてきた。失敗しないためには、多くを求めなければいい。小さくまとまれば、それだけリスクは少なくて済む。

幕悦に越してきて、自分なりのライフスタイルを確立し、やっと小さくまとまることができたと健太は思った。東京にいた頃は、人生のベクトルがどちらを向いているのかさえわからなかったのだから、これは一つの進歩と捉《とら》えてよかった。

しかし、ライフスタイルそのものは、人生の目標ではない。そこそこ意義のある、こぢんまりとした生き方を身に付けたところで、これから先の長い人生、いずれ退屈する時が来る。

そんな節目に起きたのが、今回の再開発騒動だった。うろたえているところに、強力な助っ人が現れ、「闘え」とあおられた。口にこそ出さなかったものの、健太は心の中で「おぅ！」と叫んでいた。ここにいる皆も、同じ思いだったに違いない。

「ライフスタイルにこだわるのは、平和なときだけにしろ。今は有事だ。武器を取って闘え」

健太は、もう一度この言葉を噛みしめた。

生まれて初めて、真剣に闘う覚悟を決めた。やるからには、負けたくない。

「この消費者用のところ、栄養価と食味、料理の三項目は、ワークショップの参加者にお願いできると思います。あと、農家の参加者もいますから、収穫時期や栽培法なんかもこっちでやれます」

つぐみが、健太に報告した。

いつの間にやら、健太がテキスト作りのリーダーに祭り上げられていた。

「品種名や、歴史・文化、栄養価なんかはネットで検索できるぜ」

ネット漬けの生活を送っている秀人は、誰よりも早くテキストのひな形にデータを打ち込んでいく。

「おい。よく読んで理解してから入力しろよ。それに、検索先のサイトは本当に信用できんのか。ガセのデータじゃないのか」

剛が眉を吊り上げた。

「大丈夫だって。おれ、こういうの慣れてっから。なんちゃってサイトは、すぐに見分けつくから」

「一応、できるものは、すべて裏を取ったほうがいいんじゃないかな」

健太の言葉に、全員が振り返った。

「上元か幕悦の名前でテキストを出すわけだから、間違っていたらマズいと思うんだ。確信の持てる情報でも、とりあえず別の人に確認を取ったほうがいい。できたら、ネットより生の情報がいい」

「そうだな」

剛が鼻を鳴らした。

「ネットってコピペが異常に多いもんな。複数のサイトで確認を取っても、コピペじゃまったく意味がない。コピー元の情報が間違ってたら、総崩れだし」

「でも、そこまでやるか？」

裕也がジロリと健太を見た。

「やる。完璧なものを作らないと、モールに負けると思うから」

「……だよな」

裕也が小さくため息をついた。

「品種名や、食味の科学的データなら、県の試験センターにあると思いますけど」

つぐみが提案した。

「だけど、食材一つ一つの細かいデータなんて、試験センターのホームページには載ってないぞ」

早くもサイトにたどり着いた秀人が、口を尖《とが》らせた。

「だから、いちいちネットに頼るなって言ったばかりだろう」

剛が秀人の頭を平手で叩いた。

「直接訊きに行けねーのかよ。そんな根性じゃモールに勝てねえぞ」

秀人がブツブツ文句を言いながら、ＰＣ画面に向き直った。

「生産量とか出荷量のデータも、試験センターでしょうか」

健太に質問されたつぐみは、首を傾《かし》げた。

「それは、どちらかといえば、役場じゃないですか。光子おばあちゃんの息子さんがいるでしょう、ええっと、農政課の二ノ宮さん。説明会の時、いつも苦虫を嚙み潰してるような顔をしてたあの人なら、協力してくれるかもしれません」

そうかもしれないが、ＴＯＤＯＭＥモール21に出資してるのは幕悦町役場だ。

「わかりました。秀人たちに試験センターのほう、頼めるかな」

生まれて初めて人に指示を出した。指示というより、質問に近い。それでも緊張した。

秀人は、目を見開いて、人差し指を自分の鼻の頭に近づけた。

「そうだよ、お前だよ。電話でアポ取って、取材に行くの」

剛が怖い顔をしてにらんだ。極度に人見知りする秀人は、救いを求めるように裕也に視線を投げかけたが、無視された。次に瞳で訴えかけたつぐみには、「ぷっ」と笑われ、仕方なくキーボードの上に指を置いた。

「メールじゃなくて、電話。その方が早いから」

「で、電話かよ……」

秀人は、明日刑が執行される死刑囚のような表情になった。

「何ビビッてんだよ！　小学生か。おめーもう成人式すませたんだろ」

つぐみが、クスクスと笑いだした。

「わかったよ」

秀人が携帯電話を取り出し、ふてくされた様子で番号を押し始めたので、一同は各々作業に戻った。

何度もしどろもどろになったり、「おい、担当者が多忙だってよ。どうすりゃいい？」と悲壮な顔でアドバイスを求めたりしつつ、秀人は何とかアポを取ることに成功した。

しきりにガッツポーズを繰り返す秀人を他所《よそ》に、健太は役場の二ノ宮に連絡を入れた。秀人のことが笑えないほど緊張しつつ、事情を説明すると、二ノ宮はう～んとうなり始めた。

「確かにそういうものがあれば、何かと便利だね。だけど、それをきみらが作るというのは、う～ん」

煮え切らない受け答えだった。

「ぼくらで問題があるなら、誰か別の人が作ればいいんですか」

「たとえば、役場主体で作るのなら、まったく問題ないよ。だけど、出来上がったテキストは多分、モールのために使われちゃうだろうね。モールを地域活性化のシンボルにしたい連中は大勢いるから」

それでは意味がない。彼らは既に、TODOMEとベジタ坊という二つのブランドを手中に収めているではないか。

「データを見せていただけるだけでも、できないんですか」

「それは、ぼく個人としては、見せてあげたいよ。だけど、公人としては微妙なところなんだよね」

やはり、駅前再開発に反旗を翻している人間の手助けをするようなことは、公にはできないということか。

それなら仕方ない。役場に頼むのはあきらめよう。

いつもの自分なら、ここで身を引いていたはずだ。だけど……。

健太はグッと腹に力を込めた。

「農政課は、上元商店街を管轄してるんでしょう。やっとシャッター通りから、抜け出せそうだと思っていたのに、またピンチなんです。ぼくらに力を貸してください」

「それは、まあ……貸してあげたいのは、山々だけどさ」

「テキスト作りは、ぼくたちだけのためにやっているわけじゃないんです。幕悦全体の生産者、加工業者、サービス業者、つまり六次産業と、消費者のためにも絶対に有用なことだと思います。今、テキスト作りに賛同してくれる幕悦町民が、各地から上元にやって来て、ワークショップを開いています。みんな、やる気満々なんです。この流れを止めたくありません。ですから、是非ともぼくらに協力してください。お願いします」

受話器を手に、虚空に向かって頭を下げた。

受話器の奥で、暫《しば》しの沈黙があった。

「……わかった」

健太の肩から強張《こわば》りが抜けた。

「ワークショップって、お料理教室のことだろう。うちのみずほ通信にも、目立たないように広告載っけてるやつだ。元々わが農政課には、再開発慎重論者も結構いたんだよ。まあ、マイノリティだし、役場の方針としては再開発推進だから、表だって反対できる雰囲気じゃなかったんだ。だけど、そろそろ真剣に動いてみるかな……」

自らの決意を確認するかのような沈黙が、再び流れた。

「都会から来たきみらが、これだけ上元のために頑張ってくれてるんだから。実はぼくの実家は、上元のど真ん中にあるんだよ。子どもの時分は、いつも商店街で遊んでたよ。駄菓子屋や、本屋や、今川焼屋が、ぼくらのお気に入りでさ。小遣いは一日十円しかなかったから、子どもなりにいろいろやりくりしてね。西の空が赤みを帯びる頃、母親が買い物がてら、迎えに来て、大好きなコロッケとメンチカツをねだって、家路についたな。上元では、いつもうまそうな匂《にお》いが漂ってた。懐かしいねぇ」

ちょっとばかり洗練された今の上元でも、昔ながらの雰囲気は失われてはいない。

「そういうところを、古いから、防災上、危険だからって、すべてぶっ潰して新しいものを建てるっていうのは、どうなのかねぇ。天災が起きても、防災訓練や、避難場所の設置を徹底しておけば、被害の広がりを食い止めることはできる。

ヨーロッパは昔の街並みを保存してるから、あれだけ美しい景観を保てるんだ。日本でも、もっとそういうことを、考えるべきなんだよ――」

二ノ宮の弁舌は、熱を増していった。

「ちょっと熱くなっちゃったな。だけど、もう決めた。ぼくは協力する。データが欲しいのならいつでもおいで」

「ありがとうございます」

健太は、再び頭を下げた。やった！　と心の中で叫んだ。

電話を切るなり、剛が顔を近づけてきた。

「うまくいったか？」

「うん。二ノ宮さんは、ぼくたちの味方だって言ってくれた」

「そうか、やったな。ところでさ、前からちょっと考えてたことがあるんだけど、聞いてくれるか」

「いいけど」

剛は、「じいちゃん、ばあちゃんの送迎をやりたいんだ」と打ち明けた。仙崎《せんざき》さんという老人の家に、古い十人乗りのハイエースがある。もう乗らなくなったから、使いたいなら、いつでも声を掛けてくれと言われたのだという。

「コトカフェでは、前から送迎バスのこと考えてたんだろう。おれも、集荷であちこちの農家回ってると、コトカフェに行きたいけど、足がないって嘆くじいちゃんばあちゃんの声をいっぱい聞く。いちいちタクシー呼ぶわけにゃいかねえし、おれ、運転結構好きだし、役に立てると思うんだ。どう思う？　おれが運転手やりだしたら、カフェが手薄になるけど、お前ら、困らないか？」

「それは、剛がいないと子どもたちが寂しがるだろうけど、大丈夫だよ。何とかする」

「そうか。で、コトカフェだけじゃなくて、商店街のほうにも巡回してみたら、どうかなって。あそこに行きたがる年寄りは多いし、商店街としても、もっと客足は欲しいところだろう」

「それって、コミュニティバスっていうんじゃなかったっけ」

「路線バスをやるわけじゃないんだ。そういうのにしちまったら、面倒だろう。道路運送法に従えとか。おれが考えてるのは、停留所がなくて、発着も不定期で、運よく乗れる時もあれば、満員の時もあって、予告なく運休する日もある、アバウトな運営の乗り合い車両。でも、ないよりはマシだろう。まあ、ニーズが増えてきたら、ちゃんとしたＮＰＯみたいなの作って、やってもいいけどな」

「いいじゃない、それ。さっそく店長に話してみようよ」

上元に行きたいが、足のないお年寄り。もっと客を呼び込みたい上元。お互いのニーズを満足させることが、上元の発展に繋《つな》がるのに、今までそのことには無頓着《むとんちゃく》だった。

琴江は、剛の提案を歓迎した。

「あたしも、前々からそれを考えていたの。商店街の人にも話してみたら？　協力してくれるかもしれないわよ」

剛が送迎バスのことを話すと、染谷たち都会から来た若手が、興味を示した。

「上元は東京でいえば、巣鴨《すがも》地蔵通り商店街みたいなモンだからな。おばあちゃんの原宿だよ。ネットでどんだけ悪口書かれようが、おばあちゃんたちには関係ない。そもそも、そんなもの、見ないしな。みんなここが好きなんだよ。ここに来れば、友だちにもたくさん会えるし」

染谷が言った。

「モールにはちょっと行きづらいって言ってるじいちゃんばあちゃんは、案外多い。カップルや若い家族連ればかりで、気後れするんだろうな。そんなじいちゃんばあちゃんたちを、もっとここに呼び込むべきだ。おれたちも車の調達、してみるよ。使われずに、車庫に眠ってる車ならまだあるはずだ。こういうのって、大勢でやったほうがいいしな」

こうして、交通手段のないお年寄りと、上元を結ぶ絆《きずな》ができあがった。

「人通りが多くなるのは結構なんだが、車の往来の方は何とかならないものかな……」

染谷がぼそりとつぶやいた。

6

「そういうの、前例がないからねぇ」

予想していたとはいえ、幕悦町警察署の交通課長は、渋い顔を崩さなかった。美穂と琴江はめげずに、歩行者天国の必要性を説いた。国道からモールへの抜け道として利用されているため、交通量は増しているし、危険な運転をする車が後を絶たない。

「それは、わかってますよ。スピード違反はちゃんと取り締まっています。っていうより、以前よりは交通量は減ってるって報告を受けているが。人身事故も起きたし」

「でも、危険であることに変わりはないです」

美穂は食い下がった。

「歩行者天国には、いろいろ問題があるんだよ。路上パフォーマンスっていうの？　勝手に歌やら踊りやら、楽器まで演奏しちゃう輩《やから》が出てくるからね。住民から、うるさいって苦情が来ますよ。それに、テロや通り魔の危険だってある。無差別殺傷事件とか、あったでしょう。あれも秋葉原の歩行者天国で起きた事件だよ」

テロや通り魔なんてものは、歩行者天国でなくても十分起こり得る。それに、歩行者天国での無差別殺傷事件なんて、旅客機が墜落するくらいの確率でしか起きないのではないだろうか。

ネガティブな側面ばかり気にしていても、しょうがない。美穂は、歩行者天国によって誘引される、地域の活性化を強調した。

「それはわかるんだけどねぇ」

交通課長が、微妙な表情をした。

「だけど、もうすぐ再開発が始まるんじゃないの？　歩行者天国にしたところで、工事現場に変わっちゃったら意味がないでしょう」

「再開発は、まだ検討中でしょう。地元住民への説明だって、十分にはされてません」

琴江が反論した。

「そうなのかねえ。町が先頭に立ってやってるプロジェクトだし、賛成している住民も多数いるって聞いてるよ。こういう時期に、わざわざ前例のないこと、する必要はないんじゃないかなぁ」

結局、その日はあきらめて帰路に着いた。やはりこういうことは、一筋縄ではいかないようだ。

翌日美穂はダメ元で役場を訪ねた。そもそも再開発を推進している役場が、歩行者天国に賛同するはずがないのだが、二ノ宮に一縷《いちる》の望みをかけた。

「そうか、わかった。何とかやってみよう」

扉がぴっちりと閉められた会議室の中で、二ノ宮が声を潜めた。いつものように渋ると思っていたのに、即答だった。

「ぼくの方から、警察には連絡しておくよ。役場代表のような顔をしてね。商店街を管轄している農政課としても、また不幸な事故が起きることを憂いている。だから、期限付きの歩行者天国には前向きだと」

期限付き？　美穂は問い返した。

「そう言ったほうが、通りやすいんだよ。駅前再開発に着工するまでの短期間だけでも、歩行者天国にする意義はある。歩行者天国にしてしまえば、これは立派な既得権だ。たとえ再開発計画がぽしゃっても、既得権は残る」

普段の二ノ宮なら、もう少し慎重に行動するはずなのに、何だか一皮むけたと思った。

「よろしくお願いします。二ノ宮さん」

二ノ宮はかつて、止村が危機に瀕した際、手を差し伸べてくれ、それが結果的に村の再生へと繋がった。彼が動けば、警察も態度を軟化させてくれるかもしれない。

数日経って、二ノ宮から美穂宛《あ》てに連絡が入った。警察署には、役場の希望は伝えたという。

「で、どうでした」

「うん。まあ、お話は一応伺っておきます、って態度だったな」

「それじゃあ……」

「交通に関しては、警察の管轄だからな。余計な口出しするなってことだろう」

もしかして、逆効果になってしまったのだろうか。役場になど泣きつきやがって、ふざけるな、と憤慨しているのではないだろうか。

「でも、大丈夫だよ。商店街通りは危険だということは、向こうも認識している。交通規制も考えているようだから」

但《ただ》し、それを他人、特に利害関係がある商店街の人間から言われると、頭に血が上るということなのだろう。

「しばらく、様子見をしたほうがいいかもしれないわね」

琴江の意見に一瞬傾きかけたが、美穂はかぶりを振った。

「そうかもしれないけど、もうひと押しだけしてみたい」

すぐに美穂は警察署に出向いた。交通課長は、美穂の顔を見ると、またあんたか、と言わんばかりに眉をひそめた。

「例の件だったら、ただいま検討中ですから。役場のほうからも、いろいろ言われたしね」

「お手数をおかけして、申し訳ありません」

美穂は深々と腰を折った。

「頭を上げて下さい。あなたに礼を言われる筋合いはない。わたしたちは、自分の仕事をしているまでです」

「あの、宜《よろ》しかったら今からわたしと、商店街を歩いてみませんか」

「必要ないでしょう。事故の実況見分はとっくに終わってる」

「あれから月日が経ってますし、近頃また車の通りが激しくなってきたような気がするんです」

「わたしたちも仕事だから、交通量はきちんと把握してるよ」

そのようには思えなかった。制服の警官を、商店街で見かけることは稀《まれ》だ。

「もう、そろそろお昼休みじゃないですか。お食事がてら、どうですか。ここからそんな遠い距離じゃないし」

上元商店街は、警察署から歩いて十分ほどのところにある。

「食事はいつも、署の中で取るんでね」

「今日はお天気もいいし。たまには表でどうですか」

めげずに哀願すると、課長は、大きく鼻を鳴らし、立ち上がって部下を呼んだ。

「おい。弁当を買いに行くぞ」

二人の部下がうなずいた。

いかつい三人の制服警官を引き連れ、美穂は青や紫のあじさいの花に縁取られた歩道を歩いた。

正午の上元商店街は、主に年配の買い物客のお蔭《かげ》で、そこそこの賑《にぎ》わいを見せていた。普段は、徐行という標識など無視して走行するドライバーたちは、制服組を目ざとく見つけたのか、大人し目な運転をしていたが、相変わらず交通量は多かった。

「どうです。なかなか賑わってるでしょう。週末になると、もっと凄いんですよ」

一時期は落ち込んだ客足は、回復基調にある。これも、優にハッパをかけられた上元の人々の、努力の賜物《たまもの》である。

「まあ、確かに。思っていたより凄い人と車だね」

交通課長は、初めて足を踏み入れた土地のように、商店街をぐるりと見渡した。交通量をきちんと把握しているなどと嘯いていたが、思った通り適当にやっていたのだろう。

「危険だと思いませんか」

「ふうむ」

その時「パパパァ〜」とクラクションが派手に鳴り響き、一同は振り向いた。年寄りの一団が、車道にはみ出して歩いている。先頭を切っているのは、うのばあさんと、虎之助じいさんだった。

「こらあっ、何やってんだ。危ねえぞ！」

若いドライバーが窓から首を出して、叫んだ。

「あたたたたたっ！」

突然、虎之助じいさんが、こけた。膝《ひざ》を抱え、うずくまっている。年寄りたちが、車道に倒れ込んだ虎之助じいさんの周りに、わっと集まった。これでは、車の走行は不可能だ。

「大丈夫かい？　立てるかい？」

「てててて っ……なんてこったい、クソッ」

警官たちが、事故現場にすっ飛んで行った。美穂も彼らの背中を追った。

「大丈夫ですか。おじいちゃん」

部下が交通整理をしている間に、課長がしゃがみ込んで、虎之助じいさんを助け起こした。

「救急車を呼びましょう。車と接触したんですか」

「ぶつかってませんよ、おれは！」

ドライバーが車から降りて来て叫んだ。金髪にサングラスの若い男だった。

「ぶつかってねえけど、危ないよね。パッパラパッパラ、ラッパ鳴らしてさ。だからこの人、驚いてけっつまずいちゃったんだよ」

うのばあさんが、交通課長に訴えた。

「何言ってんだ！　フラフラ車道歩いてるあんたらが悪いんだろう。ちゃんと歩道を歩けよ。真っ直ぐ前を向いて」

金髪男が、食いつかんばかりに反論した。まあまあ、落ち着きなさい、と若い警官が男の腕を取った。

「人が多いから、車道にはみ出ることだってあるだろうさ。それに、年寄りに真っ直ぐ歩けってぇのは、あんだ、カニに縦に歩けって言ってるようなモンだよ」

うのばあさんも、負けてはいなかった。

一時的に通行止めになった通りの向こうから、クラクションが鳴り響いた。見ると、車列が駅の方まで続いている。一台が鳴らすと、次々に伝染し、けたたましい不協和音となって人々の鼓膜を襲った。

「うるせえな。急いでんなら、別の道を通りやがれ」

てててててっとうめきながら、虎之助じいさんが課長の肩につかまって、立ち上がった。幸いなことに、救急車を呼ぶほどの怪我《けが》ではないらしい。

「みんな、安在に向かってるんですよ。国道を行くと大回りになるから、ここを通るんです。国道はガラガラなのにね」

美穂が警官たちに訴えた。

虎之助じいさんが車道から離れるや、通行止めが解除された。金髪男が車高の低い愛車に乗り込み、わざと大きくエンジンをふかした。

「ここは徐行ですよ。安全運転を心掛けてください」

警官が眉を吊り上げると、わかってるよ、と金髪男はふてくされた顔で答えた。

「ったく、近頃ああいう輩が増えたな。年寄りが生きづらい世の中になったモンだよ」

友だちのじいさんたちに肩を支えられた虎之助じいさんが、動き始めた車列に目を細めた。

「車の数が減れば、もっとゆっくり買い物ができるのにねぇ」

うのばあさんが、うなずいた。

美穂が訴えかけるような目で、交通課長を見た。

課長が、馬のように大きく鼻を鳴らした。

交通課の警官たちが去ってしまうと、虎之助じいさんは、すっと背筋を伸ばし、何事もなかったように、スタスタと歩き始めた。

うのばあさんが美穂を振り向き、前歯の欠けた口を曲げ、ニヤリと笑った。

7

「……ということで、すべての経営活動は、このプロダクト・リーダー戦略、オペレーショナル・エクセレンス戦略、そして、カスタマー・インティマシー戦略の三つのうち、いずれかでライバルと圧倒的な差別化を図ることができれば、勝者になれるといわれてきました」

多岐川優の口から飛び出してくる専門用語の数々に、健太は目を回しそうになった。場所はコトカフェ一号店。琴江が音頭を取って、多岐川を講師として迎えた経営セミナーの席上でのことだった。

多岐川が信奉する、グローバリゼーション、マネー資本主義に与《くみ》するわけではないが、商店街の人々は、経営学のけの字も知らない人間ばかりだ。多岐川に、先端的な経営学のイロハをレクチャーしてもらうことは、敵を知る上でも有効だった。

カフェには、「福肉」のおかみ、北島照子や、青果店を経営している及川久美、輸入食品販売の染谷、パティシエの三上、画家の東山の他、様々な職種の経営者たちが詰めかけていた。

いつものべらんめえ口調とは打って変わって、今日の多岐川は大学の先生のような話しぶりである。

「難しく考える必要はありません。プロダクト・リーダーは高級戦略、オペレーショナル・エクセレンスとは、効率戦略、カスタマー・インティマシーは、交流戦略と訳せばいい。あなた方の強みは、ずばり、この交流戦略なのです」

交流戦略は顧客の「心の満足度」の向上を目的にしているという。人の心は、百人百様なので、顧客ごとにきめ細かく「おもてなし」をすることが肝要。何やら、オリンピック招致委員のようなことを言っている。

「おもてなし」ばかりではなく、客との「おつきあい」も重要なポイントだと多岐川は強調した。この「おもてなし、おつきあい」を面倒と捉えるか、楽しめるかが交流戦略の成否を分けるポイントらしい。

「大資本流通企業は、面倒な交流戦略には、口先ばかりで、本気では参入していないというのが、わたしの見方です。『うちは、地域のコミュニティを大切にする店です』と立派な看板を掲げてはいるが、その実、顧客とコミュニケーションを築く意識に希薄な企業はたくさん存在します。顧客はそういうことを、敏感に感じ取るから、リピーターにはなってくれません」

次の、オペレーショナル・エクセレンス、効率戦略は、「便利さ、安さ、速さ」という三つの価値を顧客に訴求する。

安さを実現するためには、大量仕入れや、店舗賃料、人件費などの節減が不可欠。便利さと速さを実現するには、高度なマニュアルオペレーションや、インターネットの技術が求められる。

「たとえば、某牛丼店では、顧客の平均店内滞在時間が十分を切ります。牛丼二百八十円でも利益が出る秘密は、顧客回転率六回／時間という効率性にあり、これは高度なマニュアルオペレーションによってはじめて可能となります」

こんなことは、ファストフードのような巨大資本でもない限り、実現は不可能だ。安さや速さで勝負する効率戦略は、上元のような弱小商店街が手を出せるものではないことがよくわかった。価格競争で大資本と勝負することほど、愚かなことはない。

「最後に、三番目のプロダクト・リーダー、つまり高級戦略ですが、これは一言でいえば、デパートです。ですが、高級市場は効率市場などと比べ、近年縮小傾向にあります」

百貨店業界が儲かっていないことは、健太も知っていた。

「高級戦略は、ご当地限定とか、期間限定で、地方の中小企業も行っていますが、他所《よそ》では真似《まね》できない絶対的な付加価値がないと、直ぐに模倣され、陳腐化してしまいます」

「ベジタ坊は、うまくやりましたね」

染谷が皮肉っぽく言うと、多岐川は眉ひとつ動かさず、首を振った。

「おかげ様で。ですが、先はもうそんなに長くないでしょう。魅力的なご当地キャラは、次から次へと現れる」

「でも止村の野菜は、おいしいじゃない。あれは、付加価値っていうより、本物の価値よ」

琴江が多岐川を援護した。

ふと、健太は、自分たちがやっているご当地グルメの活動はどうなのだろうかと考えた。

これはやはり高級戦略なのだろうか。

多岐川の意見を訊きたかったので、手を挙げて質問した。もうこういう場所で物怖《ものお》じすることはなかった。

「高級戦略には違いないが、それを目指す過程が、交流戦略にもなっている」

多岐川は即座に答えた。

「ご当地グルメで、地域のプロや、消費者まで巻き込めれば、巨大な交流市場が出来上がる。但し、失礼ながら、高級品として売り出すには、ちょっと心配だと思った。そこで、『食材のテキスト化』という付加価値をつけた」

――なるほど。

健太はうなった。濃い霧が晴れたような気分だった。

今までは「ふれあい」だの「絆」だの「地域の力」だのという、抽象的なものを原動力に、皆でわいわい、がやがややってきたが、それを多岐川が論理的に分析し、分かり易《やす》く解説してくれる。自分たちの目指す方向がどちらで、何を武器として闘えば勝算があるのか、明確に提示してくれた。この男について行けば、モールに勝つのも夢ではないかもしれない。

「じゃあ、TODOME・マライアモールは何戦略を取っているんですか」

今度は剛が質問した。

「少なくとも、交流戦略ではない」

売らんかな主義の店員が、顧客の後をしつこく付け回すという噂だから、交流戦略はあまり成功していないと見たほうがいいだろう。

「では、効率戦略かというと、それだけでもない。高級戦略も取り入れている」

マライアは高級戦略に違いない。しかし、モールの最上階にあるフードコートや生鮮食品売り場などは、効率戦略だろう。ショピングモールに併設された、先端野菜工場は高級路線。一方、ベジタ坊パークは、陳腐で安っぽいと悪評が立っている。

「つまりごった煮だ。一本筋の通った戦略があるとはとても思えない」


座学が終了すると、今度は全員で商店街へ繰り出した。多岐川が推奨した、交流戦略をより強固なものにするため、実地で気づいた点を指摘したいのだという。

二十人を超える生徒を先導していた多岐川は、一軒の居酒屋の前で立ち止まり、全員を振り返った。

「この中に、この店の経営者はいますか」

「おれだけど」

ごま塩頭の五十がらみの男性が、一歩前へ出た。梅雨時のじめじめした気候のせいで、額からは汗が噴き出ていた。

「悪いが、この店舗を例に挙げさせてもらいます。はっきり言って、ここには改良すべき点が多々あります」

ごま塩頭の店主の顔色が変わった。

「どうしてだよ。昭和レトロのいい雰囲気が出てるじゃないか。おれ、こういうの、好きだよ」

店主の代わりに、染谷が反論した。

入り口が格子戸の、古い木造二階建ての居酒屋である。看板らしきものは特になく、代わりに軒に提灯《ちょうちん》が二つ、ぶら下がっていた。提灯には、各々「串揚《くしあ》げ」と「地域産品応援の店」という文字がプリントされている。

「この佇《たたず》まいは、通や地元の人間にはいいかもしれないが、よそ者にはどうかな。お前は元々、東京出身だろう。思い出してみろ。上元に着いたばかりの頃を。右も左もわからない土地で、ちょっと一杯ひっかけたくなったお前は、飲み屋を探していたとする。歩いているうちに、串揚げの赤提灯が目に入った。さて、よそ者のお前は、果たしてこの店に入る勇気が湧《わ》くかな」

いつもの尊大な口調に戻った多岐川が、染谷をジロリとにらんだ。

「ゆ、勇気とかそんなんじゃなくて……酒を飲みたいなら、入るだろう」

多岐川の視線に気圧されたのか、染谷はしどろもどろになった。

「いや……」

パティシエの三上がかぶりを振った。

「玄さん、ゴメンな。おれ、こういう場だから、正直に言わせてもらうわ」

店主に一言断わりを入れ、三上は所見を述べ始めた。

「おれの場合、その仮定は正に現実だった。幕悦に着いた翌日の晩、盛り場を探検したくなって、上元まで来た。あんたがさっき言った通り、串揚げの赤提灯が目に入ったよ。そう、ここ『串玄』の赤提灯だった。入ってみようか迷ったけど、結局止《や》めた。だって、地元民の隠れ処《が》のような店だったから。表に看板は出てないし、メニューもない。どんなものを食わせるのか、どんな酒があるのか、値段はいくらなのか、まったく不明だ。よそモンが店の中に入ったら、地元の人ににらまれるんじゃないか、ボラれるんじゃないかと、不安ばかりが募った。

断っておくけど、今は串玄のことをよく知っている。ここは、そんな店じゃない。誰でも温かく迎え入れてくれるし、料理はリーズナブルで、味もいい。地酒も、いいのを揃《そろ》えている」

「そんなにいい店なのに、よそ者には伝わらない。上元は、外の客も呼び込みたいんだろう。もったいないなくはないか」

多岐川の言葉に、三上は小さくうなずいた。

健太は、以前テレビで観た、日本人オーナーが経営するオーストラリアの宝石店のことを思い出した。オーストラリアに移住した夫婦が、特産品であるオパールを、日本人観光客向けに売る店をやろうと思い立った。当初は、宝石店だから、おしゃれで高級感あふれる造りにするつもりでいたという。

そして、明日着工という段になって、オーナーは工事をストップさせた。

――ダメだ。こういう店じゃ客が入らない。

改めて日本人観光客の動向をじっくり観察した末の結論だった。結局オーナーは、最初のコンセプトとは百八十度違う店を立ち上げた。お土産屋風の気さくな造りで「日本語が通じます」「純正品ばかりで安心です」「〇〇地区でもっともお手頃な価格で、提供しています」という日本語の看板をあちこちに掲げた。

店はオープン初日から、日本人観光客で大盛況だったという。

「それから、はっきり言わせてもらえば、この提灯はよくない。地域産品応援の店というのは素晴らしいが、客に自慢することではないだろう。カウンターに座るお前も是非、応援に加われと言われているようで、居心地が悪い。客は地域住民だけじゃないんだ。こういう想《おも》いは、心の奥に秘めておくほうがスマートじゃないか」

「じゃあ、一体どういう店構えにすりゃいいんだ」

染谷が詰め寄った。

「それは、顧客のニーズをきっちり把握して、それを分かり易く、店選びをしている客に提示できるような店でしょう」

健太が思わず、声を上げてしまった。頭の中には、テレビで観たオーストラリアのオパール販売店の残像がまだ残っていた。

「その通りだ」

多岐川が、アメリカ人のように、親指を突き立てた。

「想像力を駆使して、初めて入る店の前で躊躇《ちゅうちょ》している客の立場になって考えることだ。そうすれば、自ずと答えは見えてくる。例えば『全メニュー〇〇円以下』とか『二名様より個室』『携帯がつながる』というようなことを、もっと積極的に宣伝すればいい」

「だけど、そんな看板をあちこちに掲げたら、せっかくの落ち着いた外観が、ぶち壊しにならないか？」

ごま塩店長が、疑義を呈した。

「そこは、あなた方の腕の見せ所だよ。ミニ黒板にカラーチョークを使うのもいいし、毛筆を使って掛け軸風にやるのもいい。おしゃれに、かっこよく魅《み》せる方法はいくらでもある」

多岐川が再び歩きはじめると、一同はまたぞろぞろとその後に続いた。

「この辺りの飲食系物販店は、イートインを実施しているところが多いな。中食市場と外食市場が同時展開されているということだから、これはいい。そこで提案なんだが、もう少しドリンクを充実させてみてはどうだ。例えば、福肉さん」

名前を呼ばれた照子が、何かと多岐川に注目した。

「この間、あなたのところの豚肉コロッケを食べたが、やっぱり揚げたては抜群にうまいと感じた。だけど、同時にもったいないとも思った。コロッケそのもののことじゃない。コロッケを食っていると、喉《のど》が渇く。ビールのつまみにゃ最高の料理なのに、肉屋にビールは置いてない」

「うちは、酒販免許を持ってないから」

照子が答えた。

「取ればいいじゃないか。何も、ウイスキーやカクテルまで置く必要はないんだ。ああ、ビールの他に白ワインもあったほうがいいな。白があるなら、赤も必要か。個人的には、コロッケには冷えた白ワインが合うと思うが、赤もいい」

照子が、うんうんと小さくうなずいた。

「うちは、ご当地グルメ協賛店だから、メニューはコロッケだけじゃないわよ。美穂ちゃんが考案した、豚バラのカリカリグリルだって売れてるし。そうね、お酒があれば味が引き立つわね」

「近頃の若いおかあさんは、昼間でもビールやワインを飲むわ。男性サラリーマンは、お茶で我慢してるのにねぇ。お酒を出したら、売り上げがもっと伸びるかもしれないわよ、照子さん」

琴江も、福肉の酒類販売に賛成した。

「さっき意見を言ってくれた、パティシエくんのミルフィーユもうまかったよ。だけど、こう言っちゃナンだが、コーヒーは煮詰めた古新聞のような香りがした」

「うちは、喫茶専門店じゃないから」

三上がむっとした顔で答えた。

「そう。そこが重要なポイントだ」

多岐川が、わざとらしく片眉を吊り上げた。

「ほとんどの客は、飲み物なんかに期待していない。テイクアウトがメインのパティスリーで『すぐに食べるのなら、テーブルをご用意できますよ、宜しかったら飲み物もいかがですか』ってノリで出てくるコーヒーが、さしてうまくないのは仕方ないと思ってる。お前が言った通り、喫茶専門店じゃないんだからな。だけど、もし、そのコーヒーが、喫茶専門店で出されているもの以上にうまかったら、どうだ。顧客を感動させるのは、こういう嬉しいサプライズなんだ」

その他にも多岐川は、様々な改良点を指摘した。そのほとんどすべてが、健太たちを唸《うな》らせるものばかりだった。皆多岐川の後を追いながら、真剣にメモを取った。

必要不可欠なのは、「おもてなし」「おつきあい」の心だが、それをより効果的に表現する術を多岐川は心得ている。ちょっとした工夫で、伝わりにくかった心も、きちんと相手に届くようになるのだ。

8

「それじゃ、ちょっと出かけてくるから」

昼食を食べ終えた井筒は、女子社員に断ると、上着の袖に腕を通した。

「何時ごろお戻りですか」

「遅くはならないよ。緊急だったら、携帯に連絡を入れてよ」

扉が閉まるや、秘書から小さなため息が漏れた。金森と目が合うと、呆れたような表情で、小さくかぶりを振った。言葉で表せば「またなの？　いったいどこで何をやっているの？」ということなのだろう。

元々役所でも、仕事をしている姿をほとんど見かけたことがなかった。それでも、ＴＯ

ＤＯＭＥモール21に出向して来た当初は、真面目に出勤していた井筒だったが、事業が軌道に乗ってからは、徐々に勤務態度がルーズになっていった。

午前中は、鼻くそをほじりながら新聞を読んで過ごし、昼食を終えると、「ちょっと役場まで行って来る」と姿を消す。

公務員の役務からは完全に離れているのだから、役場になど用がないはずなのに、あまりにも頻繁に行き来するので、一度金森は同僚に確認を取ったことがある。

「井筒さん？　来てないよ。小さい所帯だから、来ればすぐわかるよ。あの人、声デカいし、何が面白いんだか、ガハハハハハッていつも腹かかえて笑ってるし。えっ？　毎日来てるはずだって？　冗談だろう。一度も見かけたことがない。第一、来る用事なんかないじゃないか。ここにはもう、あの人の机はないんだぜ」

これが役場の同僚の答えだった。

夕方に帰って来て、机の上の書類を軽く確認しただけで、もう帰宅の準備をしようとする井筒に、金森がごく自然に「今日は、役場にはおられなかったようですね」と声を掛けると、「いや、いたはずだけど、おかしいなぁ」と言葉を濁し、そそくさと事務所から出て行った。

さすがに翌日からは、役場の名前は口にしなくなったが、外出は相変わらずだった。実は安在市の証券会社で、株価ボードをじっと見つめている井筒の目撃情報が、既に金森の耳に入っている。しかし、ここでは一番偉い井筒を、たしなめることのできる人間はいない。

TODOMEモール21は、役場から出向した井筒に金森、そして秘書を兼ねたプロパーの女子社員二名の小さな会社である。もし誰かに「こんな小さな所帯で、あの巨大なTODOME・マライアモールをマネージできるのか」と問われれば、「一応、できている」と、金森は答えるだろう。

土地建物の管理は、マネージメント会社に丸投げしている。会計は会計事務所。そして一番重要な経営方針と財務に関しては、佐藤にすべて任せていた。

当初は佐藤も、自分たちと同じように、この会社に出向してくるものとばかり思っていたが、六本木から幕悦に越してくることはなかった。佐藤はあくまで、外部のコンサルタントとして業務に従事している。

そもそも、TODOME・マライアモールは、佐藤が、渋る役場のお偉いさんたちを「ご心配なく、ぼくも一緒にやりますから」と口説き落として立ち上げたプロジェクトなのに、直接的に関与してこないのは、おかしな話だと金森は以前から思っていた。

「町が出資する額は、十パー、いや五パーセントで構いませんから。四億五千万ほどですよ。計画されていた道の駅と同じくらいの予算で、規模にして数倍、集客力もけた違いの物が出来上がるんですから、お得ですよ。地域の活性化にも繋がるし。大丈夫。投資家やテナントの面倒はすべてぼくが見ますから」

佐藤はこう言っていた。

そういえばTODOMEモール21に、佐藤の会社、STコーポレーションは出資していない。佐藤は、配当が目当てではないのだ。

井筒が出て行ってしまった午後のオフィスで、女子社員二人がおしゃべりを始めた。有名なお笑いタレントと、グラビアアイドルの仲がどうのこうのと、はしゃいでいる。

士気は完全に低下していた。

しかし、これも仕方ない。上司は、表でフラフラ遊んでいる上に、細かいことは外部業者がすべてやってくれるから、仕事そのものがないのだ。正に、絵に描いたような殿様商売だった。

きゃっきゃっと笑い声が響き渡るオフィスで、金森は会計事務所が作成した、決算書類に目を通した。複式簿記の基礎知識がない金森には、チンプンカンプンの勘定科目が並んでいたが、めげずに数字を追いかけた。

決算書をまともに読めないということにかけては、井筒も同様だった。というより、井筒のほうがひどかった。商業高校の生徒でさえ知っていそうなことを、井筒は理解していないのだ。こんな二人が、よくもこれほどの巨大プロジェクトを運営する会社に出向できたものだと、金森は苦笑いした。

下請けの管理会社から決裁を求められた時など、井筒は決まって「佐藤くんに相談しろ」と命令する。どんな些細《ささい》な案件でも、すべて佐藤に相談しなければならなかった。

一度、金森が所見を言ったことがあるが、井筒に鼻で笑われた。

「う〜ん。それは、きみが言ってもさあ……」

「はあ、わかりました。佐藤さんに相談します」

金森は、すぐに退いた。トップモデルの体重より低い偏差値の地元の大学を出た金森と、都内の一流校を卒業後、アメリカに留学し、経営学修士号を取った佐藤とでは役者が違う。おまけにこちらは、長年ぬるま湯に浸かってきた田舎役場の職員、片や向こうは、過酷な国際ビジネスの最前線で、しのぎを削ってきたエリート。勝負になるはずがなかった。

しかし、すべて佐藤に相談し、彼の意見に盲目的に従うことが、本当に正しいのかと金森は自問する時がある。これではどっちが責任者だかわからない。もし何か問題が起きたら、株主でも役員でもない佐藤の責任を追及することが、果たしてできるのだろうか。


その日、佐藤は三週間ぶりに幕悦にやってきた。

「金森くん、準備は整ってる？」

事務所に入るなり、佐藤が金森に尋ねた。以前は敬語でしゃべっていたのに、近頃ではまるで小間使い扱いだ。

「はい。全員ではないですけど。まだ二人ほど連絡が取れない者がおりまして——」

学年でいえば一年下の佐藤に、金森は敬語で答えた。

「だったらボケッとしてないで、早く確認取ってよ」

わかりました、と金森は、関係者に連絡を入れ始めた。今日の夕方、「町民の声を聞く小会」を開催予定であるが、出欠者の確認がまだ十分に取れていなかったのだ。

町民の声を聞くといっても、参加するのは再開発賛成派の住民ばかり。表向きは、公民館で開催される正規の説明会準備のための事前事情聴取ということになっているが、実は、彼らをうまく懐柔し、反対派を蹴散らすように仕向けることが本来の目的だった。

女子社員二人は、ピタリとおしゃべりをやめ、PCを操るふりをしながら、都会から来た洗練されたビジネスマンが、ネクタイを緩め、電話を取る様を観察していた。

「佐藤さんって、カッコいいわねぇ」

「この辺りの田舎モンとは、人種が違うって感じね」

と、自らも田舎者であるはずの二人が、ため息をついた。

小会は、午後四時に開催された。一、二時間ほどミーティングをした後、食事に繰り出すために、この時間を選んだ。

今回集まったメンバーは十三人。リーダー格は、以前上元商店街で雑貨商を営んでいた、相川という男だ。

会議が始まるや否や、話題は上元商店街一色となった。

一時期は、勢いを失っていたのに、近頃何故だか、また元気を取り戻したというのが、賛成派住民の一致した見解だった。

「ご当地グルメとかの運動をやってるんだよ。それで、何だか仰々しい注釈の載った紙を配ってるけど、あんなもの、役に立つのかねぇ」

食材テキストのことだ。農政課の職員は、非常に喜んでいると聞いた。地域の特産品情報が、あらゆる分野を網羅して書かれているので、生産者、加工業者、販売業者、さらには消費者まで、すべてを満足させるテキストに仕上がっているらしい。

本来なら、役場が音頭を取って、もっと早くこういうものを作っておくべきだったという声も聞かれた。

「ふうん。なるほどねぇ」

佐藤が鼻を鳴らした。

「ジタバタ必死なんですよ。やつら、本気でモールに対抗しようとしてるんです。モールに勝てば、再開発計画も頓挫《とんざ》すると思ってる」

「ばかだよなあ。玉砕するに決まってるのに」

「モールに勝てるわけないでしょう。レベルが違いすぎますよ」

住民たちは口々に言うが、TODOME・マライアモールは称賛を集めてばかりいるわけではなかった。マライアでは、勤め始めて三ヶ月も経たないで辞めてしまう従業員が、続出していると聞く。

スマートアグリのシステムは確かに立派だが、だからナンなんだ、という意見もある。土に触れる農業体験ができるわけでもなく、おごそかに野菜工場を見学するだけでは、いずれ飽きられてしまうだろう。加工工場も、まだ本格的には稼働していなかった。そもそも、何を作るのか未《いま》だに決まっていないのだ。ベジタ坊パークも、開園当初の勢いはなくなったと噂されている。

「上元は、じいさん、ばあさんばかりだから。潰れる前に、最後のノスタルジーを楽しんでるっていうか、まあ、そういうことだと思うんだけどね」

相川が、ややしんみり顔で言った。

「乗り合いバスみたいなのが、できたらしいぞ。それで、足のない年寄りたちも、通えるようになった」

「そう。だから人が増えたんだ」

「店の外観も変わって来たな。いろんな看板を立てて、客の興味を引こうと必死になってる」

「無駄な努力だな。所詮《しょせん》、ままごとの世界だよ」

「まだネットで、誹謗《ひぼう》中傷合戦が繰り返されているんですか」

佐藤の問いかけに、住民たちが、お互いの顔を見合わせた。

「それはもう一段落してますよ」

「そうそう。ネットで攻撃するなんて、子どもじみた不毛な行為だって、みんな気づいたんだろう。賛成派の中には、過激なことをやる連中もいるから、冷や冷やしながら見てたんだが、治まってよかった」

「ネットだけじゃなくて、現実にも商店街にいちゃモンつけに行った輩がいたようだが、今は大人しくしているはずだよ」

「そうですか。それは良かった。ともかく、あからさまな妨害行為はよくない。一段落したようで何よりです」

佐藤がうなずいた。

金森は、佐藤も住民たちも役者だなと思った。

そもそも、推進派住民たちを焚《た》きつけたのは佐藤だし、それを受けて、陰で妨害行為に及んだ人間も、この中にいるはずだった。しかし、商店街の人間が一向にへこんだ様子を見せず、益々元気になっていくのを目の当たりにして、それ以上の攻撃をあきらめたのだ。

「ところで、今日は皆さんに一つ提案があるんです。そろそろ再開発準備組合を立ち上げたいと思うのですが」

再開発準備組合？

聞きなれない言葉に、金森を含む一同が、キョトンとした顔をした。

佐藤の説明によると今回再開発の施行者となるのは、TODOMEモール21ではなく、地主、借地人などの地元地権者で構成される、「市街地再開発組合」なのだという。準備組合はその前段階の組織らしい。

「法律に則《のっと》れば、こういうやり方になりますので、ご了承ください。まあ、とはいっても、実際の細かいことは今まで通り、すべてわたくしどもがやりますのでご心配なく。皆さんにお願いしたいのは、地元の権利者を回って、できるだけ多くの参加者を集めて欲しいということです」

地元地権者の合意を得て、まず準備組合を立ち上げる。設立賛成の地権者は、多いほどよいが、法定得票数はない。ところが次のステップの、市街地再開発組合設立に関しては、地権者の三分の二以上の合意が必要である。

一度、三分の二以上の合意を得られれば、反対派の権利者も強制的に再開発組合に参加させられるのだという。つまりこの時点で、もはや後戻りはできなくなるということだ。

「準備組合設立の際に、地権者の参加可否を問いますが、この時点で既に、三分の二以上の参加者を獲得できれば、理想的です。再開発組合の立ち上げに問題がないということになりますから」

「三分の二なら問題ありませんよ。おれたちに任せて下さい」

相川が胸を張った。

事務所でのミーティングを切り上げると、一同は場所をTODOME・マライアモール内の料亭に移した。住民たちは、これ目当てに小会に参加しているといっても過言ではなかった。

久しぶりに訪れる夕方のモールは、買い物客でごった返していた。やはり、なんだかんだ言っても、ここは強い。圧倒的な物量と資金力では、地元で敵《かな》う者はいないのだ。いくら上元が頑張ろうと、TODOME・マライアの牙城《がじょう》が崩れることなど、まずないだろう。

ビールの乾杯が終わり、しばらくすると、場の雰囲気は次第にくだけていった。

「おれにゃ、反対派の連中のことが、さっぱりわからねえ。これだけ立派な再開発を考えてもらってるのに、いつまでも古臭いボロボロの町並みにこだわるなんて、馬鹿じゃねえのか」

すでに出来上がったらしい相川が、真っ赤な顔でがなり立てた。

「そうだよ。せっかく、東京から来た佐藤さんが、地域活性化のためにこれだけ頑張ってくれてるってのによ。肝心の地元の人間が非協力的じゃ、罰が当たるぜ」

別の声が呼応した。

「おれたちは、TODOMEモールの味方だからな」

ありがとうみなさん、と目を瞑《つぶ》って何度もうなずいた後、佐藤は全員に酌をして回った。

佐藤に怖い顔でにらまれたので、金森も住民たちの杯に、次々に酒を満たした。

「それじゃ、再び乾杯！　上元とTODOMEモールの未来のために」

相川が音頭を取り、杯を挙げた。

「それにしても、あいつらいい気になってるな。おれたちが上元商店街なんかに負けるわけがないんだが、一発、ガツンとやる手だてはないモンですかね、佐藤さん」

自身も昔は、上元商店街に属していたはずの相川が、佐藤に顔を近づけ、ろれつの回らない舌で尋ねた。酒臭い息に、佐藤は一瞬顔をしかめたが、すぐに営業スマイルに戻り、大丈夫ですよ、と相川の肩を叩いた。

「憂えることはありません。モールは今のままで十分安泰です」

佐藤の内ポケットで携帯が振動した。失礼、と佐藤はディスプレイを確認し、再び相川に向き直った。

「皆さんには、是非準備組合のほうをよろしく頼みます。参加者をできるだけ多く集めて下さい」

「そっちは、任しといてください。だけど、ガツンってやることも必要じゃないかと、おれは思うんだけどなあ――」

「まあ、相川さんのおっしゃる通り、もっと我々の実力を見せてやるのもいいかもしれませんね。ちょっと考えてみましょうか」

「是非お願いしますよ」

相川がペコリと頭を下げた。薄くなったつむじに、脂汗が光っていた。

一同が、べろんべろんに酔っぱらったのを見計らうように、佐藤がすっくと立ち上がり、「後はよろしくな」と金森に耳打ちした。この中で酔っていないのは、佐藤だけだ。金森も場の雰囲気に飲まれ、陶然としていた。

佐藤は皆に気づかれないように廊下に出ると、携帯電話で何やら話し始めた。きっと先ほどかかってきた電話の相手だ。

佐藤は分刻みで行動する。決して一つの場所に長居しない。

さきほど「せっかく、東京から来た佐藤さんが、地域活性化のためにこれだけ頑張ってくれているのに……」という発言が、メンバーから出たが、佐藤にとってこの「上元地区再開発プロジェクト」も、数あるビジネスのうちの一つに過ぎないことを、金森は知っていた。

9

妊娠五ヶ月目に入った最初の「戌《いぬ》の日」、美穂は優を伴って、上元の神社に安産祈願に出かけた。

たくさんの子を産み、お産が軽い犬は、昔から安産の守り神として人々に愛されてきた。それにあやかって、戌の日に、安産祈願を行うようになったらしい。

「もう胎動とか、聞こえてくるのか？」

優が美穂のお腹をさすって尋ねた。

「まだよ。でもあともう少しで始まるって、本には書いてあった」

先日のエコー診断の結果、女児であることが判明した。バツ一の優には、前の奥さんとの間に男の子が一人いるが、女の子は初めてだ。

神社の受付で、申し込み用紙に必要事項を記入し、初穂料を支払った。用意された短冊に名前を書くと、社殿に入って神主に祈禱《きとう》をしてもらった。十分ほどで祈禱は終わった。

二人はコトカフェに戻って昼食を取ることにした。

「まだ働けるのか」

車に乗り込み、シートベルトを締めると、美穂はコクリとうなずいた。

「お腹がちょっと膨らんできたばかりだから、まだまだ大丈夫。心配しないで」

「無理するなよ。お前は目標を定めると、猪突猛進《ちょとつもうしん》する癖があるからな」

優が、ドライブにギアーを入れ、軽のＲＶを発進させた。

「人のこと、言えないでしょう」

美穂がクスクスと笑った。

「いや、おれは今回の件に関しては、単なるアドバイザーだよ」

「でも、あなたがアドバイスしてくれたお蔭で、客足が伸びたってみんな言ってる。うちに健太くんっているでしょう。あの子は、自分たちのやっていることが、とてもクリアになったって喜んでた。つい数ヶ月前までは、ろくに会話もできない、いつも何かに怯《おび》えてる草食動物みたいだったのに、随分たくましくなったわ」

「食材テキストを作ってるのも、彼のグループなんだろう」

「そう。大部分を健太くんや、つぐみちゃんたちに頼ってる。都会から来た今の若い子たちも、捨てたモンじゃないわね」

「美穂だって、まだ十分若いだろう」

「あたしはもう三十を過ぎてるから、彼らとは世代的に違うよ」

車は上元商店街通りに右折した。相変わらず活況だが、よく見ると、シャッターを降ろしている店もまだ、ちらほらと見かける。とくに、メインストリートから外れたところに、そういった店が多かった。

「この間、うのさんたちが、交通課のお巡りさんの目の前で、一大パフォーマンスを行ったのよ」

うのばあさんに率いられた老人の集団が、フラフラ車道にはみ出しながら行進し、虎之助じいさんが通りのど真ん中で転んだ話を、美穂は優にした。

「フラフラ歩きも、コケたのも、絶対にわざとなのよ。でも、お巡りさんたちはそうとは気づかず、険しい顔をしてた」

はははは、と優が爆笑した。笑い声を聞くのは、随分と久しぶりのような気がした。

「そいつぁいい。警官も、うのさんたちには敵わないだろうな。彼らのやったことを、非難できないよ。ここは、年寄りや子どもたちには危険な通りだ。道幅が狭い上に、やたらと車がびゅんびゅん通る」

優がチラリとバックミラーを見やり、後続車を確認した。

車は脇道に入り、コトカフェの前で停《と》まった。

美穂が厨房《ちゆうぼう》に入ろうとすると、「今日はお休みを取ったんだから、主任は、ダーリンと一緒に座っててください」と、皆にたしなめられた。

「ところで、推進派の人たちが、何とか組合とかいう組織を立ち上げたみたいよ。知ってた？」

テーブルに着いた美穂たちのところに、お茶を持ってきた琴江が切り出した。

「組合？」

「そう。再開発の準備を進めるための組織とか言ってた。参加者を募ってるのよ。地元の人ばかりじゃなくて、都会から来てお店を開いたり、農家をやったりしている人たちにも声を掛けてるみたいよ」

「でも、再開発って、佐藤さんや役場の人たちが行うんでしょう」

美穂が怪訝な顔をした。

「実態はそうだが、こういった第一種市街地再開発事業の場合、地権者の組合が施行するということが法で定められている。法的な施行者は他にも考えられるが、まあ上元のようなケースは、再開発組合が施行するのが通例だな。再開発推進派が、参加者を募ってるのは、正規の組合を作る前の準備組合だろう」

優が美穂と琴江に説明した。

「でも、何で都会から来た人たちまで巻き込むの？」

「施行組合というのは、地権者、つまり地主と借地人で作る組織だ。だから、都会から来て店舗を間借りして商売している人間にも、参加する権利がある」

優によれば、こうした地権者たちの三分の二以上の合意があれば、再開発組合が法的に立ち上がるのだという。こうなったらもう、再開発を阻止することは事実上不可能になると聞き、美穂は眉を曇らせた。

「じゃあ、その準備組合設立にも、三分の二の地権者の同意が必要っていうこと？」

「いや、そっちの方には縛りはない。しかし、地権者の三分の二以上が準備組合に参加していたら、ほぼ自動的に再開発組合が立ち上がってしまうだろうな」

「それって、大変なことじゃない！　もしそうなったら、もう再開発は止められないんでしょう」

「おれたちんところにも、推進派の人たちが来ました」

美穂たちの会話を聞いていたらしい剛が、声を上げた。剛の腰には、いつものように子どもたちがまとわりついている。

「おれたちの住んでるシェアハウスも、ギリギリ再開発地区に含まれていたみたいです。男の人が二人来て、しきりに参加を勧めてました。おれたちがコトカフェに勤めていることを、知らなかったみたいです。断っても、いつでも辞められるからって、しつこくて」

「いつでも辞められるって、それは詭弁じゃない。要は、再開発に賛成する人の判子をできるだけ多く集めたいんでしょ。それでなし崩し的に、再開発組合を作るつもりだわ」

美穂が言った。

「そういう感じで参加者を募るんだったら、案外簡単に判子押しちゃう人もいるんじゃないかしら」

琴江が心配そうに、優を振り返った。

「いずれにせよ、本番は再開発組合だ。今からあまり神経質になり過ぎないほうがいい」

「準備組合は、具体的に何をした後、再開発組合になるの？」

美穂が尋ねた。

「都市計画や、事業計画を策定する。その後の計画決定段階で、再開発組合が結成される。まあ、実際の計画を仕切るのは今まで通り、佐藤だろうな」

「何とかならないかしら」

「準備組合に参加するなと、説いて回るつもりか？　それは得策とは思えないな。今まで通り、粛々と仕事をしていればいい。何度も言うが、あまり神経質になるな」

優はこう言うが、美穂も琴江も不安を隠せなかった。


コトカフェ3で行われている「ご当地グルメ研究会」の評判は上々で、参加者も増えた。料理本を出版したこともあるカリスマ主婦、岩月瞳は、誰でも作れる家庭料理を基本に、様々なレシピを展開した。

彼女が凄いのは、ひとつの食材をメインにしながら、組み合わせで何十種類もの料理を考案することだった。とはいえ、使う調理器具はすべて一般家庭にあるものだから、誰でも自宅で気軽に調理することができた。

懇切丁寧な教え方をする瞳は、評判がよく、ファンの輪も広がっていった。

「本当に、瞳さんには色々お力添えをいただき、感謝してます」

ただ同然の手当で講師を引き受けてくれた瞳に、美穂は改めて謝意を述べた。

「頭を上げてよ、美穂さん」

瞳が、美穂の両肩をつかんで、真っ直ぐな姿勢に戻した。

「あたしだって、こういう機会を作って下さった、美穂さんたちに感謝してるの。料理研究家として、再出発するきっかけを作ってくれたのが、このコトカフェなんだから」

瞳の活躍のおかげで、上元を巡るバスツアーが計画された。ツアーを組んだのは、ご当地グルメ研究会にも所属している、ツアープランナーの樋渡明美だ。止村で就農体験をした後、カリスマ主婦、岩月瞳が主催する「地域の食材を使ったお料理教室」に参加するツアーを企画したら、思っていたより応募者が集まったという。

ツアー客の中には、瞳の姿を見て、涙しながら握手を求める女性もいた。鞄《かばん》の中から、瞳の著作を取り出し、うやうやしくサインを求める女性も。

始めに食材テキストが配られ、美穂が簡単に地元産品の説明をした後、料理教室が始まった。

首都圏からやってきた二十数名のグループは、わいわいがやがや騒ぎながら料理を作り、試食会では全員が「美味しい！」を連発した。

「安く流通している食材で、これほど美味しいものが出来上がるなんて、驚きです！」

「ちょっとした工夫で、こんなにゴージャスなものが出来上がるんですね」

「とても勉強になりました。また、来ます」

教室は大盛況の中、幕を閉じた。

表に出たツアー客たちは、正規のツアーコースに組み込まれていなかったにも拘らず、商店街を散策し、教室で調理したものと同じ食材を探し求めたと、後になって美穂は聞いた。

カラフルなファッションの都会の女性たちと入れ替わるように、カフェに入って来たのは地元の無骨な男たちだった。率いているのは、相川だ。

今では、再開発推進派の旗振り役のようなことをしている相川の登場に、思わず美穂は身構えた。

「いやあ、繁盛しているようで何よりですね」

相川が口角を上げ、ニヤリと笑った。

「さっきお店の入り口で見かけたのは、ツアー観光客ですか。遠くから来たお客さんが集団で参加するなんて、この料理教室も随分と有名になったモンですね」

「おかげ様で。今日は何の御用ですか」

用件については察しがついていたが、あえて尋ねた。

「こういう素晴らしい教室は、上元、いや、幕悦のためにも是非とも続けるべきです。岩月先生のファンも、今や地元にはたくさんいると評判ですから」

帰り支度を整えていた瞳が、困ったような表情で美穂を振り返った。

「もちろん、岩月先生の都合がつく限り、続けたいと思ってます。ここで」

美穂がきっぱりと言った。

「そう、ここでね。この辺り一帯が再開発されれば、最新鋭の設備を備えた、他に類を見ない料理教室として、生まれ変われます」

「家庭料理を作るのに、最新鋭の設備は、必ずしも必要ではありません」

「あなたがた反対派は、すぐにそういうことを言うんだ」

相川が、わざとらしく両手を広げ、天を仰いだ。その外国人のようなしぐさが、まるで似合っていなかったので、美穂は思い切り鼻を鳴らしてやった。

「どうして町を近代化したくないんだ。どうしてわけのわからないノスタルジーにそこまでこだわるんだ、多岐川さん。あなたはまだお若いのに」

「老朽化した部分に簡易な補修工事を行えば、商店街はまだまだ今の状態で大丈夫です。何も莫大な費用をかけて、造り変える必要なんてないじゃないですか」

「地域の活性化には必要じゃないかな。再開発で地元も潤うことだし」

「地元というより、一部の人間の懐が潤うということでしょ。TODOME・マライアモールを建設した時、地元の土建屋さんには、ほとんど仕事が回って来なかったっていうじゃありませんか。東京に本社がある大手のゼネコンが、工事を独り占めしたからです」

「それは、競争力のない企業だったら淘汰《とうた》されるのは、仕方ないでしょう。慈善事業をやってるんじゃないんだ。さて、時間もないことだし、そろそろ本題に入らせていただくが、再開発準備組合のことはご存じですね」

美穂がうなずくと、相川は鞄の中から一冊のノートを取り出し、開いて見せた。再開発対象地区の地権者の住所氏名、電話番号などが記載されたリストの一番右端に、準備組合参加の可否を示す欄があった。

ざっと目を通すと、明らかに参加可の欄に印を押している人数の方が多い。美穂の背筋に、冷たいものが走った。

もっと詳しく見ようと思ったところで、相川はパタリとノートを閉じた。

「結果はきちんと、説明会の場で発表しますから。ここの借家権者のコトカフェさんにも、参加の可否に関して、判子をいただきたいんです」

「わかりました」

美穂は奥にある事務所の引き出しから印鑑を取ってきた。

相川が「か」行のページを開き、テーブルの上に置いた。カリタス販売、木暮茶屋、小出製作所……すべて、「可」の部分に印鑑が押してある。

「コトカフェ3」と記載された欄の一番端にある「否」という文字の上に、美穂は印を押した。

「ありがとうございました」

ろくに確認もせずノートを閉じた相川が、形式ばかりの礼を述べた。

「こちらこそ、わざわざこんなことのためにご足労いただいて、恐縮です」

美穂の言い方が、癇《かん》に障ったのか、相川の表情が一変した。

「あんたたちがいくらあがいたって、無駄なんだよ。もう、事態は動き始めてるんだから」

捨て台詞《ぜりふ》を残し、一行は立ち去った。

アブラゼミが一斉に鳴き出した猛暑日。例のごとく、TODOMEモール21が音頭を取る、再開発説明会が公民館で開かれた。

冒頭の挨拶もそこそこに、再開発準備組合の設立が高らかに宣言された。

「これからは皆さんが、施行者となるのです。もはや他人事《ひとごと》では済まされません。皆さん自身の問題です。どっちつかずな態度は、卒業してください。そして、各々真剣に、再開発に取り組んでください」

佐藤が、例のごとく再開発がすでに決定されたかのような話し方をした。

会場から、準備組合参加者の集計結果を発表しろ、と声が上がった。

「借地・借家人を含む、地元地権者の合計が六百二十一名。このうち、準備組合に参加してもいいと答えた人が、四百二十九名、不参加が残り百九十二名。棄権者はいませんでした」

やはり、参加者のほうが圧倒的に多い……。

暗澹《あんたん》たる気分になりかけたが、気を取りなおして、美穂はスマホの画面に電卓を呼び出した。

六百二十一の三分の二は、四百十四だ。これに対して、参加希望者は四百二十九名。三分の二より僅《わず》か十五名多いだけではないか。

つまり、今後の努力により、十六人の人間を、推進派から寝返らせることができれば、再開発組合は認可されないということだ。そうなれば、再開発計画は頓挫する。

「よろしいですか」

美穂が、佐藤、二ノ宮、井筒、金森が居並ぶ演壇に向かって挙手をした。

「何でしょうか？」

怪訝な顔をする佐藤を尻目に、美穂はすっくと立ち上がり、会場を見渡した。

「正規の準備組合が立ち上がったのなら、これに反対する人間がこの場にいるというのは、矛盾していますよね」

美穂が、会場に響き渡る声で話し始めた。

「まあ……確かにそれはそうですが」

佐藤が言い淀んだ。

「わたしは、個人的に反対を表明しましたので、退場させていただきます。よろしいですね」

壇上にいた二ノ宮だけが、ニヤリと笑ったが、残りの三名は岩のように硬い表情をしていた。

美穂は佐藤の顔を凝視した。

「残念ですが……」

佐藤の次の言葉を待たず、美穂は回れ右をして出口を目指した。美穂の背中を追うように、琴江が立ち上がった。その後には、つぐみ、健太、剛、その他反対派の面々が続いた。

「後悔するぞ」と背後から野次が飛んだが、美穂たちは振り返ることなく、真っ直ぐ前を向いて歩き続けた。

10

「……はい、その件につきましては、検討しています。多分、近いうちに何とかなるはずです」

通話中に、キャッチホンの着信音が鳴り、「失礼」と優は、割り込んで来た相手が誰なのか、確認した。

佐藤だった。

再び、最初の通話相手、小林電器の小林会長に戻り、二言三言言葉を交わした後、電話を切った。

「随分といろいろやってくれてるようじゃないか」

皮肉のこもった声が、受話器の奥から聞こえてきた。

「いったい何のことだ」

「とぼけるなよ。上元がにわかに活気づいてる陰には、止村の多岐川優の存在ありと、もっぱらの噂だぞ。いったい何を企んでる?」

「何も企んじゃいないさ」

「一口乗りたいんなら、はっきりそう言え。お前の取り分くらいは工面してやる」

「あいにくだが、間に合ってるよ。自分の食い扶持《ぶち》くらい、自分で稼げる」

「お前は罪深き男だぞ。田舎モンどもを焚きつけてその気にさせたって、もはや事態は変わらないんだ。彼らに無駄なあがきをするだけのエネルギーがあるなら、それをもっと別の、建設的なことに費やすようアドバイスするのが、良心的な経営コンサルタントの役割ってもんだろう」

「事態が変わらないとは思わない。商店街が今以上に活性化すれば、このまま残したいという人間も今後出てくるだろう。準備組合の投票結果では、圧倒的多数の賛成というわけではなかったそうじゃないか」

「お前、本気でおれに喧嘩売ってるのか」

佐藤にしては珍しく、怒気に満ちた声だった。

「落ち着けよ。これは正当な経済競争だろう」

受話器の奥で、空気が抜けるようなため息の音が聞こえた。

「お前の奥さんも、再開発には反対のようだからな。この間は、威勢よく啖呵《たんか》を切って、子分を引き連れ、説明会場から出て行ったよ。ああいう奥さんの尻に敷かれた亭主なら、逆らうことはできんだろうさ。まあ、他人の家庭にこれ以上とやかく口出しするのは控えるが、はっきり言っておく。お前たちはおれの敵じゃない」

「その根拠は、ナンだ」

おいおい、大丈夫か？　と佐藤が嘲《あざけ》るように問い返した。

「お前、今まで何を学んできた？　小さな集団が如何《いか》に結束を固めようが、豊富な資金力のあるところには勝てないんだ。マーケットのシェアを独占するのはトップだけで、二位以下は、トップを凌駕《りようが》することはできない。この地域の揺るぎないトップは、最大の資金力を誇るTODOMEモール21だけだ」

「お前こそ、間違った学問の影響を受けてるとしか思えないな」

「お前がその気なら、こっちも本気になるぞ。いいんだな」

「望むところだ。その代わり、反則はするなよ」

「当たり前だ。正々堂々と、お前たちを潰してやるさ」

ガチャリと電話が切れた。

佐藤も余裕をなくしている、と感じた。

しかし、油断は禁物だ。

現時点でも、上元商店街の集客力は、TODOME・マライアモールのそれに遠く及ばない。商店街の客を、これ以上モールに奪われたりしたら、間違いなく再開発に拍車がかかるだろう。

11

健太がまとめ役を買って作成中の、食材テキストは、各方面から好評を博した。こういうものが是非欲しかったんだ、と感激する農家や販売業者が、意外なほど多かったことは、うれしい驚きだった。

「これからの農家は、六次産業化しなくちゃ、生き残れないんだ。六次産業ってのは、言うまでもないが、生産者、加工業者、販売業者の連合体みたいなモンだな。食材テキストは、この三つの産業をスムーズに繋ぐ上で、非常に有益な資料だよ。作ってくれてありがとう」

とある農業法人の社長から礼を言われた時、健太は嬉しくて涙が出そうになった。照れ隠しもあって、調べたのは自分たちだが、原案を作ったのは止村株式会社の多岐川社長であることを明かした。

「あの、多岐川さんが、これを作らせたのか？」

社長が瞠目《どうもく》した。

「きみたちは、上元で商売をしていて、再開発には反対の立場なんだろう。そんなきみたちに、多岐川さんが加勢しているということは、つまり彼も反対派なのか？　まさかな……」

「はい。そのまさかです。多岐川さんも、再開発を快くは思っていないみたいです」

「そうか……あの、多岐川さんがなぁ」

社長は難しい顔をして黙り込んだ。

「多岐川さんまで反対するというのなら、再開発はきっと、無駄な金の垂れ流しなんだろうな。垂れ流しの受け皿には、利権目当ての連中がうごめいているに違いない。そういうやつらの頭にあるのは金だけで、地域のことなんか真剣に考えちゃいないんだ。上元も近頃、活気づいてるっていうじゃないか。うちの会社も応援するよ。再開発反対キャンペーンを張るなら、呼んでくれ。協力するから」

思わぬところから出現した味方だった。健太は、農業法人の社長に、深々と頭を下げた。

上元商店街が再び活況を取り戻したのには、剛が始めた乗り合いワゴンの影響も大きかった。

近所の農家から借り受けた十人乗りのハイエースを駆って、近隣の移動手段のない老人たちを迎えに行き、上元まで送り届けるのが剛の役目だった。

「断っておくが、おれはかなり気紛《きまぐ》れだから、毎日定時に迎えに来るなんて思わないでくれ。それと、行きに乗れたからといって、帰りの足まで保証はできないからな。運悪くおれの車に乗れなかった時は、タクシーで帰ってくれ。座席は九つしかないんだから、喧嘩しないで譲り合って乗ってくれよ。それから、燃料費と最低限の手間賃はいただくからな。それでもいいなら利用してくれ」

剛は、このように事前通告していたが、老人たちは先を争って、乗り合いワゴンを利用した。特に山間の隔離された集落では、住民のほとんどが高齢者で、交通手段もない。

「今は、宅配便とかがあるから、何でも注文すれば届けてくれるけど、だからって年寄りは、閉じこもってりゃいいってモンじゃないよね。年寄りだって、たまには賑やかなところ、行きたいしね」

これがいわゆる限界集落に住む、お年寄りたちの本音だった。

しかしながら、心身共に元気な老人の声ばかり聞いていると、身体が不自由なお年寄りが冷遇されかねない。障害を持ったお年寄りの席も、平等に確保するとなると、ある程度の計画性を持った運行が求められた。

行き当たりばったりの運行が徐々に難しくなってくると、剛は悲鳴を上げ始めた。

「おれ、もう責任取りきれねえ。コトカフェの仕事だってあるし、四六時中、車の運転してるわけにはいかねえから」

そんな剛に協力を申し出たのは、秀人と裕也だった。バーチャル空間依存度の高い二人は、コトカフェのパートタイム労働を皮切りに、テキスト作りのための取材を手伝うなど、徐々に現実空間への復帰を実現してきた。

「まあ、車転がしてると、気分転換になるから。それに、まだ知らない集落をあちこち回るのって、面白そうだし」

こう嘯いているが、彼らは、沢山の友だちに囲まれて過ごしたいお年寄りの手助けをしたいと、純粋に思ったのだった。

秀人も裕也も、コトカフェの仕事を通じて、人に感謝されることのありがたみを学んだ。重い荷物を持ったり、車椅子を押してあげたりする度に「ありがとう」と、前歯の抜けたしわだらけの笑顔でお礼を言われると、次はもっと役に立ちたいと考えるようになった。

こうして、他者との付き合いを極力制限してきた秀人と裕也は、忘れかけていた人間性を徐々に取り戻していった。

剛と、秀人、裕也は幕悦の地図を広げて、ああだこうだと話し合った。

どの集落にどれだけ足を必要としているお年寄りがいて、彼らを効率よく、上元に行き来させるには、どのようなルートを辿ればよいのか――。

巡回ルートと、大まかな運行スケジュールが決まると、三人で手分けして、ワゴンの運行を開始した。

秀人も裕也も、免許は持っていたが、ペーパードライバーだった。本当にこの二人に運転など任せて大丈夫なのかと店長の琴江は心配したが、それも杞憂《きゆう》に終わった。

集落に続く田舎道に、対向車はほとんど走っていなかったし、何よりも秀人と裕也は運転がうまかった。

聞くところによると、秀人は小学校の頃からサッカーをやっており、裕也は中学時代バスケ部に所属していたらしい。元々反射神経の発達した二人だったが、根性無しだったので、シゴキに耐え切れず、スポーツの道はあきらめたという。

一台のワゴンを、三人で分担して運転している様子を見て、コトカフェの常連おばあちゃんの一人が、自分の車を貸し出してもいいと申し出た。おばあちゃん自身は、軽自動車を運転するが、昨年逝去したご主人の車がガレージに眠ったままだという。

「大きな車だから、あたしには運転無理だし。一回うちに見に来たら？　もし、気に入ったら使って構わないわよ」

おばあちゃんの家に行くと、車庫にあったのは、なんと、ハマーだった。

「排気量が六千ccもある、超ゴツイやつで、装甲車みたいにデカイのに、五人しか乗れねえんだ」

秀人と裕也は興奮した様子で話した。

およそ、乗り合い自動車向けではないスペックだが、二人がどうしても乗りたいというので、最終的に琴江が許可を出した。

こうして、一号車は国産ワゴン、二号車は高級外車ＳＵＶという、上元への送迎機関が出来上がった。これに染谷たちが調達してきた、十四人乗りのマイクロバスも加わり、周辺集落から上元までのアクセスは、ほぼ完備された。


忙しい毎日を過ごしていた健太だが、休日はきっちりと取った。

どんなに多忙でも、仕事のことをまったく考えないで、リラックスする時間を持つことは大切だ。

休暇の日はつぐみと一緒に、デートをするようになった。並んで歩きながら、指を絡めるまでに二人の関係は深まっていた。知っている人間が正面から歩いて来ると、慌てて手を放す二人を見て、まるで中学生の初デートみたいだと人々は笑った。

まだまだ猛暑が厳しいある日の午後、各々の自転車を駆って、健太とつぐみはＴＯＤＯＭＥ・マライアモールに向かった。

平日だというのに、駐車場にはたくさんの車が停まっていた。駐輪スペースに自転車を置き、健太たちはモールの入り口をくぐった。

相変わらずの活況を呈していた。上元は、高齢者や地元の主婦などが主な客層だが、ここには、都心で見かけるようなオシャレな恰好《かっこう》をしたカップルや、若い女性グループが多い。恐らく、安在市からやってきた人たちなのだろう。

集客に関しては、上元はモールには遠く及ばない。しかし、上元とここではマーケットが違う。東京でいえば、上元は原宿の竹下通りと、巣鴨地蔵通り商店街のようなものだ。この違いを前向きに捉えてくれる人間が増えれば、上元を現状のまま残すべき、という声も大きくなるかもしれない。

突然、辺りが騒がしくなった。

「どうしたんでしょう」

つぐみが、不安そうに健太を振り向いた。

「行ってみましょう」

モールを小走りしていくうちに、人垣が現れた。人々の背後から首を伸ばすと、四、五人の若者と警備員が、口論しているのが見えた。若者の手には、缶ジュースや菓子パンが握られていた。

「店の前で座り込んで、飲食してたんだよ」

「ダンスも踊ってたらしい」

人々の、ひそひそ声が聞こえた。

若い男性が、警備員に顔を近づけ、しきりに大声でわめいていた。ほとんど黄色に近い金髪と、口の周りに墨で描いたような真黒なヒゲのコントラストが印象的だった。

男の勢いにタジタジになった警備員が、応援要請をしようと無線機に手をかけた時、仲間に腕を取られた金髪男が、やっと身を引いた。

その時、男がこちらを振り向いた。つぐみをじっと見ると、すぐ脇にいた健太に三白眼が注がれた。

つぐみの肩が強張るのがわかった。

捨て台詞を残して、若者たちは去って行った。途端に張りつめた空気が和らぎ、人垣が崩れた。

人波の中を、若者たちとは反対方向に、ズンズンと歩き始めたつぐみの背中を、健太は慌てて追いかけた。

「知っている人だったんですか？」

横に並ぶと、つぐみの顔をのぞき込んだ。

「ええ……ちょっとだけ」

あまり彼らの話題に触れたくはないようだったが、どうにも気になった健太は、「どこで知り合ったんですか」と、さらに突っ込んで尋ねた。

「高校の同級生です」

出席日数が足りず、中退した元クラスメートだという。しかし、先ほど男がつぐみに寄せた視線からは、単なるクラスメートに注がれる以上のものを、健太は敏感に感じ取っていた。

「あたし……あの人から、付け回されてたんです」

つぐみが、観念したように話し始めた。

男の名前は木崎《きざき》といい、札付きの不良だったらしい。学校にはほとんど来ないで、夜な夜な繁華街をうろつくような少年が、なぜかクラスではほとんど目立たない存在だったつぐみに興味を持った。

友だち経由で、木崎が自分に気があることを知らされ、驚いたつぐみは、遺恨が残らないよう、やんわりと断って欲しいと、友人に伝えた。

「今は勉強に専念したいから、誰とも付き合うつもりはないって言ってもらったんですけど、もちろんそれは口実で、あんな怖そうな人と付き合うなんて、とてもできないというのが本音でした」

しかし、どこからかつぐみのメールアドレスを入手した木崎は、執拗なメッセージを送って来た。

(おれと、付き合え。絶対幸せにしてみせる)

(おれには、お前以外の女は考えられない)

(なぜこの想いを受け止めてくれないんだ)

最初のうちは、真摯《しんし》に受け答えしていたつぐみだが、何を言ってもわかってもらえないと知るや、木崎のメッセージを一切無視するようになった。それと前後して、木崎も学校へ来なくなった。

一度、家の近くをうろついている木崎を見かけ、背筋が凍る思いがした。その時は父親と一緒にいたので、木崎はこちらを見るなり、そそくさとその場を立ち去った。

「それからも二、三度、近所で見かけました。話しかけてきたこともありましたけど、無視していたら、そのうち来なくなりました。その後一年近く何もなかったから、もう終わったと思ってたんです」

久しぶりにつぐみの姿を目にした木崎が、何を思ったのかは知る由もなかった。しかしながら、つぐみにとっては、忘れかけていた恐怖が再び甦る結果となった。

「大丈夫ですよ。高校時代のことなんでしょう。終わってますよ、とっくに」

杞憂であると言い含めたものの、健太に向けられた木崎の眼差しがまだ脳裏に焼き付いていた。過去に自分を振った女と一緒にいる男は、やはり気になっただろう。木崎の眉間《みけん》にしわが寄っていたのは、果たして、警備員と遣《や》り合っていたことだけが原因なのか……。

そう考えた途端、胃の中がずしりと重くなった。

再び辺りが騒がしくなったので、つぐみが不安気に健太を振り向いた。

モールの中央、エスカレーター付近にある広場に、人が集まっている。とはいえ、今度のは先ほどより遥《はる》かに大きな人だかりだった。

「見て」

つぐみが、斜め上を指さした。

吹き抜けになっている上階の手すりにも、人波ができていた。皆、人だかりの向こうで行われている光景に、注目している。

「さあ、本日はここ、TODOME・マライアモールの特設スタジオからお届けします！」

スピーカーから若い女性の声が轟《とどろ》いた。何かのイベントが始まるようだった。健太とつぐみは、人垣の合間から、広場の様子をうかがった。

広場の中央にいるのは、健太も見たことがある地方局のアナウンサーと、地元在住の芸人だった。お昼の有名なバラエティ番組の中継をやっていた。

「ここは、すごいですねぇ。実はわたしも、プライベートではよく利用するんですよぉ。何でもそろってるし、便利でいいですよねぇ。それに、テレビの前のみなさん、ご覧ください。ここには何と、あのマライアもあるんです！」

やたら語尾を上げながら、アナウンサーがモールをべた褒めしていた。

「東京でしか見られない、マライアの服が、ま、まさか、こ、こんなところで……」

「まさか、こんなところって、それは失礼でしょう、アンタ」

漫才コンビが、女子アナの言葉を引き取った。

「安在にも、これだけ凄いショッピングモールはありません」

「うちの近所に欲しいわ」

「実は、幕悦ではこういうモールをもう一つ、造る計画があるようですよぉ。しかも、今度は郊外じゃなくて、駅前に。知ってましたかぁ、皆さん」

女子アナが、観客一同を見渡した。

「駅前って、めちゃくちゃ都会やないですか」

「幕悦に都会なんて、ないでしょう」

「だから、失礼だって言ってるでしょう、アンタ」

会場から笑いが起きた。

「都会に生まれ変わるための、再開発だそうです。今度の計画は、モールだけじゃなく、高層マンションや郵便局、オフィスビルなんかも建てる、いわゆるコンパクトシティ構想なんですよぉ」

「すごいなあ。幕悦ばかりナンでこんなに優遇されてるんですか。ぼくは、安在市民であることが恥ずかしくなりました。幕悦に引っ越します」

「お前、さっきまで幕悦のことボロクソに言ってたのに、よくそう簡単に寝返ることができるなぁ」

「幕悦が都会に生まれ変わるんですから、引っ越してくるのは、何も細田《ほそだ》さんだけじゃないでしょうね。これからは人口も増えて、もしかしたら、安在を追い抜いてしまうかもしれませんねぇ」

「何？　県庁所在地狙ってるか？　それだけは渡さねえぞ」

「狙ってねえって」

まるで笑えないギャグを飛ばしながら、モールばかりか再開発の宣伝まで行った後は、ゲームやクイズなどが始まった。このローカルバラエティは、平日昼の帯番組で、視聴率は常に二けたをキープする優良番組と評判だった。

「これって、何だかヤバいなあ」

健太が、特設ステージの上で盛んにトークを繰り広げているタレントたちを見ながら、つぶやいた。どうやら週に何日かは、このTODOME・マライアモールから番組を放送することが決まったらしい。

「ものすごい宣伝効果ですよね」

つぐみも不安そうに、健太の顔色をうかがった。

TODOMEモール21が本気になったのだ。あの佐藤という男が、仕組んだイベントに違いない。

「あたしたちも、負けてはいられませんね」

健太は、口を真一文字に結び、うなずいた。

12

ローカル局の帯番組「お昼だよ、全員集合!」の画面に、美穂を始め、コトカフェの従業員が釘《くぎ》づけになった。

司会をしているのは、滑舌は悪いが、愛らしい美貌と、Fカップのバストで人気を誇る、ローカル局のアナウンサーだった。近く独立して中央に進出するらしい、という噂がネットで持ちきりの、今が旬な女子アナである。

「彼女の追っかけ、結構いるんスよ。いずれ、全国的な有名人になるって、通は言ってます」

かく言う秀人自身も、通に違いなかった。

「そんな人が司会をやる番組なら、みんなが見るでしょうね。すごい宣伝効果だわ」

美穂がうなった。

「こんなことされちゃ、敵わないっスよ。テレビの影響力ってすごいですから。ネットがもてはやされてますけど、テレビにはまだまだ敵いませんから」

裕也が不安気に言った。

「モールなんて、いつ行っても混んでるのに、何でこんなことまでして宣伝するんスかね」

琴江が言った。

「向こうも余裕がないからよ」

「準備組合設立で、思っていたより賛成票を稼げなかったから、焦り始めたんでしょう」

テレビ画面では、まったく面白くない芸人たちが寒いギャグを飛ばしていた。女子アナはいいが、こちらのほうはかなり微妙だ。

「だけど、こういうのかまされたら、おれら、どう対抗したらいいんですか？　こっちもテレビ中継とか、してくれないですかね」

「それは難しいんじゃない」

「だけど、おれたちも何か隠し玉を出さなきゃ、どんどんモールに人を持ってかれちゃいますよ」

「そうね……」

琴江が、美穂を見やった。隠し玉に心当たりはないかと、訊きたかったのだろう。絶大な人気を誇る、ローカルアイドルアナに対抗する術など、美穂にも思い浮かばなかった。

「上元も、もっと大々的に宣伝すべきっスよ。例えば、ネットでステマするとか」

「そういうのは、よくないよ」

美穂がきっぱりと言った。

ステマ、つまりステルスマーケティングとは、消費者に宣伝と気づかれないように、宣伝行為を行うことだ。

「上元は、交流戦略をやっているんだから。交流っていうのは、信頼関係の上に成り立っているものでしょう。ステマなんかしたら、信頼がぶち壊しになるじゃない」

「そうでした。すみません。そもそも、じいちゃんばあちゃんは、ネットなんか見ませんものね。じゃあ、サンキューレターを徹底させるってのは、どうっスか」

「それも一つの方法には違いないけど、サンキューレターって、営利目的で出すものじゃないから」

「そうね」

琴江も、美穂に賛成だった。

「定型フォームのサンキューレターを大量に印刷して、お客さんに配ったって、却って逆効果よ。そういうものには、心がこもってないから」

「じゃあ、どうすりゃいいんですか」

秀人と裕也に詰め寄られ、美穂は「わかったわ」とうなずいた。上元の復興には直接関与していない優を、これ以上煩《わずら》わせるようなことはしたくなかったが、頼れるのはやはり彼しかいない。

優なら、この状況を打開する秘策を、授けてくれるだろう。

ところが優の返事は、素っ気なかった。電話口で一言「そんなことは、気にするな」と答えただけだった。

「アイドル女子アナなんてのを持ち出したところで、話題は一過性のものだ」

「だけど、現実にお客さんは増えてるっていうよ。ネットでも番組は放送されてるし、あちこちの掲示板で話題になり始めてる。上元でも、テレビの中継をやってもらえないかしら。グルメ番組とか、旅番組とか近頃多いじゃない。あなた、テレビ局の人に知り合いいるでしょう。あっ、でも、マスコミならやっぱり、あかねさんかしら」

「おいおい、どうしたんだ。しっかりしろよ」

受話器から、呆れたような声が返ってきた。

「対抗心を剥き出しにして、似たような宣伝をしても意味がない。モールと上元は、本質的に異なるんだ。同じ土俵で勝負をするな。相手の土俵に上ったらこっちの負けだぞ。もう少し、冷静になれ」

それはわかっている。わかっているが、心配なのだ。美穂の周りには、美穂以上に心配している人間が、山ほどいる。

「今は下手を打つな。おれの勘だと、もうすぐ物事が動き始める」

「物事が動く？　どういうことよ。物事って何？　上元に有利なこと？」

「ああ」

「もったいぶってないで、教えてよ」

「忘れたのか、美穂。お前だって、散々苦労したじゃないか。だが、最高の功労者は、やはり、うのさんと、虎之助さんだな」

秋刀魚《さんま》が市場に出回り、美穂のお腹の膨らみもいよいよ目立ち始めた頃、上元商店街通りが、週末だけ歩行者天国になった。

人通りが多くなる土日は、メインストリートを通行禁止にしなければ、また事故が起きる危険性があると、幕悦町警察署はやっと決断を下したのだった。

警察官たちは、虎之助じいさんたちのパフォーマンスに、すっかり騙《だま》されてしまったらしい。うのばあさんと口論になったドライバーが、いかにも危険な暴走タイプの若者だったことも幸いした。

朗報を聞いた上元商店街の面々は、これを契機に一気に巻き返しを図ろうと意気込んだ。土日の歩行者天国に合わせ、青空市を出してみてはどうかということで意見が一致した。しかし、そのためには、また警察に出向き、道路使用許可を求めなければならない。今度も、あれこれうるさいことを言われるのかと思いきや、申請書類を提出したら数日で許可が下りて、拍子抜けした。

青空市場は、主に近隣農家のために開放した。

彼らが、精魂込めて作った野菜や果物、加工品を直接売りさばく場を提供したのだ。青空市は結果的に、久美などがやっている青果店と競合することになったが、反対の声はどこからも上がらなかった。

目指しているのは、個々の商店の儲けではなく、上元に人を呼び込むこと。そして、今のままの上元を愛してもらうことだ。そのために、私益よりも公益を優先させるのが上元の人々の総意だった。

初めて市が立つ日に、用意しておいた食材テキストを、露店に配って回った。これを見た農家の人々は、目を丸くして、どうやってこんなものを作ったんだと口々に尋ねた。

「うちは、オクラを作って十数年だけど、あたしでも知らないことがたくさん書いてあって驚いたわ。オクラのタルトフランベなんて、おしゃれじゃない。こういう食べ方もあったのねえ」

農家のおかみさんが、テキストに載せられた写真に目を細めた。

「うちで講師をお願いしている、岩月先生という方が考えたレシピなんです」

「こういうものがあれば、あたしはオクラのこと、すべて語れる。味や食感だけじゃなくて、原産地や主産地、出荷量や価格の変動、栄養成分、それにレシピまでお客さんに説明できるってのは、素晴らしいことね。自分たちの作ったものに、とても自信が持てる」

正にこれが、美穂たちが求めていることだった。

一昔前の日本にあった、生産・販売者と消費者のダイレクトなコミュニケーション。実際に作った人間と会話することによって、消費者は食の理解を深め、安全を確認する。価格と品揃えだけが命の大型スーパーにはない、安心と信頼がそこにある。

「せっかく、懐かしい青空市が復活したんだから、売り方もレトロ、というより、エコっぽくしてみたらどうだ」

優が切り出した。

優の提案は、レジ袋を使用せず、客は買い物籠《かご》やエコバッグ持参。パック売りはしないで、昔のように量り売りをする、というものだ。

「おれは、エコエコと声高に叫ぶ連中はあまり好きじゃないが、エコそのものは否定しない。青空市場と聞いただけでも、人はオーガニックやエコというキーワードを連想するだろう。だから、期待に応えてやればいいんだよ。話題になるぞ」

さっそく、地元農家などの出店者たちに提案すると、全員が賛成した。

こうして始まった「上元青空市」は、物珍しさも手伝ってか、初日から盛況だった。二日目の日曜日には、テレビ局の取材も来た。「お昼だよ、全員集合！」ほどのインパクトはない、地味なローカルニュース番組で三分ほど紹介されただけだったが、波及効果は抜群で、翌週の週末は、さらなる賑わいを見せた。

コトカフェに子どもを預け、モールで働いているおかあさんたちによると、上元が青空市を立てる週末は、以前に比べ、モールの客足が落ちているということだった。

「もちろん、閑古鳥が鳴いてるってことじゃないのよ。モールは相変わらず人で溢れているけど、以前ほどの勢いはなくなったって感じがする」

とはいえ、安穏としているわけにはいかなかった。

物珍しさから上元を訪れる人間は増えたが、リピーターになってくれる保証はない。彼らが、恒久的に上元に足を運んでくれるためには、どうしたらよいのか。

「でもね。去る人は去るし、残る人は残ると思うのよ」

琴江が言った。

「優さんが、いろいろなアイデアを出してくれたお蔭で、みんなそれに乗っかって商売をしている。あたしたちにできることといったら、顧客との交流を大切にすることくらいだから。そういうのが、うっとうしくて嫌な人は、モールに行くだろうし、好きな人は上元に残ると思うの。上元とモールは、ちゃんと共存できるはずなのに、どうして一つにまとめようとするのかしらね」

その通りだと美穂は思った。

そもそも、上元はマイペースで営業するだけでよかったのではないのか。

それが再開発計画が立ち上がったせいで、いつの間にかモールに勝つことが、目標になってしまい、あれこれ悩むようになった。

「いずれにせよ、再開発組合設立に反対する地元地権者を、できるだけ多く獲得するっていう目標は忘れちゃいけない。そのためには、できる限りのことをするけど、ブレちゃダメなんだと思う。あたしたちが標榜する交流戦略から逸脱する商行為は、NGなのよ。あれこれいろんなものに手を染めて行ったら、失敗すると思う」

美穂が、所見を述べると、琴江はうなずいた。

「そうね。優さんが以前、今は有事だ、武器を取って闘えって、あたしたちを煽ってたことを思い出したわ。ともかく、できるところまでやってみることね。ところで、準備組合は今、何をやってるのかしら。みーちゃんのところに情報は来てないの？」

準備組合が正式に設立されてから、反対派は一切説明会には出席していない。再開発計画がどの段階に来ているのか、美穂にもわからなかった。

巷《ちまた》に流布する噂によれば、佐藤たちは、何やら難しい計算をしている最中だという。事業費の算定でもしているのだろうか。

「向こうの動きは、気になるけど、でも、気にしても仕方ないと思う。あたしたちは、あたしたちにできることをやるだけ」


青空市場の人気がいつまで続くかと、皆心配しながら見守っていたが、客足は減るどころか、むしろ増えていった。リピーターだけではなく、噂を聞きつけ、町外ばかりか、県外からも人々がやって来るようになった。

二十五週目に入ったお腹の赤ちゃんは、ズシリと重く、身体のバランスがとり辛くなってきた。一緒に働いているつぐみは、美穂が重い物を持ち上げようとすると、ダッシュで駆け寄って来て、手助けをしてくれた。

「ありがとう、つぐみちゃん。まだ大丈夫だから、心配しないで。あと二ヶ月経ったら、お休みを取らせていただきますから。その時はつぐみちゃんに、ここの主任を任せるからね」

美穂が言うと、つぐみは真顔で、「あたしまだ、そんな器じゃありませんから」と、かぶりを振った。

「つぐみちゃんは、もう十分仕事のことをわかってるじゃない。あたしと半年間、苦労してきたんだから、もう、このお店をあなたに預けてもいいと思ってるの」

「もうこっちに戻ってこないようなこと、言わないでください。産休が明けたら、復帰するんでしょう」

「もちろん、仕事には復帰する。だけど、戻ってくるのはここじゃないかもしれない。だけど……」

——自分は止村の人間だから、いずれ止村に帰らなければならない。

優とコトカフェで再会してから、このことを常に念頭に置いていた。

出向中という身分であるものの、実態は職場放棄以外の何物でもなかった。本来なら戻る場所などなく、クビを宣告されても文句を言えない立場だが、土下座してでも、止村株式会社の社員としてもう一度、受け入れてもらおうと決意を固めた。そして、今後はどんな意見の食い違いがあろうと、逃げずに正面から向き合い、優と共に止村の繁栄のために歩んでいくのだ。

とはいえ、この意気込みを、つぐみの前で開示してしまうのには躊躇《ためら》いがあった。今は上元の関係者全員が一致団結して、再開発を阻止しなければならない時だ。

「わかりました」

つぐみの瞳に力がこもった。

「前言撤回します。産休中のことなら、任せておいてください。岩月先生もいることだし、何とかなりますから。だから、主任は安心して丈夫な赤ちゃんを産んでください」

つぐみの優しさに、思わず、胸が熱くなった。

「……うん。ありがとう。あたしが産休に入ったら、誰かがあなたの下に付くよう、考えておくから。一人で切り盛りするの、大変だもの。岩月さんに細かい事務仕事までお願いするわけにはいかないし。アシスタントは誰がいい？　あなたの希望は、できるだけ叶えるようにするわ」

「誰でも、手が空いている人であれば」

「そう？　じゃあ健太くんでいいかしら」

つぐみの頬が、ぽっと朱に染まるのを見て、美穂の口元が綻《ほころ》びた。当人たちは隠しているようだが、二人が好き合っているのは明らかだ。休日に二人が、並んで歩いているところを目撃した人間もいる。ぎこちなく手を握り合った二人の様子は、まるで中学生の初デートのようだったと語り草になった。

特別な関係になっても、未だ頬を赤らめる純情さを失わないつぐみを、美穂はうらやましく思った。

「……で、でも、長谷川さんは、集荷とかで忙しそうだし」

「そんなの、別の人にやってもらえばいいのよ。健太くんじゃ不満なの？」

わざとこんな質問をぶつけてみると、つぐみは慌てて首を振った。

「いっ、いえ、そういうことじゃないんです。長谷川さんが、ＯＫなら、あ、あたしもＯＫですから……」

思わず美穂は、噴き出してしまった。

この二人の未来のためにも、上元は残したい。自分が産休に入る前に、何とか決着をつけたい……。

13

佐藤は以前より頻繁に、幕悦を訪れるようになった。

そして先月、大量の書類と共に、ついに幕悦に引っ越してきた。ＴＯＤＯＭＥモール21の仕事に、本気で取り組むことを決めたようだ。

ローカルバラエティの中継により、モールの集客力がアップしたのもつかの間、すぐに上元が青空市なるものを始め、巻き返しを図って来た。とはいえ、集客数では相変わらず、雲泥の差がある。規模が違うのだから、当り前だ。佐藤は、何をそこまで焦っているのだろうか。

準備組合の参加人数が、地権者の三分の二を僅かばかりしか超えていなかったことが心配の種だとすれば、普段は自信たっぷりのこの男も、実は案外小心者だったのかもしれない。

事業計画が具体化し、個別の条件が整えば、賛成派の人間はむしろ増えるのではないかと金森は踏んでいた。コンパクトシティ構想に反対しているのは、商店街や一部の農家だけで、大部分の住民は、古い民家から、最新鋭のマンションに引っ越すことを夢見ているのは明らかだった。

ただ、彼らは自己資金の拠出なしに、そんなことが本当に可能なのか訝しんでいるのだろう。だとすれば、「権利変換システム」の詳細をしっかりと説明し、納得させれば不安は解消されるはずだ。

再開発後の建物は、容積率がアップするので、地権者たちは現在所有している土地より広い「床」と交換することができる。つまり、地権者は原則、金銭負担ゼロで、今より広い新品の家（マンション）を手に入れることができるのだ。

では、どうやって建設工事資金を調達するのかといえば、容積率が増えたことにより生じる面積、いわゆる保留床というものを、第三者に売却することによって賄う。

田舎の人間は単純だから、安心させれば、すぐに寝返ってくる。頑なな反対派住民たちも、事業化計画が具体化し、信用に足るものだとわかれば、こちら側に付くに違いないと、金森は楽観的に考えていた。


佐藤がオフィスに常駐したことによって、井筒の態度が変化するかと思いきや、デスクで大人しくしていたのは最初の二日だけで、三日目にはもう、フラフラと外出を始めた。もっとも、佐藤はそんなことには一切無関心で、あわただしく仕事をしていた。彼自身も、外出が多かったが、井筒と違い仕事上のもので、出先から頻繁に女子社員に連絡を入れては、細かな指示を出していた。

佐藤を崇拝する二人の女子社員は、ボスの期待に沿うべく、しゃかりきになってキーボードを叩いた。

オフィスの中では、金森だけが浮いていた。そもそも佐藤は、井筒は言うに及ばず、金森の存在も眼中にはない様子だった。推進派住民の招集で手こずったため、「使えないやつ」というレッテルを貼られたのかもしれない。開き直って、井筒のように遊び歩くこともできたが、さすがにそこまで堕落したくはなかった。

――よし。この機会を利用して、本格的に再開発の勉強をしてやろうじゃないか。

根が真面目な金森は、こう決意した。今まで幕悦のオフィスには、最低限の書類しかなかったが、佐藤が来たことによって一気に増えた。これを片っ端から読めば、理解が深まり、佐藤にも一目置かれるようになるかもしれない。

意気込んで始めた勉強だったが、膨大な字面を見ているうちに、頭がクラクラしてきた。現状調査、施設計画、事業費算定、権利変換計画……。

学生の頃、もっと真剣に勉強していれば、こういうものにも免疫ができていたはずだったのにと、悔やんだ。しかし、最初はチンプンカンプンだった資料も、毎日読み返しているうちに、次第に内容が呑《の》み込めてきた。

それと同時に、疑問も湧いた。再開発とはそもそも、地域住民のために行うものだ。どうしても納得できない者は立ち退くしかないが、残った者には、経済的安定や安全・安心、利便性を保証するものでなくてはならない。

安全・安心、利便性はともかく、経済的安定については、本当にそうなのか、という懸念を抱かざるを得なかった。

例えば、佐藤のシミュレーションによると、百㎡の土地は、権利変換時に百二十五㎡の床に換わるということになっていた。再開発後には容積率が上がるので、これ自体は、不思議なことではない。

老朽化した建物が、今住んでいる敷地より広い新築マンションに変わるのだから、文句が出ようはずもないように思えるが、実はここにはカラクリがあることに金森は気づいた。百二十五㎡には、廊下やエレベーターなどの、共用部分の面積も含まれていたのだ。

人が住む専有部分だけを抽出すれば、これの八掛け、つまり百二十五㎡×0・8＝百㎡となり、面積は開発後も変わらないという結果になった。

しかし、これは住居の話だ。商業床の場合、専有部分の割合はさらに下がる。ネットであちこち検索してみると、この割合は、およそ五割から六割と書いてあった。

つまり、百㎡あったものが、六十二・五㎡～七十五㎡に縮小するということだ。

さらに、気になった点が、もうひとつある。元々は土地だったものが、マンションという「建物」に化けるとして、これが本当に経済的に有利かという点だ。

土地の場合は、地価が下がることもあるが、逆に高騰し、購入価格より高値で売却することも可能である。それに引き換えマンションは建物なので、新築購入時をピークに、劣化するばかりだ。中古マンションが、新築マンションより高額になるというのは、よっぽどの例外を除き、まずありえないだろう。いずれ家を売却するつもりなら、マンションより土地で持っていたほうが望ましい。しかし、再開発はそんな選択肢を住民から奪ってゆく。

分厚いファイルのページをめくっていくと、「CONFIDENTIAL」と赤い印の押された書類が、ビニールコーティングされているのが、目についた。つまり、極秘資料ということだ。

思わず金森は、周囲を見回した。

佐藤も井筒も、いつものように外出中で、二人の女子社員はわき目も振らず、パワーポイントと格闘している。

もう一度ファイルに視線を戻し、極秘資料を抜き取った。店舗の営業シミュレーションらしき数字が並んでいた。

「これは、いったい……」

算出されたビルの維持管理費を、目で追っていくうちに、思わず声が漏れた。

最新鋭のセキュリティ装備、オートドアロックシステム、二十四時間体制の管理、共用部分の清掃、ゴミ収集費用、修繕積立金、保険料……。

生まれてこの方、一軒家にしか住んだことのない金森には、膨大な出費に思えた。やはり新築ビルの維持管理費というのは、それなりにかかるものらしい。

高いのは何も、維持管理費だけにとどまらなかった。固定資産税が、目の玉が飛び出るほど高額なのだ。老朽化した家屋が、新築ビルに生まれ変わると、税金は一気に値上がりする。これ以外にも、店舗運営には諸々《もろもろ》の経費がかかった。人件費、水道光熱費、通信費、減価償却費等々。

こうした支出の合計額に対し、いくら営業収入があれば、そこそこ店を回していけるのかという、シミュレーションが何通りか行われていたが、黒字になるためには、かなりの稼ぎがなければ、店舗は維持できないという結果が出ていた。

「今の上元に、これだけの利益が出せる店なんか、本当にあるのか？」

素人目から見ても、ないことは明白だった。ということは、上元商店街はたとえ新築ビルに移転できても、すぐに営業赤字をこうむり、店を引き払って、出て行かざるを得なくなる。

ではいったい、彼らが出て行った後のスペースを買うのは誰なのだろう。

再開発資金として使用されるのは、容積率が増えたことによって発生する「保留床」の売却代金である。保留床は、開発工事を担当する中堅ディベロッパー「ヒルズ・エステート」が買うことになっている。

おそらくは、彼らが立ち退いた後の空いたスペースも購入するに違いない。

ふと閃《ひらめ》いて、ネットでヒルズ・エステートを検索した。どうやら、かなり派手な開発を各地で行っている、新興の不動産会社らしい。巨大掲示板では、称賛する声がある反面、ボロクソに叩く者もいた。

さらに検索を重ねていくと、ヒルズ・エステートの実質所有者に行きついた。筆頭株主は、アメリカのヘッケルファンドだ。ヘッケルファンドといえば、ＴＯＤＯＭＥモール21の大株主でもある。

モヤモヤとしていた霧が、これで一気に晴れた。

ヘッケルファンドは、建物を所有している会社の株を買うだけに留まらず、今度はビルそのものを手に入れようとしているのだ。

町が、外資に乗っ取られようとしている……。

いくら、のほほんとした田舎役人でも、それくらいのことはわかった。元々地元の人間ではない佐藤だ。幕悦の中心部を外資に売り渡そうが、知ったことではないのだ。

プロジェクトが成功した暁には、恐らく、ヘッケルファンドから莫大な報酬が、STコーポレーションに流れるのだろう。金を受け取れば、佐藤はトンズラするに違いない。TODOMEモール21の株主にも役員にも、名を連ねていない理由は、これで説明がつく。

――いったいどうしたらいいんだ。

とりあえず、井筒には報告しなければ、と金森は思った。

「きみの言ってることは、ナンだかよくわからないねえ」

金森の話が終わらないうちに、井筒はこう切り出した。

「そもそもさぁ、TODOME・マライアモールは、うまく行ってるじゃないか。佐藤くんは、ちゃんと実績を作ってる。だから、今回だってちゃんと、ぬかりなくやってるよ。いらん心配をする必要はないだろう」

「ですが、採算的には……」

説明を続けようとするや、井筒が遮った。

「もう、いいよ。きみが何を言ったって、プロジェクトはすでに動き始めてるんだ。今更、止めるわけにもいかんだろう。佐藤くんに任せておけば大丈夫だ。幕悦町長も、町議も再開発には乗り気なんだ。これ以上余計なことは考えるな」

井筒は椅子から立ち上がり、上着に袖を通した。

「ちょっと、用事があるんでね」と言い残し、井筒は会議室から出て行った。

金森はため息をついた。

こういう結果になるのは目に見えていたが、少なくとも、もう少し話を聴いてくれるものと思っていた。取り付く島もないではないか。

――だけど、一応報告はしたからな。後は、何が起ころうが上の責任で、おれみたいな下っ端には、関係ないからな。

そう自分自身を言いくるめて、身を引くことはできた。いつもの金森なら、そうしていただろう。余計なものには首を突っ込まず、水溜《みずたま》りを避けて歩くのが、役人の処世術だ。現に、金森は今までの人生を、そうやって乗り切ってきた。

しかし、本当にそれでいいのか――。

上元商店街には子どものころ、足繁く通った。塾帰りに友だちと駄菓子屋に立ち寄り、串刺しのアンズや糸引き飴《あめ》を買って、家路についたことは、今でも覚えている。長年店を閉じていたその駄菓子屋が、近頃また営業を再開したという噂を耳にした。

とはいっても、金森はノスタルジーに浸っているわけではなかった。古いものが風化し、新しいものと入れ替わるのは、悪いことではない。

しかし、あくまでそれは、町の外観に関することであり、中に住んでいる人々まで、新しく入れ替わればいいというものではない。営業を再開した駄菓子屋さんには、再開発後の店舗の中で、引き続き駄菓子屋さんとして、頑張ってもらいたかった。

だが、今回の計画では、それは極めて困難に違いない。商店街の人々は、莫大な維持管理費と税金に押しつぶされ、長年慣れ親しんだ土地を後にすることになるだろう。

　こんな事態を、同じ幕悦町民として許していいのか。

　金森は、熟慮の末、佐藤と直接対決する覚悟を決めた。表向きは、プロジェクトに関する質問という切り口で話を進めればいいだろう。そして、相手の返答の矛盾点を突き、腹の底で佐藤が何を企んでいるのか、白日の下に晒《さら》してやる。


　意気込んだ金森だったが、やはり佐藤は百戦錬磨の強者だった。

「質問？　まあ、構わないが、時間がないから、五分でやってくれよ」

　佐藤は、腕時計に目を走らせるなり、鋭い眼光で金森をにらんだ。この瞬間、金森の背筋に電流が走り、口調はしどろもどろになった。

　佐藤は、金森が質問を終えないうちから、畳みかけるように話し始めた。

「それは、間違ってるよ。レンタブル比には、いろいろな考え方があるんだ。さじ加減ひとつで、いくらでも数字が変わって来る。例えば、きみも当然知っていると思うが、階層別、または用途別に設定される効用比の概念には、様々な要素が含まれていて……」

　専門用語を駆使して、立て板に水のような説明をする佐藤に、必死に食らいついて行こうとしたが、無理だった。

「どうだ。わかっただろう」

　わかるわけがない。

　金森が返答に窮していると、佐藤が小馬鹿にしたように鼻を鳴らした。

「わかって当然だよな。こんなこともわからないようじゃ、ど素人もいいところだ。とっとと辞表を提出して、役場に戻ったほうがいい」

「……で、ですが、CONFIDENTIALと書かれた書類には、かなり厳しい数字が並んでいたように思いますが」

佐藤の瞳が、一瞬小さく揺らぐのを、金森は見た。

「金森くん、きみは、自分でキャッシュフローシミュレーションを弾いたことがあるかね」

金森はかぶりを振った。

「だろうな――」

佐藤が、芝居じみた仕草で、口角を上げた。

「やってみれば、きみにも分かるよ。前提をわずかに変えるだけで、簡単に赤字になったり黒字になったりするから。きみが見た資料は、最悪のケースを想定したものなんだよ。もっとも、これが現実っていうのもあるからな。再開発後のビルには、今の上元では想像もつかないような人数が、出入りするんだ。営業環境としては申し分ないのに、業績が振るわないのは、本人の努力不足と看做《みな》されても仕方ないんじゃないか？　つまり、自己責任だよ。さて、もういいかな。そろそろ時間だ。出なきゃならない」

佐藤はこう締めくくると、金森の返事を待たず、事務所を後にした。

これで煙に巻けたと、佐藤が思っているなら、大きな間違いだと金森は思った。先ほど、一瞬だけ垣間《かいまみ》見せた表情が、すべてを物語っている。人の言うことを途中で遮り、早口でまくし立てるのは、ボロが出るのを恐れているためだ。

とはいえ、佐藤は難敵だ。金森ひとりで、どうなるものでもない。

——仲間を作らなきゃいけない。だが、いったい誰を……？

金森は口を真一文字に結び、虚空をにらみ付けた。

14

青空市のおかげで、上元商店街の集客力はアップした。

しかし、TODOME・マライアモールも負けていなかった。バラエティ番組のテレビ中継はもとより、大金をかけ、様々なイベントやタイアップ企画を行い、訪れる客を飽きさせなかった。特に上元に青空市が立つ土日には、景品が当たるイベントやら、お笑い芸人のトークショーなどで対抗してきた。

インターネットの掲示板や、ブログ、SNSでは一時期散見された、上元商店街の誹謗中傷は鳴りを潜め、代わりに二者の闘いを、熱く語る文章が見られるようになった。

（上元商店街と、TODOMEモールが競合してるって、本当ですか？）

このような質問が立ち上がると、たちまち「識者」たちが湧いて出て、経緯やら、現状やら、見通しをあれこれ述べ始めた。

「まあ、合ってるところもあるけど、間違いもあるな。上元はシルバー産業でモールに対抗しようとしているって、ナンだよそれ」

　秀人が見せてくれたタブレット画面に、健太は思わず苦笑いしてしまった。

　シルバー産業をやっているわけではない。老若男女を差別せず、受け入れている。この地域には老人が多いし、彼らの多くは、モールに行くと場違いな気分になるらしいから、自然に上元に集まるようになったのだ。

「まあ、おれらは移動手段のないじいちゃん、ばあちゃんたちのために、車転がしてるからな。結果的には、シルバー産業っぽいけど、なんかちょっと違うんだよな」

　裕也が言った。

　シルバー産業というのは、最初に商売ありきで、次に顧客（老人）のことを考える。ところが、上元が行ったアプローチは逆さまで、交通手段のない老人たちの悩みを聞いているうちに、いつの間にか彼らが、商店街の顧客となっていたのだった。

（競争なの？　完全にマーケット違うと思うけど）

（いや、なんか客を奪い合ってるみたいだよ。上元には、第二のモールを造る計画があるみたいだからね。それを、阻止しようと必死になってる）

（わたし、地元だけど、第二のモールには賛成です。っていうか、モールだけじゃないから。上元にはコンパクトシティを造る計画があるんです。歩いて行けるところに、商店や病院や郵便局ができて、すごく便利になると思う。お年寄りに優しい町に生まれ変わるのに、反対しているお年寄りがいるなんて、信じられない）

（それは、年寄り自身が決めることだよ。親切の押し売りはよくない）

(箱モノから先に造る再開発は、必ず失敗する。自治体と建設会社が牛耳ると、ろくなことがない)

(そりゃ、偏見だろう。TODOME・マライアモールは成功してるじゃないか)

「結構まじめに語り合ってるやつらも、いるみたいだな」

健太と一緒に、画面をのぞき込んでいた剛がつぶやいた。

(でもおれ、近頃モールに飽きてきたぞ)

(まあ、一時期の勢いはもうないな)

(あれこれ、イベントばっかりやって必死なのが、イタい)

(それは上元も、似たようなモンじゃね)

(上元が必死なのはわかるんだよ。だけど、何でモールまであれほど、ガツガツしてんのかね。余裕ないのか?)

(横綱相撲してりゃいいのにな)

次第にモールに厳しい意見が、乱立してきた。

「一人の意見に引っ張られて、みんな同じ方向に向き始めた。日本人の習性だな」

剛がニヤリと笑った。

(特にマライアがさ。いいんだけどさ。だけどさ。ちょっと、アレ、マズくね)

(うん。確かに、マズいね)

(あたしも、それ、感じてた。あれは、ちょっとないよねぇ)

ファンの多いマライアに意見するのは、勇気のいることだ。とはいえ、最初のネガティブな所見に誘発され、次々に批判的な声が上がった。

「いいぞ、いいぞ。わかってるじゃないか」

マライアの労働環境に馴染《なじ》めず、辞めてしまった剛が瞳を輝かせた。

(店員にデブ多くね。デブが着ても、はち切れそうだし)

(店の服が全然似合ってない時点でアウトだな)

(クソデブにあれこれ、うんちく語られると、ムカつく)

はははははっ！　秀人と裕也が派手に笑った。健太も思わず、噴き出してしまった。

剛だけが笑顔から一変して、仏頂面になった。

本家渋谷のマライアには、モデルのような容姿の、カリスマ店員が多いと聞く。マライアの服を完璧に着こなした彼ら、彼女らは、単なる店員の域を越え、ブランドの広告塔であり、顧客の憧れの的だった。

そういった店員が、TODOME・マライアにはいないと、人々は嘆いているのだ。

「剛、早く辞めてよかったな。しつこくまだいたら、今頃フルボッコにされてたぜ」

秀人が剛の分厚い背中を、バンバンと叩いた。

(デブじゃなきゃ、ババアだし)

(着こなし、むちゃくちゃだし、何か訊くと「少々お待ちください」しか言えないし。店員のレベル低すぎ)

これほどまでに、マライアの評判が悪かったことに、健太は驚いた。外見だけ真似ても、中身が伴っていなければ、やはりダメだったのだ。

（てか、マライアの隣に、百均があるのって、おかしくね）

（八百屋があるのもおかしいよ。下の方から、「大根、安いよ、安いよお〜」ってオヤジのだみ声聞こえてくるし）

（ぶち壊しだよな。何でも入れればいいってモンじゃないよ）

「やっぱり、みんな鋭いな。ネットだからって、侮れないよ」

健太がうなると、一同がうなずいた。

マライアで火が付くと、矛先は、「お昼だよ、全員集合！」のロケや、各種イベントにも向けられた。

（あの、巨乳女、嫌い。わざとらしい）

（笑い顔が不自然。整形でしょう、アレ）

（歯茎ブス）

これらは司会を担当している女子アナに対する、アンチの意見だ。

（田舎の広告代理店が考えそうな企画だよな。宣伝臭がウザ過ぎて、却って逆効果）

（とっくに死滅した芸人連れて来て、十年前のギャグやらせるなんて、オイミャコンになってるな）

（何それ？）

（ロシアにある、世界で一番寒い村）

（ベジタ坊パークも、悲惨だしなぁ）

（あれって、とっくにオワキャラだろう）

(野菜工場とか、人いないじゃん。何であんな無駄なもの造ったんだろう)

「ちょっと希望が湧いて来たな」

一気に爆発したようなモール批判に、健太たちは口元を綻ばせた。

しかし、現実は甘くなかった。

モールに対するネガティブな書き込みが一段落すると、今度は上元の批判が始まったのだ。

(上元ってさ、何だかウザくね。すぐ話しかけてくるし、お節介焼きたがるし)

(絆が欲しいんだろ)

(あたしたちは、単にショッピングを楽しみたいだけなのに、友だちリクエストがウザい。放《ほ》っておいて欲しい)

(商品のクオリティにも、価格の競争力にも自信がないから、友だち営業してるんだろう。ダメだよな、そんなんじゃ)

(なんか、宗教っぽいんだよな)

「おれたちも、昔はこんなだったな」

剛がボソッと言った。

「最初にはまったのが健太だ。で、次がおれ。最後にお前ら二人で、確かに宗教みたいっていえば、そうだな」

「おれたちみてえに、リア充じゃないやつらは、結構はまるよな。頼りにされたり、感謝されたり、求められたりするのに慣れてねえから、コロッといっちまったんだろうぜ」

「それとさ。おれたちには、再開発を阻止するっていう目標があるじゃない。だから、これだけ頑張ってこれたんだと思う」

「多岐川さんから、武器を取って闘えって言われた時、なんだかずっと忘れかけてた何かが、身体の奥から、カーッと湧き上がってくるような気がした」

「オスの闘争本能みたいな？　勉強でもスポーツでもそんなもの、感じたことなかったのに、不思議だよなぁ」

「それは、さっき秀人が言ったみたいに、おれたちが頼りにされてるからだよ。だから、みんなのために頑張ろうって気持ちになれるんじゃないか」

四人は、各々の想いを語った。

（でも結局さ、そういう仲良しクラブみたいな需要があるんだよ。特に、ジイちゃん、バアちゃんの間に）

（若いやつらも、結構上元に行ってるみたいだぞ）

（サークルのノリか）

（あたしは、嫌だな。馴れ馴れしくされるのは、苦手）

（だから、そういう人は、モールに行けばいいんだよ）

最後の書き込みに、エッセンスが凝縮されていた。

上元が嫌いな人間は、モールに行けばいい。好きな人間は留まればいい。上元は、誰でも分け隔てなく、受け入れるのだから。

上元とモールは、立派に共存できる。

しかし、上元商店街が標榜する「交流戦略」には、危ない一面があるのもまた事実だった。

そのことに健太が気づいたのは、週末一人で上元商店街を散策していた時だ。辺りが何だか騒がしくなったので、振り返ると、ひと際派手な格好をした一団が、こちらに向かって歩いて来るところだった。

上元に近頃増えて来た若者たち。目を凝らすと、先頭を歩いているのは、ついこの間TODOME・マライアモールで見かけた、つぐみの同級生だった。木崎という、つぐみに片思いをしていた男。

脱色したような金髪。濃いヒゲ。ピンクのパンツに千鳥柄のニットソー姿で仲間を引き連れ、伸《の》し歩いていた。木崎が手にしていたのは、上元で人気の、豚バラのカリカリグリルをトルティーヤで巻いた、通称「豚トル」だ。

そういえば、TODOME・マライアモールのパブリックスペースでも木崎たちは、堂々と飲食していた。それを警備員に見咎《みとが》められ、一触即発の事態だったところに、健太とつぐみが通りかかったのだ。

今ではモールには、至るところに「歩行中、飲食禁止」の壁紙が貼られているという。それに引き換え、上元の規制は緩やかだ。あれこれうるさく規制していたら、「交流戦略」そのものが、成り立たなくなる。

とはいえ、きざみ肉をボロボロ行儀悪く零《こぼ》しながら騒いでいる一団は、周りから白い目で見られていた。

一団とすれ違う時、一瞬だけ木崎と目が合った。

すぐに目を逸《そ》らせたが、横顔に木崎の視線がいつまでも注がれているのを感じた。

15

金森は悩んでいた。

佐藤の目論見《もくろみ》通り事が運んでしまえば、町は大変なことになる。誰かに佐藤の陰謀を知らせ、力になってもらいたかった。

かと言って、相談する相手を間違えれば、窮地に陥ることは目に見えている。下手をすると、降格処分ばかりか、免職になるリスクすらあった。金森には妻と二人の幼い子どもがいる。今の地位を捨てることなど、できない相談だ。

しかし、何もアクションを起こさなければ、町は佐藤の好きなように、食い荒らされてしまう。

やはり、役場の上層部に、この件を知ってもらうべきだ。井筒では話にならないので、もっと上の誰か。

思い浮かんだのは、やはり幕悦町長だった。

悩みに悩んだ末、金森は町長に直接会って話すことにした。一介の役場職員が、いきなり町長にアポを取るなど、本来ならありえない話だが、それ以外に方法が見当たらなかった。

とりあえず役場に出向き、秘書を捕まえて、面談を希望する旨を伝えようと思った。電話でできないこともなかったが、こういうイレギュラーな事柄は、直接秘書としゃべったほうがいいと判断した。

よほど切羽詰まった表情で、役場の廊下を歩いていたのだろう「特攻に行くような顔をしてるな」と、廊下ですれ違いざまに、声を掛けられた。

振り向くと、農政課の二ノ宮だった。

再開発プロジェクトで時々一緒になるが、上司の井筒が二ノ宮とあまり仲が良くないため、金森も必要以上にしゃべったことのない男だった。

「そんなに酷い顔してますか」

思わず二ノ宮に訊き返した。

「ああ。辞表でも提出してきたのか」

金森が押し黙っていると、二ノ宮が腕時計を見やった。

「まだちょっと早いが、昼飯でも一緒にどうだ」

顔を上げ、二ノ宮と目を合わせた。銀縁メガネの奥から、意外にも人懐っこそうな瞳がのぞいていた。

そうだ。この男がいたじゃないか。二ノ宮は元々、再開発には慎重な立場を取っていた。

「はい。ご一緒させて下さい」

金森は、ぺこりと頭を下げた。

二人が向かったのは、役場から離れた場所にある寿司屋《すし》だった。遠いし、値段が張るので、役場の職員はまず足を踏み入れない、隠れ処のような店である。

人目をはばかって、個室に入るなり、金森は佐藤の目論んでいることについて話した。

途中何度か質問を入れつつ、二ノ宮は最後まで真剣に、金森の話に耳を傾けた。さわりを聞いただけで、「余計なことは考えるな」と切り捨てた井筒とは大違いだった。

金森の話を聞き終えると、二ノ宮は腕を組み、大きく鼻から息を吐いた。目の前のテーブルには、にぎり寿司が、まったく手を付けられないまま置かれていた。

「……そうか、やっぱりそんなことだったのか」

腕を解くと、二ノ宮がうなった。

「今言った話を町長にしようと思って、今日は役場に来たんです」

「それで、あんな悲壮な顔をしていたんだな。廊下でぼくに出会って、きみは運がいいぞ」

どういうことかと、金森は眉をひそめた。

「町長に言っても、まともに聴き入れちゃくれないってことさ。それどころか、きみは役場に呼び戻され、閑職に追いやられていただろうよ」

「それは覚悟してましたが、きちんと説明すれば、分かってくれるのではないかと思ってました」

「残念ながら、甘いんじゃないかな」

二ノ宮の説明によると、町長の弟が経営する、地元の建設会社が、再開発に一枚嚙む予定なのだという。

「それって、談合じゃないですか！」

金森が声を上げると、二ノ宮は小さくかぶりを振った。

「いや、元請けになるのは、多分大手のゼネコンだろう。その孫請けくらいの規模の会社だから、表には出てこないんだよ。だけど、工事自体はデカいからな。けっこうな稼ぎになる。町長のファミリーにとっては、おいしいビジネスだ。ＴＯＤＯＭＥ・マライアモールの時は、うまい汁を吸えなかったようだから、今回こそはとゴネたんだろうな」

「告発することはできないんですか」

「何も起きてないうちからは、無理だろう。いざ工事が始まれば可能性はあるかもしれんが、町長が実際に賄賂を受け取った事実でもない限り、立件するのは難しいんじゃないか。いずれにせよ、工事が始まってからでは遅い。業者が摘発されても、開発工事自体がストップする可能性は低いからな」

そうだ。工事が始まってしまえば、上元の住民は、いずれ出て行かざるを得ない状況に追い込まれる。

二ノ宮によると、町会議員の中にも、再開発の恩恵を被る人間がたくさんいるのだという。今更ながら、大規模工事というのは、利権の温床であることを思い知らされた。

「今の段階で何を言おうが、誰もまともに聴いちゃくれないだろう。住民が再開発に賛成した時点で、あとは自己責任といわれるのが落ちだ。なにしろ、施工者は彼ら自身なんだから」

「ですが、計画が進めば、結果的に外資に町を乗っ取られることになるんですよ」

「まあ、たとえそれが法律に則った形であったとしても、歓迎する事態ではないな……」

二ノ宮が天井をにらんだ。

「賛成派の住民に、本当にこんな計画でいいのか、問い直すべきですよ」

「だが、どうやって？　われわれ役場の人間は、再開発推進の立場なんだぞ」

「匿名のビラを配ってはどうですか」

「そんなものは怪文書扱いになるよ。誰も書いてあることを、信用しないだろう」

では、直接会って話をするしかないのか。しかし、そのためには、辞表を提出する覚悟で臨む必要がある。

「つまり、八方ふさがりってことですか……」

「――方法は、ひとつだけある」

二ノ宮がつぶやいた。

「このことを反対派の住民に、非公式に知らせてやるんだ。彼らが、推進派を説得してくれるかもしれない。それで、再開発組合設立を阻止できれば、プロジェクトは凍結する」

確かにそれぐらいしか、現実的に考えられることはなかった。

「反対派のバックには、あの多岐川優がいる。限界集落、止村の復興を成し遂げた男だ。彼なら、なんとかしてくれるかもしれない」

16

初めて見る私服姿の二ノ宮は、なかなかセンスがあると美穂は思った。

秋物のジャケットに、細身のパンツをうまくコーディネートしている。恐らく、TODOME・マライアモールで仕入れたのだろう。二ノ宮自身スリムなので、おしゃれな恰好をすれば、それなりに映《は》えた。

ところが、二ノ宮の隣に座っている金森は、同じくスリムではあるが、時代遅れの野暮ったい身なりをしていた。

金森が、美穂たち再開発反対派の住民と直接コンタクトを取って来るなんて、思ってもみなかった。上司の井筒も佐藤も同席していないのは、秘密裏に面談を進めたいという意図からなのか。

日曜日の昼下がり。面談に指定された場所は、役場からも上元からも遠い、安在市の中心街に位置するレストランの個室だった。

こちら側のメンバーは三名。美穂に琴江、それに優だ。

美穂たちが入室するなり、先に来ていた二ノ宮と金森が立ち上がり、「本日は、お呼び立てして、申し訳ありません」と慇懃《いんぎん》に頭を下げた。

「美穂さん、おめでただったんですね。気づかなかった。もう、どのくらいなんですか」

二ノ宮が美穂の腹回りに視線を寄せた。

「もうすぐ三十週になります。八ヶ月目ですね」

膨らんだお腹に比例するように、不安も膨らんでくる時期だった。体重が増えたせいで、腰や背中が今までにないほど痛み、身体のあちこちに、むくみも出て来た。唐突に、もし、丈夫な赤ちゃんが産めなかったらどうしよう、という不安に苛《さいな》まれることもあった。

「まあ、お二人のお子さんなら、さぞかし、容姿端麗で賢いんでしょうね」

二ノ宮にしては珍しく、歯の浮くようなお世辞を言った後、本題に入った。

「最初に断っておきますが、これから話すことは、くれぐれも内密にお願いします」

実際に説明をしたのは金森だが、あまり要領がいいとはいえず、ところどころ二ノ宮が補足した。

薄々想像がついていたこととはいえ、やはり直接担当者の口から聞くと、ショックを禁じ得なかった。

特に、開発後のビルの維持管理費のことは、美穂も甘く考えていた。それほど莫大な管理費が必要になるなら、相当シビアな営業をしなければ、店はすぐ潰れてしまう。

「詳細なデータはないのですか」

思わず美穂は、質問した。

「それは、ちょっと勘弁して欲しいんですよねぇ」

金森の代わりに二ノ宮が答えた。

「先ほども言った通り、今日の件は、すべて内密にして欲しいんです。これがバレたら、わたしどもは間違いなく、免職になりますからね」

彼らの立場はわかるが、証拠のデータがなければ、説得力には欠ける。

「わかりました。貴重な情報をありがとうございます。これでは、上元の人間、少なくとも商店を営んでいる人間は、全員出て行くしかないですね。相川さんたちも、この件はご存じなんですか」

二ノ宮がかぶりを振った。

「彼らに話したら、すぐ佐藤や井筒に告げ口されますからね」

金森が答えた。

「このことを知ったら、相川さんたちだって、考え直してくれるんじゃありません？ あなた方は、今わたしたちに話したようなことを、準備組合のミーティングの場で、開示しなければいけないんじゃないですか」

琴江が言うと、二人はたちまち視線を泳がせた。

「開示は、されるでしょう。オブラートに包まれてね。つまり、努力すれば何とかなる程度に、データは修整される恐れがある」

「だますってことですか？」

「いや、そんなことは……」

ここまで言いかけた二ノ宮が、口をつぐんだ。

「……そうですね。だますんですよ。しかし、ぼくらにゃそれを阻止することができない。

たとえ阻止しようとしても、ぼくらの言うことなんか、誰も聞いちゃくれないでしょうね」

「佐藤は、推進派住民の間では、絶対神のような存在なんです。ぼくらが何を言おうが、住民たちは、佐藤に従うでしょう」

「それで、わたしたちに、いったい何をして欲しいんですか」

今まで黙って話を聴いていた優が、初めて口を開いた。

「特に、何をして欲しいということはありません」

答えようとする金森を制し、二ノ宮がきっぱりと答えた。

「わたしどもの内部で起きていることを、説明したまでです。再三繰り返しになり、恐縮ですが、本件は何とぞ内密にお願いします」


「まあ、彼らにとっては、精一杯の内部告発だったんだろうな」

二人が帰ると、優が大きな欠伸《あくび》をした。

「最悪このことがバレても、彼らとしては、単に口を滑らせただけで、何の教唆も行っていないということを強調したかったんだろう」

「だから、何をして欲しいということはない、なんて言ったのね」

琴江がうなずいた。

「しかし、如何にも中途半端だな。ボールをこっちに投げて、それで終わりか？『後は野となれ、山となれ。一応告発はしたからな。だから、住民が上元を追われるようなことになっても、おれたちの責任じゃないからな』ってことかよ」

「その言い方は、少し厳し過ぎるんじゃない。二ノ宮さんたちは、誠意を見せてくれたんだから。あの、井筒さんの腰巾着《こしぎんちゃく》みたいな金森さんだって、あそこまで言うには、相当な覚悟が必要だったと思うわ」

　美穂が口を尖らせた。

「今度は、あたしたちが動く番だわ」

「動くって、何をするつもりだ」

　優が額にしわを寄せた。

「相川さんたちに、このことを伝えるのよ」

「どういう風に伝えるんだ。新しいビルに移っても、店が潰れるだけだから、再開発に反対しろと説得するつもりか」

「そうよ。彼らがこれで目覚めれば、再開発組合の設立を阻止できるでしょう」

「無駄なんじゃないか。そもそも我々には、説得するだけの正確なデータがない。おまけに、情報の出どころは開示できないとなれば、何を言っているんだと笑われるのが落ちだ。というより、反対派がなりふり構わず懐柔する策に出たと取られて、余計に警戒心を煽る結果になるんじゃないのか」

　確かにその通りだが、だからと言って、何もしないのは美穂の性分に合わない。

「あなたは二ノ宮さんたちの言っていることが、信用できないの？」

「そんなことはない。むしろ逆だ。そういうことだろうと、おれも思っていた。佐藤のことはよく知っているからな」

「信用できる情報なのに、相川さんたちに伝えないなんて、あたしにはできない。どういう結果になろうと、やるだけのことはやってみる」

「まあ、好きにするがいいさ」


家に帰ると、美穂はさっそく、相川にコンタクトを取った。

話があると電話で切り出すと、先方は不信感のこもった声で「なんの用ですか。電話じゃダメなの？」と質問を返してきた。

「電話より、直接会って話したほうがいいと思うんです。できたらお仲間もたくさん集めていただければ、ありがたいです」

集まる人数は多ければ多い方がよい。その中の幾人かが、美穂の話に真剣に耳を傾けてくれるだけで、事態は好転する可能性がある。この間の集計結果をもとに考えれば、僅か十六人をこちらに寝返らせれば、再開発を食い止めることができるのだ。

渋る相川を説得して、面談に合意させた。場所は相川の自宅。二ノ宮たちと面談をしてから、三日後のことだった。

相川家の広いリビングには、相川の他、四名の推進派の人間がいた。ちょっと少ないと感じたが、これは先方の都合だから、仕方ない。

こちらは、美穂と琴江の二名。

胡散臭い物を見るような、十個の瞳に晒されながら、美穂は再開発計画の問題点を指摘した。

「ちょっと、待ってよ。あなた方に何がわかるの？　説明会には、もう参加してないでしょう。資料さえ持ってないのに、そんなことがわかるわけないじゃないの」

美穂がしゃべり終わらないうちから、非難の声が上がった。

「資料は持っていません。ですが信頼できる筋から情報を得ました」

「信頼できる筋って？　ぼくら推進派の誰かから、資料を貰ったってこと？」

相川が眉を吊り上げた。

「それは、お答えできません」

「まあ、誰かが内緒で資料を渡したんだろうが、直近の資料にはまだ、あなたが今言ったような、シミュレーションだの、そういう細かい数字なんて載ってなかったはずだよ」

「そうだよ。新築ビルで営業しても赤字になるっていうんなら、根拠の数字を示して欲しいね」

「いったいどんな前提で、収益予想を弾いたのか、見てみたいもんだ」

推進派の人々が、次々に美穂に詰問した。琴江が心配そうに、美穂の横顔をうかがった。

「資料は、ありません。計算の根拠も残念ながら、ご提示できません。ですが、信じて下さい。TODOMEモール21から数字が上がってきた時点で、きちんとチェックして、おかしな点があれば、必ず問い詰めて下さい。これは、わたしたちのためだけではなく、あなた方のためでもあるんですよ」

今は店を閉じているが、再開発後は店舗営業を再開する推進派の人間もいる。そういう人々にとって、これは死活問題になる。

「それじゃ、話にならないじゃないか」

相川が呆れたように、鼻を鳴らした。

「もちろん、言われなくても数字はチェックするさ。おれたちは、あんたがたと違って、忙しい中、毎回ミーティングに参加してるんだ。資料作成だって、受け身でやっているわけじゃない。佐藤さんたちと共同で、きちんとやってるよ。何しろ準備組合のメンバーだからな。途中からケツを捲《まく》って来なくなった、あんたがたに、とやかく言われる筋合いはないんだよ」

美穂にはもう、それ以上発言が許されなかった。

わかっていたことではあったが、結局、優の言った通りにしか事態は進展しなかった。

第四章

1

「ああ、疲れちゃったねぇ。ちょっとどこかで一休みしたいね」

「そうしたいけど。どこも人で一杯だわ」

「上元も随分賑やかになっちゃったからね」

商店街にもっとベンチを増やそうと、健太が思い立ったのは、おばあちゃんたちのこんな声を耳にしたからだった。

お年寄りは、ほんの十分歩いただけで、一息つきたくなるのだ。そんな彼らが、楽しく休憩できるよう、ベンチ増設を提案すると、商店会のメンバー全員が賛同した。

「特に市が立つ土日には、必要だな。だけど、どうせやるなら、おしゃれに決めようぜ」

こう言ったのは、染谷たちと同じ店舗で営業している、画家の東山だった。東山は、上元で工房を開いている若手芸術家のグループと共同して、鳥や動物をモチーフにした、アート系のベンチの製作を始めた。廃材を利用して作るので、コストはほぼゼロだという。フクロウと猫をかたどった二作品を、試しに通りに置いてみると、評判は上々で、たちまち買い物客の憩いのスペースになった。これに気をよくした東山たちは、次々に作品を仕上げていった。

十月の下旬頃から、外国人観光客もちらほらと見かけるようになった。旅行代理店に勤めている樋渡明美が、外国人向け農業体験ツアーを企画し、上元の青空市もコースに入れたためだ。

古いようで斬新な商店街の佇まいや、ベンチアートが意外に受けて、それがSNSで海外にも広がり、上元の名前を国際的にしたらしい。

面白いのは、彼らはTODOME・マライアモールには、あまり興味を示さないということだった。自国でよく見かけるような商業施設に、行きたいとは思わないのだろう。ベジタ坊目当ての外国人だけが、時おり立ち寄る程度だという。


いよいよ再開発組合設立の投票が行われる日が近づいて来た。

つぐみが、準備組合の集会に参加してみないか、と健太を誘った。

「でも、ぼくたち反対派なんですよ」

主任が、もう説明会には参加しないと明言した時から、反対派の地権者たちは、一切準備組合とはコンタクトを取っていなかった。

「参加者は何百人もいますから、紛れ込んじゃえば大丈夫だと思います。それに、反対派が会合に参加してはいけないという決まりはないでしょう」

つぐみは、敵がいったいどこまで計画を進めているのか、やはり気になるのだという。来週金曜日が最後の集会で、その二週間後に予定されているのが、再開発組合設立の賛否を問う投票である。この時ばかりは、反対派の地権者も投票に出向かなければならなかった。

「反対票を入れるにせよ、あの人たちが、どんな事業計画を立ち上げたのか、知っておくのは悪いことじゃないと思うんです。でもこんなことを、店長や美穂さんに言っても、首を縦に振るかは微妙ですし……」

うつむき加減に眉根を寄せている、つぐみの表情に、胸がキュンと締め付けられた。

「分かりました。大人数で行くのは目立つし、警戒されるから、ぼくとつぐみさんだけで行ってみましょう。ぼくも、彼らの計画を知りたいと思ってたんです」

健太とつぐみは二人だけで、金曜日の夜、公民館に赴いた。

つぐみは、黒縁のゴツイ眼鏡とマスク姿で現れた。いかにも、顔を見られたくありません、という恰好だ。健太も、花粉対策用の大きなマスクをして、キャップを被《かぶ》っていた。お互いの下手くそな変装に、同時に噴き出した。

しばらく通っていなかった公民館は、人で溢れていた。

こんなに多くの推進派住民がいたのだと、健太は今更ながら思った。

とりあえず参加人数を数えてみようと、指を動かし始めた時、会議が始まった。壇上に控えるのは、従来通りのメンバー。佐藤に井筒、そして二ノ宮と金森だ。

例によって、佐藤が流暢《りゅうちょう》な説明を始めた。佐藤の脇では、井筒がニコニコしながら何度もうなずき、二ノ宮はいつもの仏頂面、そして金森は、どことなく疲れたような表情をしていた。気分でも悪いのだろうか。

「それでは資料をお配りいたします」

健太たちの手元に、大学ノート三冊分ほどの厚さのブックレットが配られた。再開発事業計画書とタイトルが振ってあった。

分厚い資料のページを捲る健太の顔から、見る見る血の気が失《う》せていった。

工事計画は細部にわたり、既に本決まりのような書き方がされていた。ふと気づくと、つぐみが健太の顔をのぞき込んでいた。つぐみの瞳にも、不安が広がっている。

「これが、最終版になります。次回の地権者全体集会・再開発組合設立投票の際には、今回残念ながら出席されておられません、反対派の方々にも同じ資料をお配りし、誠心誠意、説得に努めるつもりでおります。それでは、一ページ目をご覧になって下さい――」

佐藤が施行プログラムの説明を始めた。

住民は静かに聞き入っているだけで、口を挟む者は誰一人いなかった。相変わらず、準備組合とは名ばかりで、佐藤という個人が、実質取り仕切っていることに変わりはなかった。

工期・仮設計画の説明が終わると、今度は資金計画の説明に移った。一部借入金や、補助金もあるが、建設資金の多くは、容積率が上がったことにより生じる保留床というものを第三者に売却することにより、調達する仕組みらしい。

「――次に、もっとも重要な権利変換の仕組みについて、お話しします」

佐藤は、再開発後のビルに入居しても、現在営業または居住している面積を決して下回ることはないと、強調した。

ふと見ると、金森は益々気分が悪いようで、青ざめた顔をしていた。

「再開発後のビルで店舗を営業する方々のために、簡単な収益予想を立ててみました。管理費は現在より値上がりしますが、その分、ビルの集客率は上がりますので、営業にはプラスに働きます。要は、皆さんの頑張り次第なのです。効率的な近代経営を目指せば、再開発は必ずや、皆様に幸福な未来を約束――」

佐藤の説明は、「そんなのは、嘘っぱちだ！」という怒声に遮られた。

聴衆が野次を飛ばしたのではない。声を放った主は、壇上にいた。

金森だった。

本人自身も、口をついて出てしまった言葉に驚いているようで、茫然《ぼうぜん》としていた。隣にいた二ノ宮が、すっと腕を伸ばし、金森を立ち上がらせた。二ノ宮に引っ張られるがまま、金森は舞台裏に姿を消した。

その様子をじっと見守っていた佐藤が、何もなかったように、再び説明を始めた。

「再開発計画は、地権者の皆様全員に、明るい未来をお約束します」

2

美穂にとって、初めての妊娠は不安で一杯だったが、今まで大過なく乗り切って来た。妊娠初期に起こるつわりも、ごく軽いもので、めまいも立ちくらみもなかった。

ところが、九ヶ月目に入って腰痛や胸焼け、むくみに悩まされるようになった。先日、血圧を測ってみると、下も上も正常値を超えていたのには驚いた。むしろ普段は低血圧ぎみだったのだ。

やはりストレスが原因なのかと、美穂は思った。

再開発組合設立の可否を問う投票は、再来週に予定されている。それまでに反対派の地権者を増やさなければならない。今が正に、正念場なのだ。

そんな折、つぐみに話があると、美穂はいわれた。

聞くところによると、つぐみは健太と一緒に、最後の地権者説明会に行ってきたのだという。

「黙ってて、ゴメンなさい。でも、どうしても気になったんです。ちゃんと変装して行きましたから、バレてません。心配しないでください」

これが、事業計画書です、と、つぐみがパワーポイントで作成された資料を掲げた。

「投票の前には、あたしたちにも配られるでしょうけど、早めに手に入れておいたほうがいいと思いまして」

つぐみが、上目使いの心配そうな表情で、分厚い計画書を美穂に差し出した。

「ありがとう、つぐみちゃん。お手柄だわ。敵がどんな計画を練っているのか、本来なら知っておくべきだったのに、啖呵《たんか》を切って出て行ってしまったあたしに責任があるのよ。軽はずみなことをしてしまって、反省してる。ごめんね」

素直に謝った。何事に対しても、冷静さを保つことが大切なのに、美穂はそれが苦手だった。

頭を上げてください、とつぐみが恐縮した様子で言った。

「これが、最終版ってことね」

ページをめくると、表やグラフが至る所にプリントされていた。数字が苦手な美穂には、はっきり言って、これが正しいデータなのか、見極めることが難しかった。

「そういえば、不思議なことが起きたんです」

つぐみによると、佐藤の説明中、金森が壇上から「そんなのは、嘘っぱちだ！」と叫んだのだという。

美穂は小さくかぶりを振った。

金森が免職を覚悟で叫んだのだから、ここに記してあるデータは、文字通り嘘っぱちなのだろう。

「それで、聴衆の反応はどうだったの」

「金森さんは、すぐに舞台裏に引っ込んじゃいましたから、特に反応はなかったです。みんな、最後まで佐藤さんの話に聞き入っていました」

「数字を疑っている人は、誰もいなかったの？　質問は出なかった？」

「説明が終わって、二、三質問は出ましたけど、佐藤さんが答えたらすぐに納得したようでした」

それでは身を挺《てい》して、不正を暴こうとした、金森が可哀そうだ。

とはいえ、美穂にもデータの信ぴょう性を検証する自信はなかった。

「おい、美穂。大丈夫なのか？　顔色が良くないじゃないか」

二人が顔をしかめているところに、優がやってきた。

「大丈夫よ。食欲だってあるし、お腹の赤ちゃんは順調に育ってる。わかるもの」

優が美穂の腹に耳を付け、胎動を確認した。

「それより、ちょっとこれを見てよ」

美穂が最終版の事業計画書を優に手渡した。

「これが、二ノ宮さんたちが言ってた、オブラートに包まれたデータよ。不正を暴こうとしたけど、ダメだったようなの」

金森の取った行動を、優に話した。

「金森さんの勇気に応えたいの。このデータのどこがおかしいのか、検証はできない？」

「わかった。ちょっとパソコンを貸してくれ。琴江さんと、照子さん、それに久美さん、それから、そうだな、染谷くんたちも呼んできてくれ。店の財務諸表を、忘れずに持ってこさせるんだぞ。総勘定元帳もだ」

つぐみが商店街の皆に招集をかけている間、優はエクセルを立ち上げ、事業計画書にある、勘定項目を打ち込んでいった。

表の体裁が整うと、ネットで様々な数字を検索し、足りないデータは、知り合いの専門家に電話をかけ、確認を取った。

琴江や、照子たちがやってくるや、今度は各店の財務諸表の数字に目を細め、地上十階建てのビルに越した場合の、売上予想についてあれやこれやと質問した。

検索して見つけ出したデータと、ヒヤリングした数字をベースに、事業計画書にあるようなシミュレーションを行うと、まったく違った結果になった。

「二ノ宮さんたちの言っていた通りだな。エンピツの舐《な》めすぎだよ、これは。維持管理費や工事費は甘めに算出している。それに引き換え営業収入はかなり楽観的だ。これなら、何十年も黒字が続くだろうよ。だが世の中、こんなにうまく行くわけがない」

優が計算し直したシミュレーションでは、各店舗は初年度から赤字だった。おまけに赤字幅は年々拡大していくという、最悪の結果になった。商売をやればやるほど、貧乏になるということだ。

「それだけじゃないぞ。売り場面積は恐らく今より狭くなる」

優が事業計画書に添付されていた、図面をピンと指で弾いた。

「共用部分にスペースを取られるためだ。一部の激安ショップを除けば、新築の店舗は共用スペースを広く取る傾向にあるからな。特に借家権者は、厳しくなるぞ。同額の賃料を払うとしても、営業面積は今よりずっと狭くなるんだ。さらに、今の売り上げでは、ビルの維持管理費の一部しか払えない。何とか回すためには、今の何倍もの価格で物品を売らなきゃ追っつかない」

「何倍もの価格で売るなんて、そんなの上元の商売じゃない。単なる儲け主義じゃないですか。つまり、おれたちを追い出すための再開発でしょ、これは」

染谷が眉根を寄せた。

「その通りだよ。お前たちを追い出して、高級アパレルでも入居させたいんだろう」

「立ち退き料を提示して、はっきりと出て行けって言うほうが、まだ良心的よね」

照子も憤懣《ふんまん》やるかたない表情をしていた。

「再来週にはもう、投票があるのよ。それまでに、早くこの事実を、推進派の人たちにも知らせてあげなきゃ」

美穂が言うと、優が表情を曇らせた。

「あまり無理をするなよ」

美穂のお腹に皆の視線が集中した。

「そうよ、みーちゃん。地権者の説得はあたしたちがやるから。あなたは、休んでなさい」

琴江がうなずいた。

「でも……」

「大丈夫よ。美穂ちゃん。あたしたちに任せて。あんたは、丈夫な赤ちゃんを産む準備をしなさい」

照子と久美が口を揃えた。

さっそく琴江たちは、推進派地権者に接触を始めた。

まず電話で連絡を取り、渋る相手を説得して、直接説明に出向きたいからと、説き伏せた。しかし、多くの地権者たちは、会おうとすらしなかった。

たまに話を聴いてくれても、内容をまったく信じなかったり、たとえそれが事実だとしても、自分には関係ないと素っ気ない対応をする人たちばかりだった。

自分には関係ない、と明言するのは、店舗営業をしない住民たちだ。多少管理費がかかろうが、今のボロ屋を引き払って、高層マンションに住めるなら本望ということらしい。

遅々として進まない説得工作に、美穂はいらだちを募らせた。琴江たちに問題があるわけではない。皆、一生懸命説得に努めている。

とはいえ、相手に何か言い返されたら、簡単に退いてしまったりはしていないか？　情報が正確に伝わってないとは、考えられないか？

懐疑的になってしまうのは、再開発組合の設立投票が、もう来週に迫っているからだった。再開発組合の設立が決議されてしまえば、後はない。美穂たち反対派の住民たちも、組合への参加が義務付けられてしまう。

――そんな横暴を許すわけにはいかない。

居ても立っても居られなかった。電話でアポを取るなどと、まだるっこしいことをしている場合ではない。直接出向いて、推進派の目を覚まさせてやる。

一度決めたら、最後までやり通すのが、美穂の流儀だ。

大きなお腹を抱え、こっそりと職場を抜け出した美穂は、再開発推進派と目される住民の門戸を、片っ端から叩いて回った。

住民たちは皆一様に、美穂の腹回りを見て目を丸くし、もうすぐ出産する人間が、そこまで懸命になっているなら、と話だけは聞いてくれた。

「この間も琴江さんが来て、いろいろ説明してくれたけど、あたしには難し過ぎて、何だかわからなかったわよ。琴江さん自身もよくわかってなかったんじゃないかしら」

かつて上元で総菜屋を経営していた女主人が言った。

「そんなに難しい話じゃありません。もっと現実的な想定で、キャッシュフローを弾いたら――」

美穂が数字の説明をしようとするなり、女主人は掌《てのひら》を振って遮った。

「赤字になるかもしれないって、いうんでしょう。そりゃ、お客が一人も来なかったら赤字になるのは当り前よ。佐藤さんだって、本人の努力次第って言ってたんだから」

そんな極端な話ではなく、普通に営業していても赤字になると言っても、聞き入れてもらえなかった。

「新しいビルが出来上がったら、また営業を再開してもいいかなとは思ってるけど、別にこだわっているわけじゃないのよ。もし、儲からないとわかったら、住居部分だけ残して、店は売っちゃってもいいと思ってるの。そういう人、案外多いのよ」

ここで女主人は眉をひそめた。

「それより、近頃の上元、繁盛してるのはいいけど、招かれざる客も出て来たじゃない。もう少しきちんと取り締まらなくてはダメよ」

招かれざる客？

「若い子たちのことよ。大人しくしているならいいけど、奇声上げたりするから、怖がっている人たちも多いのよ」

派手な格好をした若者が増えているのは知っていたが、何か問題を起こしたという話は、美穂の耳には届いていなかった。

「上元は、地域のコミュニティを大切にする商店街ですから。若い人にも分け隔てなく、門戸を開いています」

「客の差別をしちゃいけないのと、無法者を野放しにしておくのは別でしょう。警備員ともめて、モールに出入り禁止になった不良グループが上元に流れてきたって、もっぱらの噂よ。まったく、いい迷惑だわよ。こういうのが今の上元なら、いっそ潰して、新しく一から作り直したほうがいいって意見もあるのよ。再開発後の上元には、モールみたいに警備員を置いて、変な人が寄り付かないように、きちんと監視しようって」

それでは上元が取っている交流戦略が、随分と窮屈なものになってしまう。

さらに説得を試みたが、女主人は最後まで首を縦には振らなかった。

その他の推進派の人々からも、好意的な回答は得られなかった。皆、佐藤の妄信者か、さもなくば、店舗の底地権など売っぱらったって構わないという、もはや商人であることをあきらめた人たちばかりだった。

そして彼らが一様に憂いていたのは、上元の治安の悪化だ。お前たちがなりふり構わず客寄せをしたせいで、よからぬ連中まで集まって来たと口を揃えて文句を言った。

「でも、昔の上元はこんな感じだったじゃないですか。お客さんとのコミュニケーションは、大切ですよ」

美穂は必死になって釈明した。

「昔と今とは違うの。物騒な世の中になったんだから、他の客に迷惑がかからないよう、一部の客を規制するのは、当たり前でしょう」

人々はこう反論して譲らなかった。

勇んで説得に来たものの、結局一人として美穂に賛同してくれる者はいなかった。これほどまでに、上元の治安を気にかけている人間がいたことに驚かされた。こんな状況では、今まで再開発に反対だった人々まで、考えを変える危険性すらある。

――あともう少し。ほんの少しだけなのに……。

美穂は唇を噛んだ。

あと十六人だけ、こちらの側についてくれれば、再開発を阻止することができるのだ。徒労のせいもあるだろうが、身体の調子がすぐれなかった。動悸《どうき》がするし、腰痛も限界に達していた。

上元商店街の歩行者天国を、フラフラと歩いていた時、前方から怒声が聞こえてきた。目を向けると、金髪にサングラスをかけた、いかにもヤンキー風の男が、何やら大声でがなり立てていた。男の周りには、似たような恰好の若者たちが三、四人いた。彼らが、モールから追い出された、不良グループなのだろうか。

リーダー格の金髪男が、通行人に喧嘩を売っているらしい。しかし、やじ馬の人垣に遮られ、誰と対峙《たいじ》しているのかここからでは見えなかった。

「ちょっと、失礼します。ごめんなさい。通してください」

歩行者天国で取っ組み合いの喧嘩などされては、たまったものではない。そんなことになったら、上元を粛正しろと叫ぶ人間が益々増える。

「あなたたち、ここで何をやっているの。止めなさい」

美穂の声は遠すぎて、彼らには届かなかった。

金髪男が挑発的に顎《あご》を突き出した瞬間、正面にいた誰かが、男に躍りかかった。

「健太くん……⁉」

間違いない。普段はあれだけ大人しい長谷川健太が、ものすごい形相で、金髪の男の胸倉をつかもうとしている。

「健太くん、やめなさい！」

力の限り叫んだが、興奮した健太にはまるで伝わっていないようだった。

「健太くん、落ち着きなさい！　そんなこと——」

目の前がフッと暗くなり、美穂はその場に崩れ落ちた。

キャーッという悲鳴や、妊婦が倒れたぞ、という怒声が、耳の奥で僅かに響いていたが、やがてそれも、ぱったりと聞こえなくなった。

3

週末のコトカフェ一号店。

つぐみも健太も休みだったが、家に閉じこもっていても退屈なので、コトカフェにやって来た。二人ともキッチンでジャガイモの皮むきをしながら、おしゃべりをしていた。

「二人とも、お昼食べ終わったら、気分転換にドライブでもして来たら？　せっかくのお休みなんだから」

琴江が健太に目配せした。

琴江は照子や久美と一緒に、推進派地権者を説得して回っている最中だが、うまくいっていない様子だった。

とはいえ、上元は益々人で溢れかえっている。この盛況は、上元商店街の外観と顧客との積極的交流があってこそだと健太は思う。

近代的で無機質なビルでの営業は、交流戦略には適さない。だから人恋しさを求める人々は、今のままの上元を残せと、声を上げてくれるだろう。

あと一週間で投票だ。もし、再開発が決議されたら、自分は果たしてこの地に留まるのだろうかと、健太は自問した。つぐみとの関係はどうなるのだろうか……。

「はい。出来たわよ。あなたたちも食べちゃいなさい」

琴江の元気のいい声に、健太は我に返った。

琴江が作ってくれた賄い用のカレーを食べ終えると、健太はつぐみと連れだって、商店街に出かけた。

モールも悪くないが、やはり上元の活気が自分には合っていると健太は思った。仕事が休みの日まで、こうして商店街を散策するのは、この雰囲気を愛して止まないからに他ならない。

青空市はいつにも増して、人でごった返していた。

常連のおじいちゃんおばあちゃんの他にも、近隣の主婦や、家族連れ、それに外国人観光客の姿もちらほらと見かけた。

「これだけみんなに愛されているのに、どうして壊そうとするんですかね」

つぐみがボソリと言った。

「どうしてみんな、同じじゃなければいけないんですか？　なんでもかんでも新しいものに変えて、効率と経済効果だけを追求するのって、本当に正しいんですか」

つぐみは、次第にトーンを上げていった。

「そんなことをしたら、田舎が田舎でなくなっちゃうような気がするんです。経済とか、資本主義とか、そういうのだけを重視するなら、田舎は絶対に都会には敵わないです。だからって田舎も都会の真似して、古いものは全部壊して、都会で流行ってるものに造り替えて、少しでも都会に近づく努力をしろって考えだけが、正しいんですか？」

「ヨーロッパの田舎なんかでは、グローバル化に反対する運動があるみたいです。中世の街並みに、真っ赤な看板のハンバーガーチェーンは似合わないって」

健太は聞きかじりの知識を開陳した。

「といっても、あたし、TODOME・マライアモールは、いいと思うんです。今ではモールは幕悦だけじゃなくて安在も含めた地域にとって、必要不可欠な存在だと思います。あたしの高校時代の友だちなんかも、モールのおかげでオシャレができるようになったって、すごく喜んでます。ただ、モールは耕作放棄地の上に建てられたでしょう。土地を無駄に遊ばせておくくらいだったら、ああいった近代的な商業施設に変えたほうがいいに決まってます。だから、モール建設にはほとんど反対がなかったでしょう。でも、上元のケースは違います。どうして佐藤さんは、上元とモールの共存共栄を考えてくれないんでしょうか」

具体的なことはよくわからないが、上元を再開発すれば、佐藤の懐に莫大な利権が転がり込むからだろう。いや、佐藤だけではない。再開発の恩恵を受ける人間は、山ほどいるはずだ。

「そういうのって――」

突然、つぐみの言葉が途切れた。健太の腕を、つぐみがギュッとつかんだ。

向こうからやって来たのは、木崎のグループだ。先頭を肩で風を切って歩く木崎の瞳が、健太とつぐみを捉えていた。

「よう」

すれ違いざま、木崎に声を掛けられた。

つぐみの手を引いて、通り過ぎようとすると、「待てよ」と腕をつかまれた。

「な、なんですか……」

心臓の鼓動が、早鐘を撞《つ》くように激しくなった。

「おれたち、よく顔を合わせるじゃん。だからちょっと、お話でもしようぜ」

木崎の吐く息からは、アルコールの臭いがした。

「時間がないんです」

健太が身を引こうとすると、木崎の握力が増した。健太は苦痛で顔を歪めた。

「放してください！」

こう言ったのは、健太ではなく、つぐみだった。

木崎は、奇妙な生き物でも見るような眼差しをつぐみに向けながら、ゆっくりと手を放した。

「お前、言葉、話せたの？」

木崎が臭い息を吐きながら、ニヤニヤと笑った。

「おれたち、まだ話が終わってなかったよな」

「話すことなんて、ありません」

つぐみがきっぱりと言った。

「そんなにツンケンすんなって、まあおれ、実はツンケンする女、嫌いじゃないんだよな。壁みてえに黙ってつっ立ってるやつよりゃ、ずっといい。うん、ずっといいな」

木崎が小首を傾げて、つぐみの顔を下からのぞきこむように見ると、今度は健太に視線を寄せた。目を逸らしたくはなかったので、何とか見返したが、下まぶたが引きつるのを感じた。

「お前たち、付き合ってるの？」

「そうです」

つぐみが口を開く前に、健太が答えた。

「おめーに訊いてねえよ」

木崎が眉間にしわを寄せ、健太をにらみ付けた。初めて目の当たりにした凶暴な表情に、健太の背筋に震えが走った。

「付き合ってます」

つぐみがはっきりと答えた。

「こんな、ラッキョウみたいなやつのどこがいいの」

木崎の後ろに控えていた子分たちが、一斉に笑った。

「長谷川さんは、優しい、いい人です」

「おれだって、優しい、いい人だぜ」

「優しい人だったら、他人の気持ちを汲《く》み取ることができるはずです。一日に、何百回もメールを送ってきたりしないはずです」

木崎の顔色がサッと変わった。

「お前がメールに答えなかったからだろう」

「答えました。でも、あたしの気持ちなんかまったくお構いなしに、自分の想いだけを、どんどんぶつけてくるから、無視せざるを得なかったんです」

「おいおい、なんか、勘違いしてねえ？　この女」

木崎が子分たちを見渡した。

「クラスのやつら全員から無視されてたの、おめーのほうだろ。だからおれが、いじってやったんじゃねえか。男からメールなんてもらうの、初めてだったんだろう」

答えろよ、と凄まれたので、つぐみは目を伏せながらうなずいた。

「断っておくけど、いじっただけだからな。それ以上は深く考えるなよ。妄想を抱く前に、鏡でしっかりてめーの面を確認しろよ」

ハハハハッとまた子分たちが、下品に笑った。つぐみの口元が、わなわなと震えていた。

「……謝れよ」

腹の奥から低い声が出た。

「あっ？」

木崎が小馬鹿にした表情で、健太を振り向いた。

「彼女に謝れって言ってるんだ！」

この時、健太は自分が二人に分身したような、不思議な感覚を覚えた。いつもの健太は、後方に控え、木崎をにらみ付けているもう一人の健太の背中を、おろおろしながら見守っていた。

「何カッコつけてんの？　こいつ」

木崎がまた子分を見渡した。

「ラッキョウくん、天文学部か図書部員だったでしょう。全然似合わないよ、そういうの。でもまあ、カップルとしては似合ってるか。こんな幽霊みてえな女と一緒になれるなんて、ラッキョウくん以外――」

気がつくと、健太は木崎に殴りかかっていた。

群衆の中から、自分の名を叫ぶ声が聞こえたが、もはや身体が止まらなかった。

4

気絶した美穂は、救急車で病院に運び込まれた。

幸い、意識はすぐに回復し、大事には至らなかったが、そのまま出産のため入院する運びとなった。

病院まで付き添ってくれたのは、弥生とコトカフェ常連のお年寄りたちだった。

弥生が連絡すると、優が真っ先に病院に駆けつけて来た。

優はベッドに横たわった美穂の顔色がいいのを見て、安堵《あんど》のため息をつき、赤ちゃんは無事か、と尋ねた。

「うん。大丈夫。お腹は、かばったから」

意識を失う寸前に、身体を横に倒して、お腹がアスファルトに直撃するのを避けたことは覚えていた。

「それより、健太くんは？　あれからどうなったか知ってる？」

気絶する前の出来事が、美穂の脳裏によみがえった。

「大丈夫よ。うのちゃんたちが、間に入ったから」

弥生によれば、いつものように、お年寄りの仲良しグループで通りを歩いていると、人だかりに出くわしたのだという。健太とつぐみが、不良グループにからまれ、一触即発の状態にいた時、やじ馬を掻《か》き分け前進してきた美穂が、いきなり倒れるのを見た。

お年寄りたちは、二手に分かれ、弥生のグループは美穂に病院まで付き添い、うのと虎之助たちは、若者たちの仲裁を買って出た。

「でも、大変だったでしょう。健太くん、人が変わったみたいに興奮してたし」

美穂が眉をひそめた。

「つぐみちゃんのことを悪く言われたみたいだから、我を忘れてしまったみたいね。でも、あえなく撃沈しちゃった。お腹に一発パンチをもらって終わり。地面に這いつくばって、うーうー唸ってた」

弥生はいつもとまるで同じ調子で、ニコニコと状況を説明した。

「でも、大きな怪我はしてなかったみたいだから、大丈夫よ。すぐに、虎之助さんたちが止めに入ったし、金髪の子も、健太くんがめちゃくちゃ弱かったから、それ以上続けるつもりはなかったみたい。もっと派手な立ち回りを期待してたやじ馬たちは、な～んだって拍子抜けして、すぐ散開しちゃった」

「大騒ぎには、ならなかったわよぉ、とおばあちゃんたち全員がうなずいた。

ならなかったわよぉ、ならなかったのね」

「来たのは美穂ちゃんの救急車だけで、警察は来てないから」

健太の容体は気になったが、取りあえず最悪は免れたわけだ。しかし、この光景を目の当たりにした人々の中には、推進派になびく人間も出てくるかもしれない。商店街の治安悪化を気にしている地元住民は多い。反対派の健太が先に向かって行ったというところも気になった。

「さて、優さんも来たことだし、あたしたちはそろそろ失礼しますよ」

お年寄りたちは、口々に「お大事に」「元気な赤ちゃん産んでよ」等と言いながら、病室を出て行った。

「大丈夫かしら」

美穂が不安気に優を見上げた。

「お腹の赤ちゃんのことだけを心配しろよ。もう上元のことは忘れて、出産に専念するんだ」

優が眉を吊り上げ、美穂を諭した。

「もちろんそうするつもりだけど、やっぱり、気になる。地権者の投票は来週なのよ」

「心配するな」

「でも……」

美穂は唇を尖らせた。

優は、事あるごとに、「心配するな」としか言わないような気がした。自分を安心させるためとはいえ、あまり安易にこういう言葉を繰り返して欲しくない。いったい何の根拠があるというのだ。

「美穂はもう十分頑張ったじゃないか。美穂だけじゃなく、商店街のみんなもだ。後は運を天に任せて待つしかない。さあ、もう遅いから休め。母体が健康じゃないと、赤ちゃんにも影響するぞ」

「……わかった」

美穂は、ゆっくりと目を閉じた。

いつの間にやら、寝入ってしまったらしい。目を開けると、優はもういなかった。窓の外には、既に夜の帳《とばり》が降りていた。

翌日は朝から見舞客の訪問ラッシュが続いた。やって来たのは、琴江に健太、それにつぐみだった。健太は、美穂の顔を見るなり、ペコリと頭を下げた。

「ご迷惑をおかけして申し訳ありません。お身体は大丈夫ですか」

「ありがとう。大丈夫よ。それより健太くんのほうこそ、怪我はないの」

「はい。みぞおちがちょっと痛みますけど、大丈夫です。殴りかかって行ったのは、ぼくのほうですから、ぼくが全面的に悪いんです。大切な時期なのに、騒ぎを起こして、本当に申し訳ありません」

健太が再び頭を下げた。

「長谷川さんは、悪くありません。長谷川さんは、あたしのために、あんなことしたんです。普段はとても大人しくて、優しくて、平和主義な人なのに、あたしが侮辱されたから、何かのスイッチが入って、あんなことしてしまったんです。悪いのはむしろ、侮辱されるがまま、何も言い返せなかったあたしです」

健太をかばおうとするつぐみを尻目に、琴江が目配せした。

「ということで、お姫様を守るナイトだったのね、健太くんは。すぐにやられちゃったみたいだけど、あたし、その勇気は買うな」

琴江に言われ、健太は恥ずかし気に目を伏せた。

「若い頃は、誰でも馬鹿をやるもんだから。あたしも十代の頃、髪の毛引っ張り合う喧嘩したことあるし。まあ怪我がなくて、何よりだったわよ」

琴江が笑うと、美穂も釣られて破顔した。

健太にピタリと寄り添い、心配そうに横顔を見上げているつぐみが、愛らしかった。健太がしでかしたのは、誉められた行為ではないが、気持ちは理解できる。

「もう、気にすることはないから。上元は、健太くんたちが騒ぎを起こしたくらいでは揺るがないから」

三人と入れ替わるように現れたのは、上元商店会のメンバーだった。

福肉のおかみ、北島照子。青果店を経営する、及川久美。そして、健太のシェア仲間である剛、秀人、裕也の三人組。輸入食品店を経営する、染谷。パティシエの三上。画家の東山。そして、今や地域の有名人となった、コトカフェ3料理教室の講師、岩月瞳。料理教室の生徒で、上元を巡る様々なツアーを企画してくれる、樋渡明美……。

病室に入りきれない見舞客のラッシュに、医師や看護師たちは、目を丸くしていた。

そして、次にやってきたのは、正登にあかね、三樹夫、千秋という止村の懐かしいメンバーだった。

「出産が終わったら、帰ってくるんだろう」

正登に言われた美穂は、しばらく考えた末「皆さんが許してくれるなら」と答えた。

「許すもなにも、美穂さんは止村の人間っすよ」

三樹夫が答えた。

「そうですよ。美穂さんがいないから、今の止村は停滞してるんです」

千秋がうなずいた。

「あたしがいなくたって、優がいる。あたしなんて、なんの役にも立たないから」

実際、上元をここまで盛り立てた立役者は、優だ。

「そんなことないわよ。優ちゃんと美穂ちゃんは、二人で一人なの。どっちが欠けてもダメなんだから」

あかねが言った。

「そうだ。止村がまだ小さな営農組織だったころ、お前たち二人は共同代表だったじゃないか。経営の才覚はあるが、極力無駄な仕事をしたがらなかった優くんと、猪突猛進、泥臭い現場仕事も厭《いと》わないお前が力を合わせて、止村をこれだけ大きくしてきたんだろう。お前が帰って来ないから、優くんは仕事をしないんだ。彼をやる気にさせるために、早く戻って来い」

「……はい。わかりました。お父さん」

子どもの頃に戻ったように、美穂は父親の言葉に素直にうなずいた。

本来なら自分の方から頭を下げて、受け入れてもらわなければならなかったのに、皆の優しさに胸が一杯になった。

「いずれにせよ、今週には上元の運命が決まる。もはや、ジタバタしても始まらない。再開発をするにせよ、しないにせよ、もはやお前の出る幕はないんだ。琴江ちゃんとも話したよ。コトカフェはもう、お前無しでもやっていけるくらい、人が育っていると言っていた」

嬉しくもあり、悲しくもあるが、事実だった。つぐみは、もはや一人前だし、美穂無しでも十分やっていける。健太だって、見違えるほど逞しくなった。

上元に新しいビルが建ってしまったら、収益の少ないコトカフェは、営業続行が不可能となるかもしれない。しかし、今の二人ならどこへ行っても、逞しく生きていけるだろう。健太やつぐみだけではない。剛も秀人も裕也も、その他の従業員も、立派に独り立ちができるだろう。

人事は尽くした。

後は天命を待つしかない。

5

とっさに腕を伸ばしてしまった時、健太はハッと我に返り、握りしめた拳を緩めた。

木崎がその隙《すき》に健太の懐に入り込み、みぞおちにパンチを放った。

腹の底に、大きな鉄の塊がゆっくりと沈殿していくような痛みを覚え、健太はたまらずその場に崩れ落ちた。つぐみが悲鳴を上げているのが、聞こえた。

健太は身を丸くして、次の攻撃に備えた。だが、二発目は来なかった。

「こいつだからな。こいつが先に手ぇ、出したんだからな！」

興奮した様子で木崎が叫んでいた。

木崎の前には、虎之助じいさんが立ちはだかっていた。

「先に手ぇだしたとか、出さねえとか、そんなの関係ねえんだよ。騒ぎを起こすな。ここは、おれたちのシマだ」

木崎より頭一つ背の低い虎之助じいさんが、果敢に詰め寄った。

「長谷川さん、大丈夫ですか」

つぐみがかがんで、健太の顔をのぞき込んだ。

これ以上つぐみの前で無様な恰好をさらしたくはなかったので、身体を起こした。膝を伸ばした途端、みぞおちにまた鈍い痛みを感じ、歯を食いしばった。

「すぐやられちゃったねえ。でも、カッコよかったよお」

振り向くと、うのばあさんが、ニコニコ顔で立っていた。

「カッコよくなんかないですよ」

恥ずかしくて、つぐみの心配そうな視線にも応えることができなかった。

とはいえ、ギリギリのところで踏み止《とど》まったのは、やはりよかったと健太は思った。自分は誰も傷つけていない。人を傷つけるより、自分が傷つく方が楽だ。

目の前では、じいさんグループと若者グループが言い合いを続けていた。

「よし、わかった。アンちゃん、おれたちに付き合え」

「えっ、いいよ。おれたち、やることあるし」

「日曜の昼間っから酒飲んでフラフラしてるようなやつに、やることなんかあるか！　おれだって、自慢じゃねえが、やることねえよ。だって酒飲んでフラフラしてるからな」

虎之助じいさんが言うと、周囲にいた年寄り連中が、一斉にガハハハッと笑った。

「さあ、付き合え。文句があるなら聴いてやる」

引っ立てられた不良グループは、困惑顔をしながらも、じいさんたちの後に続いた。

「さあ、あだしたちも行くよ」

「ぼくらもですか!?」

健太が目を丸くした。

「そう」

うのばあさんにギロリとにらまれ、健太とつぐみは渋々うなずいた。
遠くから、救急車のサイレンが聞こえてきた。後ろを振り向くと、人だかりができてい
る。何だろうと思ったが、それ以上は気に留めず、うのばあさんたちの背中を追った。
年寄りたちに連れて行かれたのは、多岐川優に指導され、外観を完全リニューアルした
居酒屋だった。以前は、看板やメニュー表示が一切なく、「串揚げ」と「地域産品応援の店」
という文字がプリントされた、煤《すす》けた提灯が二個ぶら下がっているだけの隠れ処的店だっ
たが、随分と雰囲気が変わった。
新しくできた大きな看板には、「ケータイがつながる」「個室完備」「全メニュー380
円以下」等々、これから入ろうとする客が欲するに違いない情報が、所せましと並べられ
ていた。
先に着いた虎之助じいさんと木崎のグループは、すでに奥のテーブルを占拠し、酒を飲
み始めていた。
「いや、おれ、もうそんな、飲めねえっすから」
焼酎を無理やり生で飲まされた木崎が、早くも白旗を上げている。
「なんでえ、情けねえな。おれが若い頃なんか、毎晩一升瓶をラッパ飲みしてたぞ。さあ、
飲め。飲んで言いたいことがあるなら言ってみろ」
木崎は観念したように、焼酎のグラスをグイと空けた。
「さあ、あんだたちも飲め」
グループから離れた席に座らされた健太とつぐみに向かって、うのばあさんが言った。

「こういう時は、酒かっくらうのが一番だから」

「でも……」

健太は、つぐみを振り返った。

「あたし、二十歳になったから、飲みます」

つぐみがきっぱりと言った。

「心配しないでください。こう見えて、あたし、けっこうお酒強いんです。父も母も、一晩でワイン一本とか平気で空けちゃうし。酒飲み遺伝子、受け継いだみたいです」

「そいつぁ、頼もしいねえ」

つぐみがそういうなら、健太も断る理由はなかった。気分は未だ最悪だし、胃もキリキリと痛む。酒でも飲まなければやってられなかった。

こうして、老若男女入り乱れた酒盛りが始まった。

木崎たちは老人相手に、何やらグダグダと愚痴り始めた。「どこも雇ってくれない」「いい仕事が見つからない」「不況だ」「金がない」……断片的にこんな台詞が聞こえてくる。

「そうだな。今の世の中、どこかおかしいよな」

てっきり説教を垂れるのかと思いきや、虎之助じいさんは、うんうんとうなずくばかりだった。

「さあ、もう一杯。行け、グッと行け」

木崎たちは、社会に対する不平不満を、並べるだけ並べると、「なんで、こんな世の中なんすかねぇ」と虎之助じいさんにトロンとした目で尋ねた。

「何でかわからんが、いやな世の中になったもんだ。戦争を経験したおれたちからしてみりゃ、憲法の改正なんて、とんでもねえことだよ」

虎之助じいさんが、まだ小学生の頃、日本は世界を相手に戦争をしていた。

叔父さんの手伝いで農作業をしていた時、アメリカ軍のプロペラ機が地面ギリギリに降下してきて、人々を撃ったのだという。民間人を標的にしたのだから、戦闘ではなく殺戮《さつりく》だ。

目の前で叔父さんが撃たれ、倒れるのを見た。だが幼かった虎之助じいさんは、叔父さんに構っている余裕などなかった。生き延びるため、ともかく逃げて逃げまくった。

「そうこうしているうちに、エンジントラブルでも起こしたのか、戦闘機がいきなり火を噴いた。戦闘機は黒煙を上げながら、地面に激突したが、パイロットはすんでのところで、パラシュートで脱出した。パイロットの落下地点目指して、鍬《くわ》を持った大勢の村の衆が、怒濤《どとう》の勢いで駆けて行ったよ。その後、アメリカ人パイロットがどうなったのかは知らねえし、知りたくもなかった。叔父さんは、病院に担ぎ込まれた後、死んじまったけどな。おれは、そん時思ったよ。戦争なんてもうコリゴリだし、もしこの戦争が終わったら、金輪際、絶対に同じ過ちを繰り返しちゃいけねえって」

今まで散々くだを巻いていた木崎たちが、シンと静まり返り、虎之助じいさんの話に聞き入っていた。

「諍いのない、平和な世の中が一番だ。皆が、人を思いやることができるようになったら、戦争なんてものはこの世からなくなって、富の分配だって、公正に行われるようになるだろうよ。つまり、お前たちも使い捨てじゃなくて、きちんとした正社員になれて、安定した賃金を定年までもらえるってことだ。但し――」

虎之助じいさんが、眉を吊り上げた。

「そのためには、お前らだって努力しなきゃいかんぞ。尖《とんが》った真似はほどほどにして、人を思いやる気持ちを持て。じゃなきゃ文句を言う権利なんかないぞ」

木崎たちは、おずおずとうなずいた。

「わかったら、取りあえず謝っとけ。殴ったのは、お前なんだから」

木崎がすっくと立ち上がり、健太たちのテーブルに近づいた。

「殴って悪かった。腹、痛むか？」

先ほどとは打って変わって、しおらしくなってしまった木崎を前に、健太は慌てて首を横に振った。

「もう痛くない。先に仕掛けたのは、こっちだし。こっちこそ、謝る」

木崎の視線はつぐみに移った。一瞬のためらいの後、木崎は口を開いた。

「ひどいこと言って、すまなかった。謝る」

酒が入って度胸が据わったのか、つぐみが木崎の顔面を凝視した。

「謝ってくれたことは、覚えておく。だけど、もう絶対にあたしに、近づかないで」

木崎の瞳が小さく揺れた。

「女は男と違って、複雑な生き物だからさ。すぐに許してなんてくれないの。信頼回復にゃ、時間がかかるんだよ」

うのばあさんが、木崎の肩をバンバンと叩いた。

「これを機会に、女の子に接する態度を改めりゃいいさ。そうすりゃきっと、素敵な彼女が見つかるよ」

「まあ、これくらいでいいだろう。さあ、飲め」

虎之助じいさんが木崎にグラスを手渡した。乾杯！ と、皆で一斉にグラスを傾けた。

「これに懲りて、もう上元には来ねえなんて、言うなよ。上元は、いつでも誰でもウエルカムなんだ。細かい決まりがねえ代わりに、みんなお行儀よく遊んでんだ。だからお前たちも、行儀よく――」

「あんだがそんなこと言っても、まったく説得力ないねえ」

うのばあさんに話の腰を折られた虎之助じいさんは、バツが悪そうに頭を掻いた。

店内が笑いの渦に包まれた。木崎も健太も笑っていた。

そして、ずっと身体を固くしていたつぐみの口元も、やがて小さく綻んだ。


無事、騒ぎは収まったが、大事な時期にとんでもないことをしてしまったと、健太は反省した。騒動を目撃した地権者たちが、やはりこんな上元は潰して、一から造り直したほうがいいと思うかもしれない。もし、再開発組合設立が決議されてしまったら、原因の一部は自分にある。

胃がキリキリする思いで、投票日を待った。

ところが、投票は延期となった。

理由は明らかにされなかったが、問題が発生したらしい。

時を同じくして、マライアが来年春にもモールから退去するという噂が、巷に流れた。

6

佐藤はもう一切金森と口を利こうとしなかった。

井筒にも無視された。二人の女子社員は、おぞましい物でも見るような目つきで、金森を見た。

説明会の場で、自分が取った行動は、役場の上層部も知っているはずだった。なのに、まだこの会社に出向のままにしておくのは、いったいどういうことだろうと、金森は訝《いぶか》った。

——たとえ帰ったところで、どこにもポストなんか、ないのかもしれないな。

役場の決定に反して、再開発工事を批判してしまったのだ。ポストがないどころか、職を解かれてしまうかもしれない。

金森には、まだ小さな子どもが二人いた。この二人が成人するまで、なんとか生活費を工面しなければならなかった。

——まあしかし、人間、その気になれば何とかなるものさ。

仕事など、探せばいくらでもある。田舎の農家は、恒久的な人手不足だ。耕作放棄地を借り受けて、農業をすることだってできる。今は、土地を売ってしまったが、金森の家系は代々続く農家だった。

もし、正式に免職となったら、町長室に出向いて「あなたが、本当に幕悦のことを考えているなら、再開発を止めるべきだ」と談判してやろう。

ところが、思わぬ事態が起きた。

マライアがTODOME・マライアモールから撤退を決めたというのだ。モールの大半を占めるマライアが撤退してしまったら、TODOME・マライアモールを名乗れなくなってしまう。

井筒は血相を変えて佐藤に今後のことについて相談したが、金森は蚊帳の外に置かれていた。

「大丈夫です。マライアを説得しますから。もし、先方の意志が固くても、次のテナントはすぐに見つかります」

佐藤は、青くなっている井筒を、こう言ってなだめた。しかし、事が事だけに、再開発計画は、この件が片付くまで一時中断しようということで合意した。

しかし事態は、マライア退去だけに留《とど》まらなかった。TODOMEモール21の株式を九十五パーセント保有するヘッケルファンドまでが、身を引きたいと言い出したのだ。マライア退去により、経営が悪化することを恐れ、撤退を決議したらしい。

そしてなんと、自分の持株を簿価で、幕悦町役場に買い取れと要求して来た。出資契約書にそのような条項があると、ヘッケル側は主張した。

「いったいどういうことだ！」

井筒は真っ青になって叫んだ。金森は慌てて、分厚い英文契約書の和訳に目を通した。確かにそのような条項が、ほとんど隠れるようにして載っていた。

「大変な事態になるぞ。おい、佐藤くんはどうしたんだ！　早く連絡を取れ」

井筒は、女子社員二人に怒鳴り散らした。

「ヘッケルファンドに出かけていると言っていましたが、連絡が取れません。電話に出てくれないんです」

「出るまで、掛けるんだ！」

井筒が取り乱すのも、無理はない。幕悦町に、TODOMEモール21の株式を全額引き受ける体力などあるはずもなかった。

こんなことが明るみに出れば、責任問題に発展する。井筒が窮地に立たされるのは目に見えていた。否、井筒だけではない。契約書をろくに読みもせず、すべて佐藤に任せきりにしていた自分も同罪だと金森は思った。

佐藤はこういう事態が起きることを見越して、役員にも株主にもならず、単なる外部コンサルタントのまま活動を続けてきたのだ。外部コンサルタントに、すべての責任を被《かぶ》せることはできない。責任を追及されるのは、コンサルタントの仕事をきちんと監督してこなかった、TODOMEモール21の責任者のほうだ。いずれにせよ、自分はもう役場には戻れないと金森は覚悟を決めた。すべて身から出た錆《さび》だ。

そんな折、思いがけない人物から金森に連絡があった。止村株式会社の多岐川優である。

「あんたに紹介したい人物がいる」

多岐川は、こう切り出した。

「あんたが説明会で取った行動のことは、聞いている。余計なお世話かもしれんが、難しい立場にいるんだろう。おれが紹介する人物は、きっとあんたの役に立つと思うよ。だが、おれが仲介したことは、内緒にしておいて欲しいんだ」

「内緒？」

金森は聞き返した。

「ああ。色々複雑な事情があってな」

何だかよくわからなかったが、結局金森は、多岐川が仲介する人物に会うことにした。

7

「何とかならないか……？」

優の目の前には、普段からは想像もつかない憔悴《しょうすい》しきった姿の佐藤がいた。

「ヘッケルを説得してるんだが、聞いてくれない。このままじゃすべてオジャンだ。役場からも突き上げを食らってる」

いつもの冷静な態度とは打って変わって、早口で佐藤は訴えた。

「駅前再開発にも一枚噛《か》んでいる、あの、ヒルズ・エステートとかいうディベロッパー。あそこがモールの開発も担当していたんだろう。お前、テナント誘致もやらせたんじゃないのか？　インセンティブボーナスをちらつかせて」

優の言葉に、佐藤はこくりとうなずいた。

「ヒルズ・エステートが、ボーナス欲しさになりふり構わず土下座営業をした結果、マライアが釣れたってわけだ。大方内装工事をただで請け負ったり、初年度はレントの値引きをしたりしたんじゃないのか」

佐藤が瞳を見開いた。

「……その通りだ。よく分かったな。社内資料を見たのか？」

「見られるわけがないだろう。おれは部外者だ」

優が苦笑いした。

「お前なら当然、そんなやり方をするだろうと思ったよ。ヒルズ・エステートにしてみりゃ、賃貸契約さえ結ばせればそれでいい。後はボーナス貰《もら》って、はい、さようならだ。先の事など何も考えちゃいないさ。そんな連中に任せていたお前の脇が甘かったんじゃないのか？」

「確かにその通りだが、あいつらはマライアを連れて来たからな。マライアがいなかったら、ヘッケルも出資には応じなかった」

「ヘッケルが出資に応じた理由は、それだけじゃないだろう」

優が眉《まゆ》を吊《つ》り上げた。

「株式売却オプションをつけて、役場にヘッケルの保有株式引き受け義務を負わせたじゃないか」

「……あれは、仕方がなかった。もしTODOMEモール21の株が暴落しても、役場が簿価で株式を引き取るという条件にしたから、ヘッケルは安心して出資に応じたんだ。だけど、まさかこんなに早く身を引くとは思わなかった。ヘッケルまでいなくなると、再開発事業は実質不可能になる」

佐藤がうな垂れたまま頭を抱え込んだ。

「まさかこんなに早く身を引くとは思わなかった？　お前、アメリカでいったい何を勉強してきた？　アメリカ人は、おれたちなんかより、ずっとドライなことを知らないわけじゃないだろう。有力テナントのマライアが出て行っちまったら、モールの資産価値は急落する。これ以上儲《もう》けは期待できないと判断して、ヘッケルは株式売却オプションを行使したんだろう。ロスが出ないようにお前が親切にアレンジしてやったんだから、撤退するのは当たり前じゃないか」

佐藤は海に落ちた野良犬のような表情で、優の言うことを聞いていた。

「役場は株式を引き取れないと、頑《かたく》なに言ってきている。契約書に書いてあると説明しても、そんな金などないの一点張りだ。色々当たってみたが、TODOMEモール21の株式を引き受けてくれるところが他に見つからない。お前、誰か心当たりはないか？　このままだと、契約不履行でヘッケルに訴えられかねん」

心当たりはあったが、佐藤に言うつもりはなかった。

「TODOME・マライアモールは勢いがあった。お前はうま味を覚えて、今度は駅前再開発なんかをでっち上げて、もっとでっかく稼ごうと思ったんだろう」

「……いや、そんなことはないよ。おれは、幕悦の人たちのためを思って……」

「嘘《うそ》をつくな」

優が一喝した。

「幕悦のことを本気で思ってるなら、幕悦の人間になれ。お前にその覚悟があるか？」

「……」

「残念ながら、力にはなれないな。自力で探せ」

冷たく言い放つと、佐藤はガックリと肩を落とした。

「これに懲りて、もう地方の案件には手を出すな。地域のことを考えられるのは、地域の人間だけなんだ」

エピローグ

山では初雪が観測される頃、美穂が出産した。

三千二百グラム。立派な女の赤ちゃんだった。

父母の名前から一文字ずつ取って、「美優《みゆう》」と名付けた。顔はどちらかと言えば、父親似だ。きりっと通った鼻筋。秀でた額。切れ長の瞳——。

「頭の中まで、おれに似ちまわないことを願うよ」

抱っこした美優に、優がおずおずと顔を近づけた。

「どうして？　お父さんの優秀な遺伝子を引き継ぐのは、いいことじゃない」

美穂が訊《き》いた。

「おれに性格が似ちまったら、困るってことだ。そんな女は、嫁の貰い手がないだろう」

「あたしに性格が似ても、困るんじゃないかしら。男は怖がって、近寄って来ないだろうし」

「この子は、前途多難だな」

美穂は無事退院した。

そんな美穂を真っ先に訪ねたのは、二ノ宮だった。二ノ宮は、美穂と優に上元商店街の近況を伝えた。役場は、再開発計画を全面的に見直すという方針を正式決定したという。

「実質の開発母体である、TODOMEモール21が、あんな失態をかましちまったからね。取りあえず、反対派の全面勝利といったところだな」

「マライアが退去したら、別のテナントが入居するんでしょう」

美穂の問いかけに、二ノ宮はうなずいた。

「マライア退去後はシンプルに、TODOMEモールと、名称変更する予定だけどね」

「結局マライアは僅《わず》か一年いただけで、モールを出て行くのね。それにしてもよく、後釜がこんなに早く見つかりましたね」

「金森くんのおかげでね。彼が、小林電器の小林会長と知り合いだったなんて、驚いたよ。どうやってあんな大物と知己になったのか訊いても、まるで教えてくれないんだけどね」

「で、金森さんは今、どうしているんです」

優が訊いた。

「井筒が退いたから、TODOMEモール21の責任者に昇格して、バリバリ仕事をこなしてるよ。金森くんが、佐藤さんの立てた収益予測に、あんな形で疑義を唱えた時、役場内部でも彼を擁護する声があちこちから上がったんだよ。金森、よく言ったってね。表向きは役場の決定に従うが、内心では反対していた職員が、実は結構いたということだな。

佐藤さんの化けの皮が剝《は》がれて、井筒のいい加減さも露呈した時、一人頑張ったのが金森くんだ。何せ、今や飛ぶ鳥を落とす勢いの家電量販店、小林電器をマライアの後継として誘致したばかりでなく、ヘッケルファンドが保有していたTODOMEモール21の株式まで引き取らせたんだからな。役場は金森くんのおかげで、窮地から脱出できたんだよ。聞くところによると、小林会長は、元々幕悦の出身らしいな――」

優と旧知の仲である小林会長は、小学校三年まで過ごした幕悦町に進出したいと、以前から優に相談を持ち掛けていた。

TODOME・マライアモールでの営業を希望していたが、既に出資者もテナントも決まっていたからどうすることもできなかったと、小林会長は悔やんだ。

「タッチの差で出遅れたんですね。マライアに持って行かれました。多岐川さんに、もう少し早くから相談しておけばよかった。モールをマネージしているのは、多岐川さんの盟友なんでしょう。何とかならないですかね」

「心配しなくても、チャンスはいずれ訪れますよ。焦らず、待つことです。モールとは別に、幕悦の駅前で大規模な再開発プロジェクトがあるようですが、そちらのほうは検討されないのですか」

優が質問すると、小林会長は複雑な顔をして黙り込んだ。

「駅前というと、上元のことですか。子どものころ、よく遊びに行きましたよ。あそこを根こそぎ変えてしまうのは、あまり賛成できないなぁ。だって、余ってる土地は、他にいくらでもあるでしょう」

日本国内ばかりか、東南アジアにも進出しているグローバル企業のトップに君臨しているのに、小林会長は意外にも情緒的な発言をした。

「昔の風情は、なるべく残したほうがいいですよ。わたしら新興の業者は、郊外で営業できれば、それで満足です」


小林会長を金森に引き合わせたのは、優だ。色々複雑な事情があるから、仲介した件は内密にして欲しいと金森に釘《くぎ》を刺したが、複雑な事情など実はなかった。金森一人に、手柄を立てさせてやりたかっただけだ。

「でもねえ、ショッピングモールのほうは何とかなるにしても、ベジタ坊パークと野菜工場は、金森くんの手に余ると思うんだ。だから、優さんと美穂さんにお力添えをお願いしたいんですよ」

二ノ宮が懇願した。

「もちろんですとも」

優と美穂は口を揃《そろ》えた。願ってもない申し出だった。

二ノ宮が帰ると、「ねえ」と美穂が、眉を寄せ、優を見つめた。

「あなた、もしかして、最初からこうなることを、見越していたんじゃないの」

「まさか。おれは神様じゃない」

「嘘。わかっていたはずよ。だから、いつも余裕綽々《しゃくしゃく》だったんだわ」

美穂がさらに眉を吊り上げると、優は人差し指で、ポリポリとこめかみを掻《か》いた。

「だとしたら、あたしたちは今までずっと、お釈迦《しゃか》様の掌《てのひら》で踊らされていたってわけ？」

「そんなことはないさ。美穂たちの頑張りがなかったら、上元は未《いま》だにシャッター通りだったはずじゃないか」

「でも、モールが立ちいかなくなることは、予想してたんでしょう」

「まあ……それはそうだな」

マライア撤退が決定的なダメージだったが、それ以外にもモールにはぜい弱な部分がいくつかあった。

「アグリモールに隣接した、加工場があっただろう。設備は整えたが何を作っていいかわからず、暫《しばら》く放置されていた。仕方なく、トマトジュースを作ることにしたらしい。野菜工場で、妙ちくりんなトマトを栽培していたからな。ところが、あれは生食用のトマトだ。生食用のトマトを安易に加工してジュースにしても、売れるわけがない。案の定、引き取り手がいなかったみたいだ」

そしてジュースの次に力を入れたのが、イチゴジャムだった。しかし、単なる凡庸なジャムでは競争力に欠け、こちらもまともに売れなかった。

「せっかく加工場があるし、イチゴも栽培しているから、次はジャムでもやってみるかっていう、相変わらずの安易な発想から始まった。一口にイチゴと言っても、様々な種類がある。それぞれの特徴を活《い》かして、コンポートにするとか、タルトにするとか、いろいろな加工の仕方があるだろう。それを安易にジャムだけっていうのは、芸がなさ過ぎやしないか」

「そうね。あたしたちの、ご当地グルメでは、果実を多角的にアレンジしてた。コンポートやタルトだけじゃなくて、ジェラートやババロアなんかにも応用したし」

そして、メインのショッピングモールの問題点としては、無作為に様々な業種のテナントを入居させ、ごった煮状態にしたことが挙げられる。

「ファッション性の高いテナントの隣に百円ショップ、その斜め下は、青果店というのは、マズいだろう。レストランエリアにしても、庶民的なフードコートと、高級レストランが併存していた。これは、オペレーショナル・エクセレンス——効率戦略と、プロダクト・リーダー——高級戦略の悪しき結合だ。モールとして、どっちの戦略をメインにするかははっきりしていなかった」

渋谷にある本店と、同じクオリティの従業員が確保できなかった痛手は、やはり大きかった。

「ぽっちゃり体型で、ファッションセンスも怪しい従業員が、ノルマのためにしつこく客に付きまとったんだ。おまけに階下からは、ダイコンを売る八百屋のダミ声が聞こえてくるし、すぐ隣の百円ショップでは、この冬お勧めの百均腹巻を、大々的に宣伝している。おしゃれな空間を求めてやってきた客は、驚くだろうな。おかげで、客足はどんどん遠のいていった。マライアは、レントを値引きして引っ張って来たテナントだ。値引き期間が終了したら、撤退しようとマライア側は考えたんだろう」

「なるほど、そういうことだったのね」

「まあ、こんな具合に技術的にはいろいろな欠陥があったが、一番の敗因は、実はここにあるんだよ」

優が、自分の胸に手を当てた。

「TODOME・マライアモールに群がった連中は、いわばハゲタカだ。他者を利用し、儲けるだけ儲けて、ヤバくなったらすぐさま逃げだす。モールを建設したディベロッパーしかり、マライアしかり、ヘッケルファンドしかり、無論佐藤しかりだ。やつらの信条は、自分に火の粉がかからないよう、できるだけ身軽にしておくこと。だから腰を据えてビジネスをするつもりなど、端《はな》からない。地域に貢献するどころか、地域を食い物にしようとしている連中ばかりだ」

そして彼らに食い物にされたのが、幕悦町役場だった。

「やつらハゲタカは、利害が一致すればくっつくが、そうじゃない場合は相手の事情などまるでお構いなしに、ひたすら私欲に走るのみだ。長期的な展望など考えていないから、現地の人間は、クビを切りやすいよう、派遣か契約社員で採用し、利益が上がれば、地元に還元せず、遥《はる》か遠くにいる株主に配当する。おれが学んだ経営学の、悪しき部分そのままだが、まあ、そんなところだな」

こう言うと、優は自嘲《じちよう》気味に笑った。

「こういったハゲタカが跋扈《ばっこ》する資本主義に対して、美穂たち上元の人々は、言わば草の根資本主義者だ。草の根とは、地域に根差しているというところに由来している。郷土愛が原動力の、地域密着型資本主義だな。特徴は、コミュニティを尊重し、大規模投資より交流を大切にする。使い捨ての雇用はせず、利益は従業員、地域住民など幅広い層に分配する。たとえ儲からなくても、撤退しない。帰る場所などそもそもないんだから、ひたすら地域のために頑張る。私益より公益重視。これが、美穂たち草の根資本主義者の、信条だったんじゃないのか？」

「何だかちょっと恥ずかしいけど、まあ、間違ってはいないと思う」

「こうやって具体的に列挙すれば、草の根資本主義は、ハゲタカ資本主義なんかに負けるわけがないことがわかるだろう。ハゲタカ連中は、私益しか考えないから、一見仲間に見えても、実はお互い、富の奪い合いをしている。内部崩壊するのは自明の理だった。地域のことを任せられるのは、地域の人間だけだ。だからおれは、最初から美穂たちの勝利を信じて疑わなかった」

「でも、TODOMEモールは潰《つぶ》れずにちゃんと残ってるわよ」

「小林電器のおかげだ。小林電器はグローバル企業だが、地域密着型だからな。グローバリズムイコールハゲタカ資本主義ではないぞ」

「わかってる。だからあたし、モールと上元はうまく共存できると思ってた」

「今の責任者は、金森さんだしな。だけど上元は、美穂という貴重な戦力を失って大変じゃないのか」

「つぐみちゃんや、健太くんたち若手が育ってるから、大丈夫。今はあの二人がコトカフェ3で、ご当地グルメの開発をやってるのよ。そうそう、忘れてた。おめでたい知らせが届いたのよ。あの二人実は――」

美穂は引き出しの中から、花飾りのついた一枚の招待状を取り出した。


「……新郎、長谷川健太くんは、近頃の若者には珍しい熱い心を持った青年です。彼がわたしたちの店に手伝いに来てくれたことで――」

マイクを握ってスピーチをしている新沼琴江の横顔を見ながら、これは本当に現実なのだろうかと、健太は自らの頬《ほ》っぺたをつねった。

「いててて」

純白のドレスを着たつぐみが、健太の顔をのぞき込み「どうしました？」と眉をひそめた。

「いや、な、何でもないです。ただ、ちょっと……」

「現実ですよ、これは」

つぐみがクスリと笑った。

「いえ、それはもう、よくわかってるけど、店長が熱い心を持った青年なんて紹介するから、自分のことかどうか、心配になってきて」

「健太さんは熱い心を持っていますよ。あたしにプロポーズしてくれたじゃないですか」

今、正に結婚披露宴が行われているこのコトカフェ３で、つぐみがポロリと「いつまでもこうして二人で、ここを切り盛りしていきたい」と健太に漏らした。その時、口から勝手に言葉が飛び出したのだ。

「結婚しよう」

言ってしまってから、我に返り「えっ？」と心の中で叫んだ。おれ、今なんて言った？

「あの、今言ったことは……」と継いだ言葉は「はい」とはっきり答えた声に掻き消された。

「よろしくお願いします」

つぐみが健太の目を真っ直《ます》ぐに見すえながら答えた。

手を握ったことがあるだけで、キスさえろくにしたことがない。無論それ以上のことも。

そんな状況なのに、結婚だって⁉


琴江のスピーチは、乾杯の音頭で締めくくられた。

グラスに入ったスパークリングワインに口を付けるや、悪友三人組が新郎新婦の前に現れた。

披露宴は、立食形式である。堅苦しい雰囲気が健太もつぐみも苦手だった。

「まさか、健太が真っ先に結婚しちまうとはな」

剛がげんこつで健太の肩を小突いた。

「田舎は結婚が早いっていうけど、健太がそれに倣うとはなー」

すでに酒がまわっているらしい秀人が、健太とつぐみを見比べた。

「ばーか。健太はもう田舎の人間なんだよ。だから結婚が早いの当たり前じゃないか」

裕也が平手でパンと秀人の頭をはたいた。

「つぐみちゃん、俺も彼女欲しいよお。誰か紹介してくんない」

剛が泣きつくと、つぐみは即座に「いいですよ」と答えた。

「えっ？　マジ？　誰か知ってるの？」

「女の子の知り合いならいますよ」

俺も、俺にも紹介して、と秀人と裕也が瞳を輝かせた。

「おい、そんなにたくさん知り合いはいねーだろ」

人の真似《まね》をするなと言わんばかりに、剛が二人をにらんだ。

「いますよ。男の人たちが町を出て行ってしまうから、女の子も仕方なく出て行くんです。残ってくれたら女子だって残ります。都会に出て行くか迷ってる子たちですけど、皆さんの力で引き留めてあげてください」

「つーことは、俺らも幕悦に骨をうずめなきゃならねえってことね」

秀人と裕也が互いに顔を見合わせた。

「当たり前だろ、アホ」

剛が眉を吊り上げた。

「まっ、それもいいかもな。別に帰るところなんて、ねえし。健太も幸せそうにしてるし。俺らもここで幸せをゲットするか」

「おい、若者たち。何を鼻の下伸ばしとる。どけどけ。新郎と新婦に話がある」

剛たちを掻き分けるように現れたのが、虎之助じいさんだった。うのばあさんと弥生ばあさんを従えている。

「結婚おめでとう」

じいさんが酒臭い息をまき散らしながら、祝杯を上げた。

「ありがとうございます」

「つぐみちゃん。こいつはいい青年だぞ。愛する人のために拳を振り上げたんだからな。でも結局、振り下ろさなかったところが、もっといい。腹を一発殴られただけで、すぐにぶっ倒れて、火であぶられたミミズみてえに、地面でのたうち回ってたところも最高だ。ガハハハハハッ！」

虎之助じいさんは大声で笑うと、グビリとウイスキーのグラスを飲み干した。

「やめてくださいよお」

何もこんな席で、あの時のことを蒸し返す必要はないではないか。

「そんな怖い顔しねえの。このジイさんは、あんだのこと誉《ほ》めてるんだよ」

うのばあさんが言うと、弥生ばあさんも、笑顔でうなずいた。

「殴るのを自制するのは、殴っちまうより勇気のいることだ。殴られたら、痩《や》せガマンせず、痛さをアピールすれば、相手にダメージを与えることだってできる。相手は生涯罪悪感を背負うからな」

虎之助じいさんが、持論を展開した。

「もの凄《すご》くカッコ悪い方法で、恋人の恨みを晴らした健太くんを、あだしはカッコいいと思うけどね」

「あたしもそう思います、おばあちゃん。健太さんはあたしのヒーローです」

つぐみに言われ、カーッと頬が火照った。

虎之助じいさんたちが行ってしまうと、今度は母親の車椅子《いす》を押した二ノ宮が、おめでとうを言いに来た。

「本当によかったわね。お似合いのカップルよ。あたし、あなたたちはいずれ結婚するって、ずっと前から思っていたの」

二ノ宮の母光子が、若き新郎新婦に目を細めた。

「いやあ、めでたいねえ。幕悦にもずいぶん都会から人がやってくるようになったけど、永住してくれる若い人はまだ少ないんだよ。このままでは、町が栄えてもいずれまた過疎化してしまう。少子高齢化の世の中だからねえ」

二ノ宮が日本の問題について語り始めるのを、光子が遮った。

「信吾。そんなことはどうでもいいのよ。世の中、なるようになるんだから。今日は二人のおめでたい席なんだから、余計なことは言わないの」

「あたし、赤ちゃん、たくさん産みます」

いきなりつぐみが宣言したので、健太はギョッとなった。

「子ども好きですし、大家族のほうが楽しいでしょう。ねっ、健太さん」

「そっ、そ、それは、もちろんです」

そして最後にやって来たのが、多岐川優、美穂の夫妻だ。美穂は生まれたばかりの赤ん坊を抱いていた。

きゃ～っ、と叫び声を上げながら、つぐみが赤ん坊を抱いている美穂の許《もと》に駆け寄った。

「おめでとうございます！　生まれたんですね」

「ありがとう。そちらこそ、ご結婚おめでとう」

「ありがとうございます。赤ちゃん、小さいですねー」

「抱いてみる？」

「えっ、いいんですかあ。でも落としちゃいそうで怖い」

「大丈夫よ」

はしゃいでいる二人の女性を尻目に、多岐川優が近づいてきた。

「健太くん、おめでとう」

差し出された掌を握った。案外華奢《きゃしゃ》な手をしていると思った。

「これで君もおれと同じで、逃げられなくなったな」

多岐川がニヤリと笑った。

「君とおれの境遇は、似てるんだよ。都会生まれの都会育ち、都会で仕事をしていた。一緒だろう」

それはそうだが、自分と多岐川ではまるでレベルが違うと思った。

「なのに、なぜかこんな田舎に流れ着いて、面倒なことに巻き込まれ、しまいには結婚までして、この地に骨を埋めようとしている。まあ、唯一違う点は、おれの祖父が旧止村の農家だったことだが、おれは生まれた時からずっと東京で、跡取りでもなんでもないからな」

生まれたばかりの子どもを持ち上げ、頬ずりしているつぐみの姿が視界の端に映った。

「田舎はいい。自然は豊かだし、食い物もうまいし、人は皆親切だ。だがこの環境に甘んじていると、だんだん感覚が鈍ってくる」

何の話をしたいんだろうと、健太は訝《いぶか》しく思った。

「次第になあなあになり、癒着が起き、談合が幅を利かせるようになる。これを絆だと勘違いしている人間もいる。これが田舎のダメなところだ。健太くんは、どう思う？」

「それは、その通りかもしれませんが、田舎には田舎のいいところがあることは、多岐川さん自身もよくご存じなはずじゃないですか」

「もちろんそうだ」

多岐川は余裕の笑顔で答えると、持っていたシャンパンのグラスを飲み干した。

「助け合いの精神を保ちつつ、競争することは可能だと思うが、君の意見を聞きたい」

健太はモールと競争していた頃のことを思い出した。きつくはあったが、毎日が興奮に満ちていた。あの時の経験があったからこそ、自分は一回りも二回りも成長することができたと思っている。

「競争は必要だと思います。不当な競争ではなく、正々堂々とやる競争なら」

「その通りだ。おれたち、同じ考えだな」

多岐川が運ばれてきたトレイから、シャンパングラスを二つ取り、一つを健太に手渡した。

「役場と共同で、ＴＯＤＯＭＥモールのマネージメントを担当することになった。うちの会社は地域密着型だが、利益はシビアに追求するぞ。上元には負けたくない」

「ぼくらだって……負けません」

思い切ってこう宣言した。

モールと上元が競合すれば、相乗効果で幕悦全体の集客力が上がることなど、説明するまでもなかった。

「お互いの健闘を称《たた》え、乾杯だ」

シャンパングラスが掲げられた。

——頑張ろう、幕悦の未来のために。

泣き出してしまった赤ん坊をあやしているつぐみを見て、いつかは自分も父親になるのだと、健太の胸に熱いものが広がっていった。

了

〈参考文献〉

『地域再生の罠』 久繁哲之介 ちくま新書
『コミュニティが顧客を連れてくる』 久繁哲之介 商業界
『実践！ 田舎力』 金丸弘美 NHK出版新書
『里山資本主義』 藻谷浩介 NHK広島取材班 角川ｏｎｅテーマ21
『成長から成熟へ』 天野祐吉 集英社新書
『さとり世代』 原田曜平 角川ｏｎｅテーマ21
『成長戦略のまやかし』 小幡績 PHP新書
『みんなで決めた「安心」のかたち』 五十嵐泰正＋「安全・安心の柏産柏消」円卓会議 亜紀書房
『ナリワイをつくる』 伊藤洋志 東京書籍
『コミュニティ・カフェをつくろう！』 WAC［編］ 学陽書房
『コミュニティ・カフェと市民育ち』 陣内雄次・荻野夏子・田村大作 萌文社
『よろこばれる おもてなし上手の料理とスタイリング』 佐藤紀子 池田書店
『人口減少社会という希望』 広井良典 朝日新聞出版
『スローシティ』 島村菜津 光文社新書
『これならわかる再開発』 遠藤哲人 本の泉社
『ニッポンのジレンマ ぼくらの日本改造論』 藤村龍至 古市憲寿 西田亮介 山崎亮 開沼博 藤沢烈 河村和徳 NHK Eテレ「ニッポンのジレンマ」制作班 朝日新書

この他、数多の農業関連サイトの記事を参考にさせていただきました。

本作品はフィクションであり、実在の人物、事件、団体とは一切関係ありません。

黒野伸一（くろの・しんいち）

一九五九年神奈川県生まれ。『坂本ミキ、14歳。』（文庫化にあたり『ア・ハッピーファミリー』を改題）で第一回きらら文学賞を受賞し、デビュー。その他に『万寿子さんの庭』『幸せまねき』『女子は、一日にしてならず』『限界集落株式会社』がある。

本書は『STORY BOX』通巻18号、19号に掲載された作品に、単行本化にあたり、加筆修正を行ったものです。

脱・限界集落株式会社

二〇一四年　十二月一日　初版第一刷発行

著　者　黒野《くろの》伸一《しんいち》

発行者　稲垣伸寿

発行所　株式会社　小学館
〒101-8001　東京都千代田区一ツ橋2-3-1
電話　編集03-3230-5959
販売03-5281-3555

印刷所　大日本印刷株式会社

製本所　株式会社若林製本工場

 ISBN978-4-09-386398-8